人间久别不成悲

李冰 著

高等教育出版社·北京

目录

两处沉吟各自知

1

这是一部关于逝者的文字。

不知从何时，我开始坦然面对生死。世间一切，除了生死，都是小事。谁说不是?

十九年前的正月初六，在深圳的我听到奶奶在河北那个小村庄去世的消息，泪水决堤，嚎啕大哭，顾不得自己在人来人往的办公室，还是个刚入职的实习编辑。那是我第一次真切地痛失亲人。

四年前五月的早晨，刚睁眼摸出手机，就从弟弟雁南简短的信息中获知父亲病逝的消息。虽然抗癌八年，他的离开算不上突兀，但从此生死永别、再不相见的绝望袭来，远在洛杉矶的我忍不住失声痛哭，像个被父母惩罚的孩子。显然这惩罚过于决绝冰冷。而桌上，是两天后我投奔他的那张机票。

那一年后，再一次，在美国的天空下为远在故园逝去的人而流泪，为她，那位我甚至都算不上认识的105岁老人，杨绛。

“若死者去世时，你正好身在很远的地方，就会觉得他们好像没有离世，一如既往仍活在你心中。一个比自己的朋友活得更久的人，往往要在书中收入悼念诗文。我不再写这类诗文，因为我担心会使人类面对死神的痛苦显得千篇一律……尽管他们可能是你最心爱的人。”手中正在读的书是聂鲁达的自传《我坦言我曾历尽沧桑》，他说连他极敬重的英雄人物切·格瓦拉被杀害，他都没写一篇挽歌，虽然“一想到我的诗句在他逝世时也仍陪伴着他，我还是会浑身战栗。”一本算术书、一本聂鲁达的诗集《漫歌》是到最后一刻还保留在切的背包里的东西。

我坦言，我并不完全同意他的观点。虽然我常为他的神来之笔惊叹不已。

离开了，就是离开了，怎么可能自欺当成没有呢？

写下来对逝去生命的怀念，岂止是对死神的臣服？

“春未绿，鬓先丝。人间久别不成悲。谁教岁岁红莲夜，两处沉吟各自知。”我承认，这本书不是写给逝者们的。他们再也不能和若干年前一样，凝神静听我的发问，再也不能思忖片刻，如老友叙旧一般细说从前。他们不可能读到这些文字。

这本书又是写给他们的。我有幸与他们搭载同一列火车在人生的单行路上奔驶。有人到站下车，先是一个，再是两个、三个，然后是更多。我眼睁睁看着，先是惊惶失措，然后伤心不已，最后是心灰意冷，似乎除了听凭那个叫命运的巨手操纵，任谁也无能为力。柏杨、史铁生、陈忠实、葛存壮、张贤亮、余光中……我惟一能珍存的就是与他们相处的或长或短的记忆。

写出来，与其说彰显了痛苦，更不如说是记载友情、温情，那是人性中惟一可以与死亡抗衡的东西。

我不记得谁说过：我身体里最重要的部分，是和那些死去的人连在一起的。

我也想写写我的祖父母辈，可惭愧的是，坐在桌前，我发现我对他们所知寥寥，别说生卒年，他们的属相我都说不上来，更不要提他们的生平经历。实在是不孝。

纪念大姨的那篇，是在她昏迷数天去世后，我良心发现夜不能眠记下的当年与她相伴的种种片断，现在读来甚是欣慰，幸亏当时记下来了，否则那些细节早已湮灭在时间的洪水中。

我的导师、国图原馆长詹福瑞先生是第一位建议我把这些与逝者交往的文字结集出版的人："把对话体改写成叙述体，更有情境感一些。"一直对先生心存感恩，即使每年大致只能有一次相聚。刚到北京漂泊时孤身一人，先生当时正好在中央党校进修，偶尔周末趁他闲暇去拜访。从前门坐地铁再倒公交，到达颐和园附近他的住所，往往单程就要一个多小时。相谈甚欢，他请吃午饭，聊得放松，道别送我出来，在路边拦住一辆出租车，不由分说就俯身隔窗塞给司机一张百元钞票。然后收了笑容，冷静地对我挥一下手，"走吧！"他头也不回地大步走向党校大门。

我从来没有告诉过他，这一幕在我的生命记忆中占据了多么不可遗忘的位置。

三十年前父亲去世时
巨大的悲伤压倒了我
守在父亲的身边

除了眼泪 还是眼泪
无奈地看着一个老人艰难地咽气
衰败的气息像浓雾浸满了这个家庭的肺叶
那时 我什么也没想到留下
哪怕是一把镰刀 一把大镐 一把锄头
父亲弥留时叫着我的小名
那是他留给我的最后遗产

这是自诩为业余诗人的先生写下的纪念父亲的句子。也许面对死亡，对逝者的真切怀念，才是人类最纯粹的共性。

2

“我感觉还是不要由我来写钱锺书先生的好，毕竟我是他夫人，还是要避嫌吧，你说呢？我很感激你这个感动中国的作家栏目，他走了这么多年了还被大家想着。咱就这么说好了，李冰同志，麻烦你找个适合的别人来写他好不好……”我们俩从未谋面，只在电话里交谈过一次。但她清脆好听的声音和温暖善意的笑容，那么深地刻在我记忆中。开始喜欢她，更多是因为她先生，一部《围城》让我领教并臣服于钱氏幽默与智慧。那个电话，距今已经是十五年了。

“世间好物不坚牢，彩云易散琉璃脆。”我忘记第一次读到这句诗是不是从杨绛的《我们仨》里了。我只记得，那部薄薄的小书我是流着泪一口气读完的。“现在我们仨失散了，往者不可留，逝者不可追；剩下这个我，再也找不到他们了。我只能把我们一同生活的岁月，重温一遍，和他们再聚聚。”

在北京城南的那个小屋，就着那盏昏黄的台灯，独自漂泊在北京的女子，就这样读着别人的生离死别而落泪。第一次，我真正爱上了杨绛。蕙质兰心，这四个字非她莫属。她不仅如丈夫所喻为“最才的女，最贤的妻”，在我看来，她的灵性与慧根照耀了超凡脱俗的一生，她是尘世间的奇女子。《我们仨》，与其说是钱锺书夫妇和女儿的悲欢离合，更不如说是人类家庭这个最小的社会细胞共同的真实写照。写作时的她不是名人遗孀，不是邓小平引荐给西班牙王后的翻译家，她只是一个痴情的女人，用挚爱与怀念之丝线一针针为她痛失的丈夫和女儿编织出锦绣之作。它是传世之宝，熠熠闪亮，照耀了多少夜行人的灵魂归途。

杨绛婉拒，便有好几位学者争相要写钱锺书，最后的成文备受好评。我并没有把那篇文章给杨绛看，正如季羡林所说：“对她最大的尊重，是给她安宁。”我知道九十多岁的她时间太宝贵，任何一种不必要的打扰都于心不忍。

此后经年，无论在中国还是海外，一直关注着她的消息。除了出版新书，她永远是那么安静的隐身人，永远躲在小屋里与书为伴。

说来也怪，总是晴空万里、艳阳高照的洛杉矶一连两天都是阴天，五月末的天儿，最高温度居然才只有19℃，似乎预示着什么突然的变故即将来临。

24日一天都空落落的，没心思写字，没心思侍弄花草，更没心思跟小猫火球玩儿扔橡皮筋游戏。是想着下午四点半与牙医的约定吗？5月13日，第一次在美国看牙医。

美国大夫果然高效率。拍完所有片子后半小时，有着一脸好看胡茬的犹太大夫已经把我那颗掉了一半的智齿捏在手里了，同时又刮又敲又冲洗，把我右上侧的牙洗好了。

因为是深度清洗，需要打麻药。一小时不到，完活儿，从舌头到两侧腮帮子早已没知觉。

也许是局部麻药让神经过于放松，不到九点我就感觉困顿，睡了一觉醒来，摸出手机看微信，才知道，杨绛老人走了！我宁愿相信，这远在地球别一侧的天空为她而阴沉。

“我烤着生命之火取暖，火萎了，我也准备走了。”通透如她早已参透生死。死之于她，不是结束，只不过是回到另一个家，一个有着丈夫疼爱与女儿笑颜的地方。

明知每个有名无名的人，或早或晚，都要动身离开，可观看一段凤凰卫视2014年做的关于杨绛的专题片，我还是忍不住泪流满面。本来说好很快就回家的女儿那么突然地病逝在医院，遗体火化仪式她没去。却是百天后到埋葬着女儿骨灰的树下望着天空，说她相信女儿不在这儿。她对病榻上的钱锺书说，她要写一个女儿，让她陪着自己……

“从今后，我们只有死别，没有生离”。这是当年饱受离别之苦的丈夫拥着一家人的誓言。

杨绛让人心疼，不只是因为失女失夫，而在于她几乎是微笑着面对上天给她的一切。她心平气和地守在人间，践守诺言，用慈母和娇妻之心字字珠玑完成了《我们仨》，写给天上的亲人，也写给地上的陌路人。

3

人生既然是沿途看风景，不得不经历的就是离别。即使不是死别。活着的人有过交集，往往也只是一段路同行，早晚都会分开，暂时的，长久的，甚至是永远的。曾在京城的一张报纸做过六年专栏作家，每周都要和一位名家面对面深度对话。他们是我人生路途上偶遇的风景，许多人如霞如雾如云，走近了，聚了便散开了，再无亲近。有些人却如石如山如树，长在那儿，不时会有冲动再走近，便成了特殊的一类永远不会忘怀的朋友，即使分开后再也没有相见。

“聪明女人对待男人和爱情，要像药，而不是粮食。只有学会甄别，并服用适量，才可能有益于你的身心……”这是我为一段感情痛苦不止时收到的被王蒙称为“女王朔”的徐坤的智慧劝慰。

“把你的痛苦写出来，你就做到了化腐朽为神奇，化痛苦为财富”。这是金牌编剧邹静之午夜电话里安慰我的肺腑之言。《编辑是让人暴瓶的职业》，这是我采访他时用的题目，见报后远在云南登山的他很兴奋我用了他的原话，还把“瓶”这个老北京字眼儿保留了下来。我的对话集《瞧这群文化动物》出版，他主动写序不乏溢美之词。

为我加入中国作协当介绍人的海岩，几年没再见了，甚至没有逢年过节问候他，却从没感觉生疏。“我的成功受益于什么？最大的受益于我这个人不功利不算计，反而会遇到帮助会得到意外的回报。”这是我们在昆仑饭店采访后吃工作餐时他的大实话。

“不拍戏了闲着干吗？说了你们都不信，我喜欢补袜子，打发时间，还有成就感。我也爱做饭，我8岁就会烙饼，我能做一桌子菜不带重样儿的。”如果不接触永远不能想象影帝葛优那么像邻家大哥。当年他母亲出版《都赶上了》一书，我采访后做了三个整版深度对话报道。至今仍记得在存壮老爷子家他给我们讲的小插曲。“每次葛优回来吃饭，我们都要点楼下那个餐馆的鱼。时间久了，饭店服务员都知道了。以后只要我们一点鱼，就会来好几个服务员送餐。就是想看看葛优，要个签名什么的。那天他坐在里屋陪他姥爷说话，人家送了餐来等我也结了账还站那儿不走，我想起来是没见到葛优呢，就大声叫他出来。他出来了见了面合了影人家高高兴兴走了。当名人不能太把自己当回事，你的名气是大伙给的，你就得为别人想着点儿。”不由得不佩服这爷儿俩真是德艺双馨，做人与做艺术都到家了。

……

不知打哪天起，曾经以为一个电话永远会找得到的人开始离开了。最初是柏杨，隔着海峡聊了五个小时仍不肯停歇，随后还寄了一本他的书给我。大信封上是他亲手写的繁体字地址和名字。可惜几度搬家已经不知道散落在何处了。

然后是史树青。鉴宝专家不顾年过八旬又刚动过手术，在他家里见面聊得高兴，梗着脖子问我，“你身上带着钱吗？有三千块我就可以跟你去趟旧货市场淘货，准保淘到宝贝。”吓得他老伴直悄悄冲我摆手。

据说老人86岁逝世于心脏病，没留下任何遗言，头脑清晰，走得无怨无憾。

2010年最后一天，在丽江的小饭馆里吃着香茅烤鱼，突然从电视上看到史铁生去世的消息。当时是陪着患癌康复中的父亲在那里小住了半个月。“这个人太可惜了！”父亲读过他的书不多，可能也就一本《病隙碎笔》，同病相怜吗？

21岁起，史铁生的双腿就被迫离开了大地，1998年起，几乎失去了肾脏的他一周就要做三次透析，而其他所有时间，他都用来写作。他说，“有一回记者问到我的职业，我说是生病，业余写一点东西。”幽默里透着无奈。

他离开了，也解脱了。每次路过地坛，我都会想起他。我愿意相信，他一直微笑着站在某棵树下望着过往的我们。

后来，葛优的父亲葛存壮走了。

然后是为自己写了一本死后可以垫在脑后的《白鹿原》的陈忠实。我难过自己再也没机会给他买雪茄了，曾经的许诺终没有实现。

不久，在西北大漠侠士般逍遥的张贤亮，也遁形于另一个世界。

……

那些离开了的老朋友们，愿你们和天上的星星一起，把这你们曾走过的世界再照亮些吧！如果你们能听到熟悉的风声，那，是我们这些曾经熟悉的人在惦念你们。

人间久别不成悲。惟有庆幸，我们曾相遇。

李冰

2019年夏于北京

天上星宿

余光中

到另一个世界去听冷雨

听听，那冷雨。看看，那冷雨。嗅嗅闻闻，那冷雨，舔舔吧，那冷雨。雨在他的伞上这城市百万人的伞上雨衣上屋上天线上，雨下在基隆港在防波堤海峡的船上，清明这季雨。雨是女性，应该最富于感性。雨气空而迷幻，细细嗅嗅，清清爽爽新新，有一点点薄荷的香味，浓的时候，竟发出草和树林之后特有的淡淡土腥气，也许那竟是蚯蚓的蜗牛的腥气吧，毕竟是惊蛰了啊。也许地上的地下的生命也许古中国层层叠叠的记忆皆蠢蠢而蠕，也许是植物的潜意识和梦境，那腥气……

听听那冷雨。不知多少回，跳进他的书页，与他一起听那场无处不在的冷雨。每次，我分明听到的是音符是音韵是中文极致之美。

余音绕梁，三月不知肉味。我想古人这样的赞美之词，当今文人中，余光中先生最配。

归来啊，母亲，来守你火后的小城。
春天来时，我将踏湿冷的清明路，
葬你于故乡的一个小坟，
葬你于江南，江南的一个小镇。
垂柳的垂发直垂到你的坟上，
等春天来时，你要做一个女孩子的梦，
梦见你的母亲。

这首60年前他做给母亲的诗，今天读来使人更加凄然，那个踏湿冷清明路去为母亲扫墓的男子，如今也躺在了黄土之下。闭上了眼睛的他，是否会做一个“男孩子的梦”？

在这个网络信息发达的时代，他的去世我仍是在微信上获知的。有媒体人迫不及待地在朋友圈发布当年对余光中的采访，引得众人观瞻点赞。

我这从不喜欢在微信上晒东西的人和往常一样没有吭声，点上一根香，翻开那叠已经发黄的旧报纸，一个人，读了一遍那篇当年与他近万字的对话。13年前的那个春日似乎让这寒冷的北京温暖了几分，就像那道穿过窗玻璃照射到他虾粉色衬衣上的阳光。来，余先生，我们今天不听冷雨，咱们来晒太阳。

时间
2004年4月19日
上午10时

地点
北京前门建国饭店
7038房间

昔日重来

他仍藏着19岁时大学录取通知书

提起上大学时读的诗，让人惭愧得紧，当时读得最多的是两个人的诗，一个是席慕蓉，另一个呢？汪国真。直到大学毕业时同学间互相在毕业册上写留言，余光中的诗才因了一个女同学之手进入我的眼帘。其实之前也并非没读过，只是这次被借用给我，便觉得这诗尤其富有诗意（可想我是多么虚荣），至今我仍记得那首名为《等你，在雨中》的诗的后几句："……步雨后的红莲，翩翩，你走来/像一首小令/从一则爱情的典故里你走来/从姜白石的词里，有韵地，你走来。"

对余光中的文字乃至其人的崇敬同众多"光中迷"一样，是源自《听听那冷雨》。

其实只需读个开头，那些文字便如一张有魔力的网，呼啦一下把人的魂魄六腑都罩住了，你惊讶且折服之余只有一个念头：这么好的句子，一定要慢慢品味，可别像猪八戒吃人参果一样囫囵咽了下去，那实在是暴殄天物啊！

去年他的散文集《左手的掌纹》出版时，就曾想象有朝一日能否与诗人谋面，虽然明知他的学识修养已自有一股“真气”，修行不够的人是不得近前的，即使近前也仍是近身不得，即使近身也仍不能近心。

2004年4月18日，他来北京领“华语传媒文学大奖”的年度散文家奖。等主持人念到那个名字时，全场都凝神屏声，却见一极瘦小的老头顶着与身材不相称的头颅敏捷地步上台去。像大学教授面对众学子，他不徐不疾走到麦克风前致答谢词，那些多半空洞的客气话却被他演绎为一篇精雅的散文，其间多次被掌声打断。这就是他，那个生于九九重阳节的“茱萸的孩子”，那个怀揣着乡愁四处游走的少年，那个把传统文化采撷播种的老人。

几经周折，我们约好第二天上午十点在北京前门的建国饭店聊。

我和摄影记者准时到达，有些紧张地敲门，目光矍铄、身影清瘦的他出现在面前。显然刚结束一家媒体记者采访，抬腕看表，笑笑道：“你们该换班了，下面该轮到这位记者了。”声音干净、斯文，和许多台湾片中男主角一样。

刚在窗前的茶几旁坐定，房间电话铃刺耳地响起，他说声抱歉，轻快地起身去接。

几分钟挂断，笑着向我们解释，“我在读南京大学时的同学打来的电话，我们那时叫金陵大学。打电话的这一位我还不太认得，另一位叫高文美的是我的同班同学，我们已经有半个世纪没有在一起好好聊过了。分别多年的重逢怪有意思，那是1997年我来北京到地坛签名卖书，高文美买了一本书排在队伍里，等到了我跟前，她问我，余光中你认得我吗？我看看她摇摇头，心想哪儿跑来这么一个老太婆？她其实也不认得我了，只知道上面写着我的名字。她说我是你的同学高文美。我听了仔细看了看感觉很面熟，还有点尴尬。记者们见了就过来拍照。因为后边还有许多人在等着签名，当时她就走了。后来我们也曾打电话通信，但没有坐下来谈过。她一直在北京的外事部门工作。

这次来北京我们曾在17日晚上谈过一个小时，她今天又请了几个当年的校友一起过来，说中午请我吃饭。现在就在楼下大堂。

高文美当年在我们班上也是漂亮的玉女，半个多世纪过去了，大家都变样了。

我们上大学二年级时就打仗了，我转学到厦门大学去，后来又去了台湾。

其实我一生考取过五个大学，在南京考取了北大和金陵大学，当时北方已经打仗了，我母亲不允许我去上，后来我去了台湾又考取了两所大学。我现在还收藏着1947年考上北大时的录取通知书，那年我19岁。”

不愧是散文家，不用提问，就行云流水一般趣闻不断。

这个名闻遐迩的作家一下子不那么高高在上了，反倒像个拉家常的台湾大伯。

我突然心生好奇：“余光中本身就是个非常有诗意的名字，它是本名吗？您喜欢媒体怎么称呼您？”

他愣了一秒，笑道：“是本名，那是父亲给取的名字，他当年是侨务委员会的一个官员。至于称呼，媒体有称我为余教授的，也有叫余老师或余先生的，随便，怎么称呼我都行。”

当代环境，不可能再出“余光中”

他的随和让我不再拘束，抛出第一个问题，拥有成就斐然、众人仰慕的一生，究竟是什么使然？

他像学生接到考题一般，略加思考，便认真作答，说小时也没想那么多，现在想想，可能还是因为自小对文字尤其是中文很着迷吧，当然最早还是对古典文学包括古诗词和旧小说的喜爱。前几年内地拍电视剧《三国演义》，他在台湾的家里看到了，当时就对家人说，“孔明下一句肯定要说什么了”，果然准是说的什么，——“我十二岁读了《三国演义》，印象深得不得了。”

“我的古文受父母影响很大。12岁时他们开始教我古文，父亲教，母亲一旁帮腔，他们都喜欢用乡音来吟诵古诗词，母亲讲常州话，父亲说闽南话，从声音来切入，非常感性。现在的学生只用普通话读是不会真正读进去的。

当时作为中学生哪有什么《魔戒》可看，只能看些旧小说。所以古人对我的世界观与中文的掌握影响特别大，开始是喜欢后来才是反省和自我分析。

另外中学就读于一个青年会中学，英文老师教得很好，上的金陵大学也是教会学校，都有较好的英文背景，所以我的英语也不错。”

具体到他的创作上，谈到古文与西文对他的影响，他早就自我剖析得非常清晰。

“作为一位中国作家，我认为在修养上至少要懂得两个传统，大传统是《诗经》以来的，小传统是五四以来的，在两个传统之上如再加上西方、日本、印度等外国文学修养，那他会用另一种眼光来看自己的文化，在三合一的思维下才会融汇出一个新奇的东西。我常讲混血的美人很美，合金更金贵，因为有不同的成分，来源多，弹性强，可塑性也高。”

通常咔嚓拍几张人物特写照片就撤的摄影记者今天也破天荒地坐在那儿，听到高妙之处也不时点头。

“那我们做个假设，比如在当代这样一个环境下，有意识地借鉴您的方法论，还有可能出来另一个余光中吗？”我问。

“不太可能。”他轻轻摇头，眼神里不无怅然。

“现在年轻人分心的事太多了，各种社会价值告诉他应该这样或那样，比如美国人在十二岁没有女友就不正常，你的同学都在找女孩你却不知道（男女之事）就被认为是迂腐子。

我们那时资讯都不发达，反而成长比较慢。我觉得一个动物的成长期越长他越快乐。现在的小孩子童年被压缩得很短，在商业的诱惑与广告的暗示下一下子就变成大人了，这是少年的悲哀。一个人发育期长一点才会更健康一点，否则容易少年老成，人生的乐趣与秘密都被过早掏空了不好，小孩还是傻一点、痴一点好。”

过日子就该省点气力，不要太有侵略性

望着眼前这张布满皱纹的脸，我似乎在读一本文学历史书。这张脸无奈地经历过战乱，心疼地欣赏过“瘦瘦的水仙”（后来成了他爱妻的范我存），目睹了70年风云变幻，他又是如何看待自己的写作呢？

“有人按地理来划分过，倒也现成。在南京大学时我就开始写作，厦门大学时发表过不少诗、评论与译文，到台湾后又继续写作。后来在美国5年，在新环境下，我反省中国的汉唐时代，乡愁加重，比较反省中国本位的文化。到香港是‘文化大革命’后，那10年我从那儿观察内地，也可回到台湾，更方便去欧洲，每个时期我的创作体裁都不同。另外，不同的气候和风景也提供了不同的素材。

我认为对作家来讲，不同的地理环境会让他写得多元一些。后来我总结时把美国丢掉了，归纳了四句话：祖国内地是母亲，台湾是妻子，香港是情人，欧洲是外遇。我想了半天也不晓得怎么安顿美国了，与朋友开玩笑说美国是弃妇，后来觉得不公平，毕竟它也给过我很多正面的东西。我后来还写了文章《从母亲到外遇》，就是

总结这些阶段。”

我知道台湾小岛上对余光中的评价并不全是一边倒的叫好，因为政治的原因也有称他是“台湾的郭沫若”，甚至据传李敖还因政治主张不同而与他断交。不便对质这些传闻，我婉转地问：“都说文如其人，您如何定位自己的‘文’，又怎样评价自己的‘人’？”

刚讲完一个话题的余先生沉默了片刻，两手指尖相抵，低头略作思考，“我认为大多数文章都可分为两类，一类感性一类知性，前者柔美，后者阳刚。有些读我作品不是很多的人说我的文字属婉约阴柔，其实我不认为自己属于柔美派。我写文章时要看是什么主题，有的适合写得大气磅礴，有的适合写得婉约浅显，这两方面我都有兴趣，不客气地说，我觉得自己做得都比较好。

说到我的为人呢，我自觉过日子时很低调收敛，还是写文章时比较张扬奔放。英国才子王尔德曾说：‘我的一生，写文章只是用点本领，过日子用的才是我的天才。’那意思是他是个唯美主义的生活艺术家，喜欢在生活中特立独行的——他很会装腔作势。我倒觉得过日子就该省点气力，不要太有侵略性，能够平稳过就行了。反而要用点激情与妙想在写作中。”

除了李白杜甫，要读沈从文和卞之琳

电话铃再度刺耳地响起，他起身又去接电话。“好，再麻烦你们等我一会儿吧。”他回到座位嘟囔道，“时间真不多了，他们又叫我呢”。他像个急着脱身去会小伙伴的孩子，有点无奈可还是硬着头皮聊，我们说好再聊10分钟。

我赶紧提到如果让他给当代年轻人推荐一个阅读书目，只推荐10本，他会首选哪些。其实这是假他人之名济我之私，因为我实在想让他推荐些书来读。

本以为他这大学教授会信手拈来，没想到他却嚷："哇，这个可能性太大了，这个问题很难。我想站在中国的本位来考虑，也许应该是中国6本，外国4本。中国诗人应是李白、杜甫，散文大家该是韩（愈）柳（宗元）欧（阳修）苏（东坡）。

西方可选择的也太多了，我想真的会挂一漏万，莎士比亚首先不能落下，另外美国我选惠特曼……英国我可以再选一个我喜欢的王尔德，美国再选一个我喜欢的诗人福罗斯特。"

这些中国文人都是《诗经》以来的，那五四以来的会选谁？

他再度合掌，抬头望向屋顶，眼睛睁得很大，似乎想从脑洞中挖出点线索，"我想一个应是沈从文，诗人我要首推卞之琳。散文家可提的也非常之多，或者我不提散文了，我提一个钱锺书一个张爱玲，因为这两个人当初都是被忽略的，张是上海滩的言情小说作者，被人看作蝴蝶派，她是才女可不被评论家看好。钱的《围城》当时曾轰动一时，后来一下就萧条了。我也是《围城》的热心读者，我没见过他。"

把诺贝尔奖看成西方文学奖才公平

南非作家库切获得2003年诺贝尔文学奖，中国这个人口大国迄今为止没有一人荣获该奖。每年的秋天，文学奖公布前后，都是一个令中国作家们兴奋又扫兴的时节。余光中曾说诺贝尔奖之所以和中国无缘，翻译让汉语吃了很大亏。

跟他核实他并不否认，"诺贝尔评奖委员会18人中只有一位汉学家马跃然。欧洲作家只要把母语学好了就可以了，连西印度群那些作家也来自英语体系。而中国、日本、印度人还有一个翻译问题，就大打折扣，这是不公平的，所以我建议应该把这个奖看成是一个西方的文学奖，就比较公平了。”

从事诗歌创作获奖的作家也大有人在，包括中国人都熟悉的泰戈尔，“难道您不想获这个奖吗？”我打趣道。

余先生瞪大眼睛，略带吃惊的样子道：“我想没有人会反对这个奖，可是如果有人大张旗鼓去张罗这件事就大可不必，一个作家应该是写东西。花精力在一件与写作无关的事情上太不正常。李白、莎士比亚都没得过这个奖，那又怎么样？如果连你本民族的人都不喜欢你的作品得了奖有什么意义呢？作为华语作家，读中文的人都不喜欢你，倒应该反思一下。”

华语创作当今存在的最大弊病是什么？

这显然是一个他深思过的问题，“所有语言都受外力的影响，华语也不例外。我担心的是现在的中文很受英文影响，许多人不认真学中文而认真学英语，因为要考试，所以中文西化很严重。中文底子不好的人容易就跟着英语的表达与思维方式走。”

提及他前一段重译的《凡·高传》，说他居然改了两万多处，有人质疑他当年是不是理解得不准确。“我当年的理解没差错，是我不满足自己的译作方式了。比如说IN FACT这个词组，该怎么译？过去我就会译成‘实际上，事实上’，而真正的中文应该怎么讲？‘其实’！多么言简意赅，而我们的年轻一代呢，他们译时弄不好会译成‘实际中’，这些大家可能没有注意到。”

诗本是自言自语，被人偷听了去

“你称散文是左手写的副产品，也称它与诗一起构成您的双目。可当今许多读者更喜欢这个副产品，这是否说明您这左眼视力好过右眼？”

对这个半开玩笑的问题，余先生倒似乎非常认真，他平静地说不能这么看。散文的语气是作者对读者在讲话，诗呢，往往是作者在自言自语，只是被人偷听见了。比如陈子昂《登幽州台歌》，“前不见古人，后不见来者，念天地之悠悠，独怆然而涕下。”他写诗时没有准备给谁听，他当时目中无人，面对的是天地，所以二者境界不同。

散文则要保持与读者对谈的口吻，比较亲切，也可写得长一点；诗只有一个机会，一转弯就不能再讲回去了。

那您更喜欢自己的诗还是散文？

这次他大笑，“就等于问我：你的四个女儿你更喜欢哪一个？我不喜欢就不会生她。在诗与散文中我自认为都写了些比较好的东西。”

“那散文本身呢？是否每篇也无高下之分？”我穷追不舍。

他只好实话实说：“那倒不是，毕竟主题不同嘛。有些是大意境，有些是小情调。如果要投票可能得票最高的是《听听那冷雨》，比较有诗情画意，写的是在台湾的雨季我想到在内地时遇雨的感觉，这篇散文内地、台湾和香港都有教科书收录。

另一篇就是写四个宝贝女儿的《我的四个假想敌》，身为四个女儿的父亲，当她们都有男友交往的时候，做爸爸的妒忌与不安全感都写在了这篇散文里，把她们未来的男友比成假想敌要同我争夺她们。”

谈到孩子们，他不再只是教授表情，反倒一脸的父亲慈爱。“十几年后又写了《我的四个假想敌》续篇《日不落家》。当时四个小女都长大了。有一阵子四个女儿正好天各一方，一个在美国，一个在加拿大，一个在英国读博，一个在比利时考察市场。英国不是日不落帝国吗，我们却像个日不落家，分散在世界各地。《我的四个假想敌》像《前赤壁赋》，比较豁达，《日不落家》像《后赤壁赋》，有的是伤感。”

突然他侧脸看向我，采访起我来，——“你爸爸对你会不会有这种感情？你有姐妹吗？”

在人们心目中诗就是不需付费的公共财产

谈了形而上，我们谈物质基础，谈生存。我知道他虽然是诗人，但同时也写散文并在大学教书，“从来没有谁光靠写诗就能生存得很好，你怎样看待诗歌的创作前景？会不会因为不易生存将来根本就没有人写诗读诗了？”

他搔一下头皮，我才发现他头顶和鬓角的头发被修剪得很短，尽管稀疏，却并不秃顶，耳朵两侧与脑后的头发相对较长，齐齐地梳在耳后。

“我相信不会没人来读诗。首先诗歌的发展不能看短期效应。20世纪80年代内地的朦胧诗风起云涌，北岛、舒婷等一大批诗人出现了，每一个青年诗人都急着去否定比他们大5岁的人，诗歌本身的特点是变化很快。而唐诗是经过几十年慢慢酝酿改变的，不像现在场景变化这么快。文化文学也不能揠苗助长，光看五年十年不能看到一个宏观出来。

另外，现在也并不是没人写诗读诗，有人很喜欢读西洋的古典诗，只是对目前的新诗读得可能少一些。喜欢流行歌曲的人不少吧，那歌词对大众来说也是他们的诗，而对乡下人来讲，顺口溜就是他们的诗，另外还有儿童诗。这些都又说明诗歌现在可能不太景气，但不能说将来不会有卷土重来的可能。

你要说销路的话我们华语诗歌的销量并不算少。像在英国这样一个国家，出诗集一般出1000或500册，而席慕蓉和我的诗并不比他们销得差呀，动辄就是几万册。”

“可是古往今来为什么没有人靠写诗养活自己？这是一个世界通病？”

他微笑，“舒婷过得也不错吧。”

“她也不是光写诗。”

“对，她也写散文随笔。我的真正收入来源是教书，单写诗在任何一个国家都不易生存。我想这可能和诗本身的属性有关。我的一首《乡愁》在内地被转载了几千次了，也没一个人给过我费用。在人们心目中诗就是公共财产，这是一个观念问题。”

人类永远躲不开乡愁

小时候 / 乡愁是一枚小小的邮票 / 我在这头 / 母亲在那头
长大后 / 乡愁是一张窄窄的船票 / 我在这头 / 新娘在那头
后来啊 / 乡愁是一方矮矮的坟墓 / 我在外头 / 母亲在里头
而现在 / 乡愁是一湾浅浅的海峡 / 我在这头 / 大陆在那头

温家宝访美时曾引用“浅浅的海峡，国之大殇，乡之深愁”。诗歌在某些时候还是在起着一定的独特作用。

谈及此，余先生仍是一张平静的教授脸，说温家宝之所以引用了这首《乡愁》，首先是因为诗比较简短方便，另外还因为通俗易懂，流传较广，民间都比较熟悉这首诗了。同时也看出领导人对文学的爱好，比如毛泽东，他自己就写古体诗，他曾说“给我一百大洋我也不读新诗。”后来的一些领导人引用古诗较多，温家宝引用他的诗，也引用泰戈尔的诗，这反映出总理的个人品位。

在今天连边远乡村都躲不开信息高速的时代，全球一体化、“地球村”的概念越来越明显，人们的乡愁意识会不会越来越淡？

余先生毫不怀疑，“乡愁不会淡化。世界上这么多民族、语言和文化，乡愁会一直存在。退一步说我们真变成地球村了，那太空人没有乡愁吗？在太空看地球就像我们现在看月亮一样。”

乡愁能否理解为一种精神上的情绪？

“太对了！乡愁不限于地理，有些乡愁是和文化、民族、历史有关的，有的与时间有关，有的与空间有关，不可把它狭义理解为对故乡的情愁。人类永远躲不开乡愁。”

诗本身就会发声，应该用来唱

他看表，早就过了我们讲好的10分钟。也许是相谈甚欢，却并未有着急起身离开的意思。

音乐与绘画等其他艺术对您的创作有影响吗?

他会心一笑，却并不看我，似乎正在等待这个问题。“我听各种音乐，西洋古典音乐与我们的国乐都听。很多年来我都喜欢听摇滚乐，BEATLES的音乐节奏与歌词都给我的诗很大启发，比如《民歌》：传说北方有一首民歌，只有黄河的肺活量才能歌唱，从青海到黄海，风也听见，沙也听见……歌词看似浅显，节奏明快，那个BEAT（敲打）的声音非常明显。我到大学去演讲一般都会诵这首《民歌》而不是《乡愁》,《乡愁》更适合一个人吟。往往是我在演讲快结束时，我在台上朗诵，等念到‘风——’，台下几百人就接‘也听见’，我念‘沙——’台下合‘也听见’，然后大家热血沸腾地离开。

所以说诗本身就不该是静态的写在纸上的文字，它会发声，有意境。刚才我们说诗的前景不乐观，与它的表现方式也有关。‘劝君更尽一杯酒，西出阳关无故人。’这是多好的诗！古人就是把它谱成曲来吟唱的，当今我们的粗制滥造的歌词太多了，远不如把许多诗谱上曲效果好。也没办法，商业的艺术标准与趣味都是向比较低的人群看齐的。”

他摇头，银边眼镜后的目光显得略带吃惊而不是沮丧。

我说不久前在北大诗歌节上，黑大春就用舞台手法朗诵了自己的诗，效果奇佳。

他说是啊，现在人们受到的视觉冲击是立体的，诗摆在纸上一不注意就被忽略了。“我的《乡愁四韵》曾被七八个人谱过曲，包括罗大佑、王洛宾，有一个姓沈的先生也曾谱过，前年内地一位朋友说关牧村也唱过这首诗，那是谁谱的曲我还不知道，你帮我查一下告诉我。

我对画和戏剧还是相当内行的，许多有名画家出书请我写序，我大学毕业不久译了《凡·高传》。戏剧方面我也译过王尔德的三本作品，在广州、香港都上演过，今年七月香港还要演。我相信艺术都是相通的。”

决不写自传，那纯粹是自寻烦恼

到了不得不起身道别的时候，边收拾纸笔和采访机，我边笑着问他一个盖棺定论的问题：“在中国文学史上‘余光中’三个字会留下怎样的一笔？”

余先生毫不含糊地道：“这应该是评论界的共识吧。杜甫曾说‘文章千古事，得失寸心知。’唐人选了9种诗选，只有一种有杜甫，可见他不被当时的社会所看重，后来在宋代因被欧阳修看重才视为大师。何况一部文学史也会被改来改去。我只凭信心和兴趣来写，至于地位应该由时光老人来操心。”

信心与兴趣哪个更是原动力？

“使命感占一部分，兴趣占很大一部分，后来写作就变成一种惯性了，大家也认为你可以源源不断地写下去，记者编者学者都找上门来问是否有新作品，我就不断写到了今天。”

您现在手头正在做什么？

余光中先生无奈地摊手苦笑：“我现在在做余光中的秘书。我的杂务太多了，文章评审，签同意书，收选集等，还要教书，根本没有充裕的时间来写作。想找人来替我处理吧又没合适人选。”

已经有好几个版本的《余光中传》出来了，会有一天写自传吗？

“陈君华著的那个版本我认为不够认真。厦门大学研究员徐学著的《火中龙吟——余光中评传》比较好。我绝对不给自己写传，那纯粹是件自寻烦恼的事。”

张贤亮

被饥饿滋养的公子哥儿

2014年9月27日，看到网上新闻，“著名作家张贤亮因癌症晚期，医治无效去世，享年78岁”。我的心一沉，来不及消化这则新闻带来的冲击，脑海中首先浮现出那个斯文儒雅的长者形象，耳畔是他底气十足、滔滔不绝的话音。回首望去，那次与他的尽兴之谈距今已经隔了十个年头了，那时的他只有68岁。曾经22年的右派，20世纪80年代的当红作家，如今的成功影视城老板。他跟我自诩自嘲为“作家首富”，感觉他比同样是畅销书作家、同样是酒店老板的海岩还有钱，虽然我暗自怀疑这一说法的可靠性。

“我90岁时会出一本我自己真正的传记，那时我才会有真正的自由，才会不加任何隐瞒地写出我的人生真相，但现在还不行……哈哈。”他爽朗的笑声伴随着手中香烟的雾气一起升腾在春日迟迟的大观园畔，我们俩，当时谁曾料想到，那之后的第十年，他就会撒手离开这个让他充满感激与眷恋的人世。

父母都是留美学子，祖上更是世代显赫，出生在南京闻名的“梅溪山庄”，那花园大宅里的他原本就是个公子哥儿，据说十岁前他都不会系鞋带，因为有佣人前呼后拥。即使18岁就被打成右派关进西北监狱劳动改造二十多年，即使祖上的产业早被充公成了电厂，即使45岁才有机会当上父亲，被平反后回归人的最起码的尊严状态后，他一点也不颓废沮丧，甚至没有喊冤，“这不是我一个人的不幸，这是时代的洪流导致的大不幸，我有什么必要感觉自己冤屈？”他甚至认为自己是个幸运儿。“人其实又是不公平的，你说我这么多年的右派，比大多数人起点都低，可后来我不仅写小说出了名，还下海经商赚了钱，所谓名利双收，还有了话语权，有机会参政议政……我其实真是中国社会变革的见证人，也是最大的受益者之一。在我的作品里，我能够主掌人物的命运，但是在我的生活里我是被命运所主掌的。”

言犹在耳，人去楼空。他一贯自豪的西部影城里，再也不见他平端着肩膀翩然出入的身影。据报道他的骨灰没有放回江苏故里，而是葬在这个叫镇北堡的西北大漠，“他来了，又走了”。这是他吩咐儿子写在墓碑上的话。

张贤亮曾说："我是中国第一个写性的，第一个写饥饿的，第一个写城市改革的，第一个写中学生早恋的，第一个写劳改队的……"其实，他一生更精练的概括应该如此：他是一个被饥饿滋养了一生的公子哥儿。肠胃的饥饿、性的饥渴、精神的饥荒成就了他的一生。

没有这些饥饿感，没有为填饱这种饥饿带来的一系列折腾和作品，就如他自己所言，他没有任何话语权，就像公园里那些打扑克的老头一样。

那张陈忠实当车夫、张贤亮坐车的照片映入眼帘，两个老伙计那一刻都笑得开心，生死瞬间事，如今，都已在黄沙之下化为一抔净土。

在银川殡仪馆最大的悼念大厅里，据说有超过1500人来此致哀，400多个花圈摆满灵堂内外。人群中不乏小报记者们盯着花圈上的敬献者的名字做文章，除了铁凝、贾平凹、冯骥才等名人，甚至有人想揣想出那些无名女性名字究竟对死者意味着什么。有人传言张作家有许多情人，说他不赞成一夫一妻制，几年前还传出新闻说某女哭诉被张始乱终弃……

"死亡是一次壮举。由于这种壮举一生中只能进行一次，因而具有绝顶的重要性。"这是他非常自豪的作品《习惯死亡》中的句子。其实，活着的人都只是在试图表达对死亡的理解，真正的死亡降临，任何语言都是苍白无力的。因为它看似与你有关，又彻底无关。

那次采访他一年后，2005年7月9日，我国当代著名作家、中国作家协会名誉副主席陆文夫因病在苏州逝世。知道他与张贤亮是相知二十多年的好友，我打电话给这位"丐帮帮主"，引得他一声悲叹："与陆文夫是相知多年的好朋友了。20世纪80年代文学奖还不多，当时他的《美食家》和我的一部作品都获奖了，那次聊得很投机，后来又一块儿出国访问，交往越来越多。一个作家写好作品并不难，做一个好人才难，陆文夫既是好作家又是好人，他为人厚道、忠诚、热情，对友人永远关心有加，在作家圈子里，他的朋友很多。我曾去苏州看过他，只是近三四年没机会见面，后来他身体不太好，有些场合也没他的影子……我会写文章纪念他的。"

再后来，我没有联系他，也没有读到那篇纪念文章，我想他事务繁忙，也许根本没机会成文。

曾经有朋友想就吸烟这个话题采访几位名家，我推荐张贤亮，亦给远在宁夏的他打电话牵过线，后来也不知下文如何。

倒是我的图书《瞧，这群文化动物》出版前，出版社希望能选几位我访谈过的作家评价几句。我打他手机，他只沉吟片刻便在电话那边响亮地说："我们联系不多，你其实给我印象很深，就是你采访时营造的气氛非常融洽，让被采访者感觉不到是在接受采访，而是在聊天，让人很快乐。这是很难得的。可以说，在纸媒体中，你是让我最放松的采访者。而电视采访中，能给我这种感觉的是鲁豫。"

他再次邀请我，在春暖花开时，一定到他的地盘去转转。

一个宁愿不出席大会闭幕式也要驱车几千里，赶回家为死去的小狗送葬的男子，一个心肠柔软的公子哥儿，有什么理由不让人怀念？

时间

2004年03月14日

地点

北京大观园酒店

昔日重来

昔日饥饿符号，今日丐帮头儿

就像说到巴金就会想到“真理”二字一样，在我眼中，张贤亮就是那个年代“饥饿”的符号。

他从宁夏来北京参加两会，我们才有缘一见。他比我想象的要瘦要高，年届七旬仍腰板挺直，灰色西服，大框眼镜，一根接一根地抽烟。他比作家“入世”，又比商人“出世”。当他迈着不紧不慢的步子向我走来时，我更感觉他像个大学中文系教授。

我们的见面地点在大观园酒店一侧的宝玉斋。三杯瓜片，一团不断弥漫在室内的烟雾，混合着他略带口音但又听不出是哪儿的口音的讲话，以及那爽朗的笑声，那爽朗透着赏惯了大漠孤烟的从容，透着阅尽了人间沧桑后的淡定。他“弃”文经商且获得成功我丝毫也不奇怪，就如老舍所说，“情种只生在富人之家”，那富商是否也多来自世家子弟？

最早知道张贤亮是我上高三那年，他的《绿化树》让我满含感激。那年同住一个县委大院的某教育局长的儿子死了，他也是高三生，复读班的，怕落榜的命运再次降临，高考前一个月，他喝安眠药死了。别人都说他傻，我的同学们却都能理解他的选择，毕业生的压力非外人所能想象。有一阵，我几乎没有任何食欲，虽然早晨6点起床一直到夜间12点总是伏案苦读。为了节省上学走路的时间，高考前我一度住在父亲在县委的办公室里，那里与学校只隔着一个十字路口。安静沉寂，陪伴我的是一张书桌、一张单人木头床和简单的洗漱用品。父亲劝我放松，应该有意识看些“闲”书，甚至可以从他书桌的抽屉里找根烟抽提神醒脑。烟我倒是没碰过，倒是从他墙上木板搭的书架上，我抽出了张贤亮那本《绿化树》，那封面是浅绿色的，朴素的一如乡野的麦苗。

——每人四两：一个稗子面馍馍，再加一碗已经冷却的咸菜汤。我磨蹭着最后一个打饭。我笑着对炊事员说：“我不要稗子面馍馍，你让我刮那笼屉布吧。”“行，”炊事员诧异地看了我一眼，递给我一把饭铲，“你要刮你就刮吧。”我仔仔细细地把笼屉布刮得比水洗的还干净，足足刮了一罐头筒馍馍渣。按分量说，至少有一斤！祖宗有灵！虽然有股蒸锅水味，还是很好吃！只有自由的人才能进伙房刮馍馍渣。自由真好！

看到这儿，我的胃有了蠕动的感觉，中午居然吃进去一个馒头外加一碗粥。对着那个陌生的名字，我感到了力量与温暖。

我知道，在这世间，有人的苦难远比我这点高考压力沉重千百倍。他乐观机敏地在属于他的炼狱里闪转腾挪，为了能活着而调动身体每一个细胞去努力抗争。

几个月后，我以全县第三名的成绩接到了大学录取通知书。

读大学时我最要好的女友失恋了，成天嚷着减肥的她很快骨瘦如柴，正好同室一个同学在看《绿化树》。熄灯后，这个同学津津有味地讲所读到的细节，讲到书中的“我”借垒灶之便把糊窗子用的糨子悄悄摊在洗得干净的铁锹上，一张一张煎成煎饼狼吞虎咽地吃下去时，失恋女友突然愣愣地说：谁有剩馒头，给我一块吧……她坐起来，摸黑到桌子前拿起那半块剩馒头就啃，那很香甜的咀嚼声把我们大家都馋饿了。

那以后，谁没了食欲大家都会认真地说“买本《绿化树》去”，那口气就像说买瓶消食片一样。

我不知道这类“故事”张贤亮是否也曾从他人那儿耳闻过，在前天与他面对面采访的时候我仍没有问他。有些事情存在过就足够了。

采访完，他站起来与我抢单，说茶钱该他付，谁让他是丐帮头儿呢！

西部影城——我非常得意的文化作品

一个从小锦衣玉食的少年，突然由于社会和家庭变故而被学校开除，继而又从首都被发配到西北荒无人烟之地，因为做一首小诗而灾祸临头，一夜之间成了右派身陷监牢。

二十多年后，他又靠文字而成名且终于摘掉“右派”和“反革命”的帽子，命运苦尽甘来反生乾坤逆袭，这个阶下囚不仅成了著名作家，还成了全国政协委员参政议政。

“作为全国政协委员出席本届会，感觉与以往有什么不同？”我问。

他没有立刻回答，倒是先点了根烟，才道：“大家对温家宝总理求真务实的报告很满意，因为其中讲到了很多社会现实问题。”

我听说他在会上就餐时被鱼刺扎了喉咙，可还要求第一个发言，便笑着问他怎么回事。

“被鱼刺扎的事我都没当回事，在四川美院上学的儿子从网上看到后，打电话给我时我才知道这件事被当作会议花絮了”。他告诉我说这次来北京，他是一路从宁夏开车来的，“方便一些，我也不爱坐飞机，飞三小时以上的地方我都尽量不去”。

我眼前立即浮现出他那边陲的世外桃源景象，电影《大话西游》更是让那里平添了许多浪漫。张贤亮在宁夏的生活在许多人眼里尤其具有传奇色彩，据说他手下有四百多员工，人人都很敬仰他。

“我就住在影视城里，每天的工作生活可以说是一体的。许多事我做主，但好多事我非常虚心听别人的意见。我在宁夏生活了50年了，自1955年到今天没离开过。我习惯了那儿的水土、气候、民俗等，虽然这50年中有22年是在监牢里度过的，我对宁夏非常有感情。我包括各种题材的三百多万字的作品都是在那儿写出来的。”

要说办影视城还得从1993年“下海经商潮”说起。他说开始只是想给宁夏文联办一个企业，但惟一的固定资产就是文联大楼，而大楼作为国有资产不能作为申请贷款的抵押，银行就有人说“张主席把您的外汇存款存到行里来就可以作抵押了”。大家都知道张贤亮的作品有二十多种外文译本。“当时我们国家虽未加入伯尔尼版权约定，但许多国家除了发出旅游邀请让我去参观外，还给我们一定的版权补贴，这样到1993年时，我手头有78万元人民币的外文版税，在当时的中国作家里算很富有的。作贷款抵押后的第二年，中央就下了文件要求企业经营与行政管理脱钩，于是影视城的责权利都由我这个董事长来承担了，于是我自然地走上了经商之路。事实上当时我所承担的就是债务，如果我不把企业办成功那我的钱就全没了”。

从11年前的负债经营到如今，影视城作为4A级旅游风景区，有形资产已是数千万了，无形资产更是上亿。他说最自豪的一点就是：“影视城虽说不是文学作品，但却是我非常得意的文化作品。”

成功秘诀——牢中看过的三本《资本论》

据说影视城有成功秘诀，而张贤亮一直对外秘而不宣。我笑着问他这十几年都过去了是否可以揭秘了。

他笑笑说这早已不是什么秘诀了，无非就是他在劳改队时翻过无数遍的三本马克思的《资本论》。

怕我不信，他放下茶杯看我一眼认真说道："这样说可能没人相信，但这真是我在资本运作时的一个关键的理论指导，因为书中详细分析了市场经济的发展理论与操作规则。除此之外，要说有第二个秘诀，那就是我对文化产业非常有兴趣，毕竟我从事的是一个文化产业，与我所从事的写作行当相关，如果让我经营烟草或玻璃制品，可能我早就破产了。同时应该看到文化产业是高附加值的产业，甚至超过了高科技产业，因为它的成本低。比如窗台上现在放着的这个瓶子，它本是一把不值二分钱的泥土，可烧制成形状后就成了商品甚至艺术品，它就值十块百块了。"

我问，名人做投资也有一定的优势，至少会有些名人效应吧？

他又点了根烟，吸一口，喷出烟雾，望向前方那有阳光照射进来的中式窗棂，侃侃而谈："当时的投资环境并不好。名人效应只在开始的阶段有用，一说张贤亮搞影视城呢，几千万读者可能会关注这个项目。但名人效应是一把双刃剑，否则我的经营初期不会有那么艰难。都说商人有原罪，我作为商人是一点罪都不敢有的。为什么？稍有不慎就会将仅有的那点靠写作积攒出的名声毁掉。我不敢贿赂官员，不敢偷漏税，只敢在没具体游戏规则的情况下遵守良心与道义上的规则。别人轻易能做到的事我要经过长期的等待才行。否则我会把在文学上建立起来的一点名望都丢掉，而人要像鸟一样爱护自己的羽毛。所以即使你是一个名人，到具体事情上那点名都是虚的，比如我说'我是张贤亮，把这个无形资产押在银行吧。'人家会贷款给我吗？在上级官员眼中我就是下级，我要听从指挥，在下边老百姓眼中我是掏钱的老板，我要能给他利益他才会听我的，名人之名得不到任何实际利益。实际上我从事旅游的起点比别人低得多，别人要么占了很好的自然风光，要么有丰富人文资源，要么有很好的地理位置。我呢，自然风光谈不上，西北一片荒凉，人文风光呢，我那儿有两个古堡废墟，可是中国西北部有历史记载的这类古堡有五百多座，每一座都比我们的完善，同时地处西部交通也不便，在负零的状态下进行这种良性经营真的很难。去年吴仪副总理去宁夏考察，我说我有两个'零'，'零付债''零投诉'，她说后者更难。"

我问他是否还有意扩大景区的发展规模，他毫不犹豫地说不会。"有人从新疆来找我，说给我十万亩地70年的使用权、三千万启动资金，我不为所动，因为影视城已经没有太多前景了，以后拍影视谁还去什么影视城？只要在一个小房间面对一台电脑就要山有山要海有海了，即使现在影视城作为拍摄基地也是赔钱的。我现在要做的是在西部地区建一座中国民俗文化博物馆，把有中华风情的东西尽可能全面地加以展示。"

回首坎坷——我感觉上天对我不薄

文学界同侪对张贤亮评价都不低，许多人把他与王蒙、李国文、从维熙等人相比，说他们如同拓荒者，一边捂住尚未完全愈合的伤口，一边在新时期文学荒地上播撒种子。遗憾的是，张贤亮并没在文学道路上走得更远。但在文学以外，张贤亮提供了文人从商的一个榜样。他以另一种方式，投入了时代的洪流。

我问他在他心目中更以作家还是商人自觉自居，他说："我认为这二者对我来说都是平等的。文学是形象思维，商业则要严谨的抽象思维。我写作，不说《绿化树》《习惯死亡》吧，《男人的一半是女人》被评为‘100年来最有影响的100本书之一’，我也被评为‘百年来最有影响的百位作家之一’；我经商，我把一片荒凉之地在没获得一分赞助的情况下，变成一个得到国际ISO认证的国家级风景区。这些都是我很欣慰的。其实每个人都有各种能量，只不过选择到一个固定职业后就把其他的能量变成了潜能，而我只是把天生的能量尽量大地发挥出来了。”

至于当今那些红极一时的写作者如韩寒郭敬明等年轻一代，他似乎并不想掩饰自己的狷介，“我一点都不关心韩寒、郭敬明他们，他们写的东西我一个字都没看过”。

对有人说他是“中国作家首富”，有人称他为“文化资本家”，他说更认可“文化资本家”这个称谓，那让他可能更直接联想到自己显贵的祖上和一向殷实的家世。要说是“中国作家首富”他也承认。“为什么？作家一般都是穷人嘛，就像丐帮一样，大家都穷，相对来说我这人是最富有的也没什么不可思议，充其量是丐帮首领嘛，即使做到‘八袋’又能富到什么地步？我又不是中国首富。当然现在作家们也不是传统意义上的穷人了，有人写一集电视剧也能挣到一万元。”

知道他去年已经从宁夏文联主席的位置上退了下来，我好奇平时周围人们怎么称呼他。

他说有不少人继续叫他“张主席”。“我还是名誉主席嘛，也有人叫我张先生、张大哥、贤亮都行，但叫张作家不太好听哈。”他大笑着咳嗽了起来，赶紧侧身掩住嘴，咳罢还跟我道歉，绅士风度尽显。

不久前我刚采访过从维熙、王蒙等几位作家，与这些专心笔耕不辍的老友相比，张贤亮虽然在搞文化产业，但毕竟完全不同于文学创作，他对自己下海的不凡之举是否有过顾虑？

他爽快地说没有顾虑，望向我的眼神坦诚而自信。“就像我向来不考虑别人对我作品的批评一样，20世纪80年代中期可以说是对我批评比较集中的一段时期，比如《男人的一半是女人》，光评判文章集在一起都有好几十万字了，但我根本就不在乎。”

“不管在生活还是创作上您认为自己是个我行我素的人？”

“那要看我行我素是褒义还是贬义词。如果说是中性的词，我承认自己是。我可以我行我素，只要对得起自己的良知。”

“您有句名言是‘除了人格和良心什么都可以出卖’。”

“对，这就是市场经济。”

牙白色的衬衣衣领挺括，深灰色西服很合体，那副琇琅眼镜一看就出自大牌。我突然发现眼前的张主席很白净，虽然额头眼角亦有皱纹，但也许因为保养到位，又知道如何养生，他的气色极好。难以与那个21岁被打成“右派”，在监狱里一蹲就是22年的人相联。

我问，“听说当年坐牢期间你还逃跑过以乞讨为生，对那段经历是否有过愤恨？毕竟那是最好的一段生命时光。”

我以为他要像许多经历过“文化大革命”的人一样皱眉摇头叹息命运蹉跎，可他的回答让我相当震惊并不无佩服。

“在当时，人只有一个愿望，就是求生，捡到一个烟头都是最大的幸福，根本顾不上思考什么痛苦。说到回首往事，我感觉上帝对我不薄，要知道在当时的社会环境下千千万万人死掉了，即使千千万万个活下来的人中没几个达到了我今天的成就，这些都是上天对我的眷顾。如果说当时大家都过得很好，惟独我一个人倒霉，那我还有个恨头，可事实上整个社会的大环境都不好，我倒认为自己是个幸运者。为什么我认为要积极推进改革开放，就是为了防止悲剧重演，在一种貌似高尚的精神感召下，千千万万人盲目地投入一场愚蠢的狂躁的失去理性的运动中去实在可怕！”

想赶回宁夏给爱犬立个碑

20世纪80年代可谓张贤亮文学创作的极盛时代。曾三次获得全国优秀小说奖（1980年的《灵与肉》、1983的《肖尔布拉克》、1984的《绿化树》），多次获得全国性文学刊物奖，有九部小说改编成电影电视搬上银幕，包括谢晋导演的《牧马人》及《黑炮事件》《肖尔布拉克》和王安忆称她最喜欢的《河的子孙》。

经营影视城以来，他自己也称写作对他来说很困难，理由是“不想重复，专心办影视城”，可外界却说他把写作荒废了。

对此，他是有自知之明的。

“我经商10年间写了6本书，6本书也没什么大影响。为什么？文学已经边缘化了。假如我再写性，可能比其他人写得都要好，可我已经写过了，不想再写，写饥饿吗？看看《绿化树》就知道了，再写还有什么意思？我们当时之所以成名，就是因为许多禁区都是被我们闯入的。我现在想把有关人生哲理的感悟写进小说里去，这就比较难。王蒙干脆就写了部《我的人生哲学》，很直白，也很好。”

“近年的写作未能出有广泛影响力的佳作，是否与精力过多投入商业有关？”我问。

服务员来添水，他掐灭了手中的烟，说道：“还真没太大关系。有些事情我现在不想写，等过些年再说吧。否则可能会因为现实题材给自己带来麻烦，比如现在我再写当年的劳改生涯可能就没事，那些劳改队长什么的人可能就不会找我了，毕竟那段生活都成了历史了。我不想批评某部具体作品，但我觉得所谓官场小说都没什么价值，我现在手头要写的是一个灵魂在五代人间穿行的故事，目前基本上成型了，我要把它压缩成二十多万字。但这本书今年不会出版，因为中国电影‘金鸡’‘百花’奖要在银川召开，我没这么大精力。现在写作对我而言有一个好处，那就是不急功近利了。”

话锋一转，他再次提及当今文坛的创作，这次倒是包容与鼓励："不管'小女人写作'也好，'美男作家'也罢，我认为当今进入了一个自由创作的阶段，这是除经济转轨外文化转轨的具体体现。这种文化创作现象不能用简单的好或坏来形容，它只是社会发展的一个自然现象。而各种写作者也没必要互相攻击，张家开了茶馆不妨碍李家开个咖啡馆，各干各的才是真正百花齐放。"

我问他有没有个人比较喜欢的作品。

"我正在看《往事并不如烟》。我认为很不错，但书中描写的一切让我看了心里很难受，同时感觉自己很幸运。"

我建议聊点轻松的话题。

他65岁才学车，从银川一路开到北京，说为的是让自己生命中总有兴奋点，"当前的兴奋点是什么？"

他却给出了个高大上的答案：给人提供快乐。比如五一、十一时，从全国各地赶来景区度假的游人如织。他在城楼上往下看着，感觉很欣慰。"自己能让别人过得快乐，那种成就感是我写一本书所无法比拟的。除了这些游人，同时我至少为100多名员工解决了吃饭问题，为周边数千人谋生创造了条件。影视城每天的收入我都会过问的，比如我现在在北京开会，照样会有员工每天向我打电话汇报。"

"您作为董事长还亲自过问许多具体的事务，有没有想过聘请个总经理？"

"聘请总经理比较难。一个读过MBA的人可能懂经济但不一定懂文化和艺术，一个艺术家又可能不懂经济，所以干脆我自己来做。其实我那儿规模并不大，也就900多亩地，100多位员工，我能管得过来，而且我把管理当成玩儿。我除了写作、书法外，不打高尔夫，不打麻将，不唱卡拉OK，正好拿公司管理当成一个很好的玩儿的手段，所以很快乐。只不过我这两天有点伤心，在我来京期间我的一条叫菲尼的牧羊犬死了。我养了四只孔雀、八只八哥，还有好多珍珠鸡，就这一条狗，才一岁多，所以明天的闭幕式我也不参加了，我要赶回去再看它一眼，我想把它好好安葬在景区里，把它用过的所有东西都随葬在一起，给它立个碑。”

我知道自己有绯闻

最近王蒙夫人写了本书《我的先生王蒙》，我去家里跟这位面容和悦的女士做过一次对话。她说同住一个小区的作家张锲经常跟人评价王蒙，说他是个没有绯闻的作家，而张贤亮则当场开玩笑说“没有绯闻怎么会是好作家”。

听我聊及这个话题，张贤亮脸上是完全放松的快乐，声音也提高了几个分贝：“老崔（王蒙夫人）可能没记全，实际上我还有后一句，我说王蒙不必有绯闻，因为他把世界上最好的女人娶到手了。”

事实上王蒙夫人在后面也提到那句话了。我再追问，“按您的逻辑，您也是个出色作家，您有绯闻吗？”

他大笑，露出一口洁白的牙：“我有绯闻，哈哈，这个问题不要在这儿说了。”

可宫雪花这个名字是绕不过去的。毕竟网络媒体发达的今天，有些“隐私”就摆在网页上。

看我一再追问，他似乎也没有不悦，仍很平静地说：“我认为在不了解别人的前提下，先不应该把别人想象得特别坏，对宫雪花也是一样。可能是1998年左右，宫雪花给我写了封信，说她看了我的《习惯死亡》非常喜欢，她想去宁夏看我，希望我能写写她。信封中还有一张她的非常时髦的照片。我认为我那儿很封闭，怕她来了太张扬，就说刚好我要去上海，可在那儿见一面，于是就与谢晋一起和她吃饭，她讲了一些她的经历。我认为她本质上是个善良甚至有点傻的女性。后来我又去香港参加影视节目颁奖会，结束了我要换酒店，她说让我住她家。我当时想看看香港一般百姓的生活状态，去了后才发现她家里摆满了中国现当代文学作品，我们聊天聊得很愉快，但我说我没时间写她，只能交个朋友而已。再后来，我去英国看到中文报纸上到处都是她的照片，原来她因参加港姐竞选而成了香港十大新闻人物。后来她又打电话给我说她有个集子要出版让我写序，我同意了，仅此而已。在序中我说‘靓丽不只属于年轻人，中老年人也可以保持健康心态和绰约风姿，不能老了就流鼻涕邋遢不堪。’没想到引起各种猜测揣摩。我不想辩解，后来和宫雪花也没什么联系。但我注意到武汉有个记者写的一句话说：‘可能张贤亮的行为有点龌龊，但他心底是光明的，不像有些人的行为看似光明，但他的心底是龌龊的。’”

对男人来讲，爱情往往是肉体大于精神需要

这样的回答当然已经很让我满意，至少他没有像某有名的歌手那般怼一句“关你什么事”。不管内容真假，至少他解释，就已经显示了他的厚道。

当年的《男人的一半是女人》《绿化树》那么万人瞩目，除了伤痕式地展示苦难，还因为其中对爱情有大量描写。年近七旬的他究竟怎么看待爱情？

他似乎对这个话题很感兴趣，“我的书中都有爱情，但实际上在写这些爱情时生活中的我根本就不可能有爱情。你想我21岁坐牢，一坐就是22年，别说女人，连条母狗都看不到，从哪儿来的爱情？虽然后来出来了，但四十多岁的我已经过了产生爱情的最佳时期，后来我又不停地写作，当时有句话叫‘把失去的青春补回来’，正因为我自己没有爱情才把爱情写得特别美好，如果我真有爱情可能反而觉

得爱情不怎么样。所谓‘入芝兰之室，久而不闻其香’嘛，除非像贾宝玉一样的多情种子。等到缓过些精力来我发现爱情确实是人的一种需要，但对男人来讲，那往往是肉体大于精神的需要，比如生活上的照顾啊、性的满足啊，男人相对来讲在这方面都是自私的。他对爱情的理解往往是得到满足与关怀的愿望。哈，我不是女性不能代表女性发言。因为这本身就是一个男权社会，包括西方也是如此。这种人文环境容易让有成就的男人滋生出以自我为中心的感觉。”

“那您是自我为中心的男人吗？”

他毫不犹豫地点头：“是的，这点我很坦白。”

“您的作品中除了爱情还有大量的性描写，从过去到现在，您本人对性的态度有改变吗？”他的坦诚让我丝毫不感觉性这个字眼令人尴尬。仿佛他就是个多年老友，且没有性别之差异。

我相信他亦有同感。

“在我21岁前，人们满脑子封建意识，男女稍微走近点都被称为有作风问题，我入狱前是连女人的手都没摸过的。等我需要犯点‘生活作风问题’时，我进了监狱，放出来后又要写东西，但我认为性对一个男人来说是伴随终生的，他只要还有一口气就会有性的要求，那是他生命力的象征，尤其是成功的男人，他的占有欲望也比较强。比如克林顿与莱温斯基事件，也叫‘克林顿综合征’，就是一种证明。”

钱能买到的都是便宜货

一个人从饥饿的年代走来，对富裕生活的追求也许有种报复性的原始欲望。自认为是中国作家的首富的他，怎么看待金钱在一个人生命中的作用？

没想到他早有答案，看来对金钱这个概念他思考也不少。“对我来说有则多花，没则少花或不花。我穷的时候也能过，现在做到这个‘丐帮头儿’了也还行，如今金钱对我来说已经没有太大意义了。事实上，钱能买到的都是便宜货。”

钱能买到的都是便宜货。多么经典睿智！不愧是在社会这个大熔炉里煅造出来的。

“经商之路还要走多久？”

“以我现在的身体我至少还能干30年，其实越到后期我越要玩儿得尽兴，包括对员工的教育我都抱有玩儿的心态。因为作为景区本身就是让大家玩儿的一个地方，你自己都不会玩儿怎么让别人玩儿得好呢？我认为真正的艺术都是玩儿出来的，玩儿出艺术来的人叫艺术家，为了挣钱而做的艺术那叫匠人，比如歌德、齐白石，都是在一种放松的没有衣食之忧的环境下创作的。也就是说金钱对文化创作起着相当大的作用。”面前的瓜片因为多次续水，茶色渐浅，但我感觉我们的谈兴却正浓。

“您如今已是68岁了，回首人生路程，有没有什么感激的人？”我的问题也早已超出了采访提纲上的内容。眼前这个气度不凡的长者，越发引起我的兴趣和好感，因为他的真实，因为他的直率，当然，也因为他的优秀非凡。

“我认为是我的父母，他们生养了我，尤其是我母亲在被抄家后跟我们一起移民到西北去，没享过一天福，总是为我担惊受怕。1969年就去世了，她才61岁就去世了。我父亲1952年被捕，后来死在监狱里面了。”

“我认为家庭对一个人的影响也很重要，如今在影视城有我母亲抱着儿时的我的相片，还有我12岁时与父亲、祖父的合影，我是家中惟一的男孩。从遗传来说我和大家都有共性，要说独特的地方可能家族有些经商经验。另外我祖父当过外交官，所以出国后我很有与各国人相处的能力。”

陈忠实

白鹿原上嚼泡馍抽雪茄

陈忠实，是我为数不多的打过多次交道的作家。

最初的相识相见是在西安。2006年的春天，在当时还健在的中华文学基金会张锲主席的邀请下，我和其他几位北京媒体记者前往陕西延安大学为已故的著名作家路遥像揭幕。我们一行从北京坐火车先到西安，笑容憨厚如农民大叔的陈忠实作为陕西省作协主席为客人接风。老字号的羊肉泡馍，就着他地道的陕西口音，让一路奔波的我们如回到家里一般温暖。虽然之前就多次通过电话，此行前也打过电话说要跟他聊聊，不过，当亲眼见到一脸沧桑而又不乏关中男子的宽厚笑容的他，我还是有些意外。64岁的陈忠实显得很憔悴，后来才知道他的苦楚，也是他最大的烦恼：不得不经常参加大大小小的社会活动，现在几乎没有整块的时间来读书写作。

第二天直奔长安县王曲镇皇甫村，这个位于古城西安南部不足20公里的村庄埋葬着著名作家柳青。正逢清明时节，陈忠实带我们一起去给他敬仰的这位故人扫墓。1967年，也是这样一个春寒料峭的日子，还在当民办老师的陈忠实从乡下进西安城，为学校养的几头猪买麸皮饲料，走着走着，他看到自己崇拜的柳青戴着纸糊的高帽子，被押在卡车上一路游街。他的心绝望地一沉：柳青这样的作家都被打倒了，自己还能在文学上弄啥？

他不止一次地提及这位他最敬重的作家，“在他生前，我也一直没有勇气去拜访，尽管我是他的崇拜者。我在爱上文学的同时，就知道了人类存在着天才的极大差别。”

说是墓地，只不过是围墙圈起来的一个坟包，与当地其他普通农民的坟没有太大区别，不远处就是农户低矮的房舍。我努力想把眼前的景象与文学联系在一起，比如眼前的陈忠实、张锲，比如若干年前获了茅盾文学奖的路遥。据说因为路遥获茅盾文学奖央视要播放一段录制的画面，他主动要求到柳青的墓前来录，并支开陪同前来的弟弟，独自坐在这块墓碑下长达一个小时。

看我目光空洞地四处拍照，陈忠实望了我一眼，并没说什么，很宽容的眼神，似乎在说“他和他的时代离你们这一代人是很远了”。

适逢“公祭轩辕黄帝”典礼在陕西省黄陵县举行。陈忠实再尽地主之谊，带领大家前往祭陵。

盛大的仪式后又是一趟奔波，终于抵达延安。在延安大学我们方得机会开聊。

之后回到北京，我们不时有电话往来。甚至我们还很偶然地相逢在北京的人艺剧场，那是话剧《白鹿原》首演之夜，我猛然回头发现，坐在我身后的不正是陈忠实吗？

我起身跟他打招呼。散场后问他感觉如何，“很不错。”他真诚地说。

1993年出版的《白鹿原》一炮走红，四年后获茅盾文学奖，被教育部列入“大学生必读”系列，发行已逾160万册，被改编成秦腔、话剧、舞剧、电影等多种艺术形式。2006年底，“2006第一届中国作家富豪榜”重磅发布，陈忠实以455万元的版税收入，荣登作家富豪榜第13位，引发广泛关注。

一本书成就了一个人的先例并不少见，玛格丽特·米切尔的《飘》、普鲁斯特的《追忆似水年华》、塞林格的《麦田里的守望者》、艾米莉·勃朗特的《呼啸山庄》，不知道他们是否也像陈忠实一样承受着他人的冷言冷语。

“有人说我再也写不出东西了，说我超越不了自己，我为什么要超越自己？《白鹿原》让我心里踏实了，至少我有了这部可以死后垫在脑袋下的书。”

这话音落下十年之后，2016年，他真的走了，头下真的枕了那部让他成为陈忠实的巨著。

1992年在路遥的追悼会上，陈忠实念悼词：“我们不得不接受这样的事实，无论这个事实多么残酷以至至今仍不能被理智所接纳，这就是：一颗璀璨的星从中国文学的天宇陨落了。”今天，轮到了别人来为他致悼词。

在《白鹿原》之后，他几乎再没有创作“大东西”，如果以长度来说的话，也的确如此。但他在进行着另一种长度、宽度、厚度的创作，那就是扶持人，一个个扶持，一点点扶持，参加各种作品研讨会，为作者新出的作品写评论，写“腰封”，为青年作家搞推介活动“站台”，总之，他是在为他人活着，尤其是为成长中的文学新人们活着。

这是守在临终的陈忠实身边的陈彦的话，他既是宣传部的领导，也是一位作家。“在西安的大街小巷，偶然能看到一个挎着破旧皮包的老人，永远是那身灰灰的衣服，走起路来不紧不慢。”读到这一幕，我那一直让自己冷静的心再也不能冷静了。泪湿沾襟为老陈!

时间
2006 年 4 月 5 日

地点
延安大学

昔日重来

那个延安的春夜

2006年 4月5日是清明节，在当时还健在的中华文学基金会张锲主席邀请下，我和其他几位北京媒体记者前往陕西延安大学为已故的著名作家路遥像揭幕。这一趟每天的行程似乎都围绕逝者进行，不管是黄帝还是百姓，死者为大。

小草刚刚泛青，枣叶刚刚冒芽，从火车的窗子望出去，有些空旷的原野让人相信，四月是残忍的季节。

说起扫墓、祭陵，“地主”陈忠实操着永远改不掉的秦腔说：“我今年这是第三场了。昨天给柳青先生扫墓，今天是公祭黄帝。我知道这些天的时间不会属于我自己，前天我抽空回了趟老家，挤了一点时间给我父亲扫了扫墓。”

虽然这几天一直与他在一起参加活动，可几乎连说上几句完整话的时间都没有。他不是在主持会议，就是在陪同各方面的领导来宾，只有一点他没失去，那就是他抽雪茄的权利：烟瘾很大的他只要可能，手里都会捏着一根雪茄。问他，倒是理由充分：这东西抽了不咳嗽。

参加完公祭我们一道前往延安，预备6日去给路遥雕像揭幕，趁晚上的一点闲暇，几家媒体记者在饭桌上商量，只能赶紧逮住老陈，因为白天他要给延安大学的学生做演讲，揭幕后就要赶回西安。于是，延安大学校长助理胡教授帮我们安排，晚饭后在他的办公室对话老陈。刚坐定，他第一句话就是：我终于发现了一个比我还性子急的人。谁啊？你呗！刚才是你往我房间打电话了吧，刚响了三声我去接，你早就挂了，我就想，终于有人比我还急了，呵呵。

整理完录音，已是凌晨时分。走在空无一人的校园，看着天上那半轮已爬上窑洞的月亮，延安的春夜是清凉的。又想到上午一一走进去的枣园与杨家岭，那儿的空气似乎还未曾在皮肤上完全消散，顿时，暖意盈怀。

担心人艺演员们的陕西话

我们先从人艺版话剧《白鹿原》的改编说起，京城内外的媒体已经热闹报道了不短时间。

老陈说，从有改编意向开始，这部话剧运作了前后有近四年的时间，如今的情况是北京人艺已经开始排练。

“去年林导给我打了个电话，说喜欢我的小说，想改编上舞台，我一听当然很欣慰，因为人艺和林导的名声都是非常响亮的，在艺术上的追求让人敬佩。去年夏天他来了一趟西安，我带他到城东郊的白鹿原和三原县一带的农村住了几天，跟当地农民交谈，看保存得很好的四合院。

我看过他导演的话剧《茶馆》，非常好。去年我也为这个剧去了趟北京，还见到了濮存昕，这次他演话剧版白嘉轩。我看过他演的《来来往往》，对人物情感把握得很细腻，我相信他能演好白嘉轩。

昨天早上，我刚送走总政话剧团的团长孟冰，他是这部话剧的编剧。受林兆华的委托，这次他来与我商讨一些细节上的改动。另外，林兆华想在剧中插入几段地方戏，包括秦腔与老腔。他顺道来看看本地演员的唱段。

林兆华导演要求包括濮存昕在内的所有演员都说陕西话。我昨天听孟冰说，濮存昕把属于他的台词的一些字上都标满了声调，毕竟普通话与陕西话的发音不同，比如我要说‘我’就是‘恶’，音不同调也不同，得说成四声。

《白鹿原》的电影电视剧改编权都有人要，可都还没做成。对这次的话剧改编我还是比较看好的，毕竟从编剧到导演到演员都很让人信赖。像孟冰，他写乡村的话剧《黄土谣》还获过大奖，也是这次北京戏剧节的参演节目之一。

我惟一担心的就是演员们的陕西话能讲到什么程度，我听说北京人艺有一个陕西籍的演员。而总政的郭达也是西安人，在这部话剧里他演鹿子霖。”

是出于对他人的尊重吗，他故意偏着身子坐在椅子上，好让那雪茄的烟雾飘向门口。我更多时候面对着他的侧脸。

众所周知，小说的影视改编往往存在着导演与原作者的冲突，我问他与林兆华这位据说也很有个性的导演之间有没有冲突。

陈忠实说他对此非常理解。小说是叙述语言，讲究读者阅读文字的感受；话剧是肢体与行为表达，要通过表情和对话来表达小说的内容，比起小说来有长处也有短处，它毕竟是把平面文字变成立体形象。

小说人物较多，情节复杂，要想在有限时间里表达整部小说几乎是不可能的，这一点只有电视剧能做到充分的表达。

“我作为原作者能够理解。我对林导演他们的要求只有一点，只要能体现原作的基本精神，我就满足了，能把那个时代人们的心理情绪变化过程表达准确就行，情节具体怎么安排我就不在乎，关键是典型人物的塑造。”

他说他已经看过剧本了，认为基本体现了这些东西，比较满意。

“当然在语言上会变化成适合口语表现的形式，至于舞台呈现怎么样，我不能想象出来，那是一个多方面因素造成的综合效果，不同于作家自己一个人创作，作家写好写坏都是他自己的事。

我对这个话剧怀着很大的期望，而且充满信心。因为创作者都是有相当艺术实践与成就的艺术家。每种艺术形式都可以做自己的表述，编导要有自己的创新，就我这外行的理解，我认为最容易做的可能是电视连续剧，不受时间与场景限制，对作品也可做充分表述。”

他说自己是不会去现场看排练的，“公演时我会去看，现在我去看只能起副作用。现在从剧本的确定到演员如何表演都不是我的事了，就像足球比赛一样，一上场就是足球教练的事了，别人没法干预。”

赵树理的《三里湾》带给我此生全部幸与不幸

歇会儿，喝点水。他主动让我们中场休息一下。还跟我们展示了他的书法。和所有有童子功的文人字一样，圆熟而自成一体，不懂门道的人看了会感觉舒服，却说不出所以然来，只知道自己是无论如何也写不出来的。

“这纯属业余爱好，捡笔画顺溜的我会送给别人。”

见我们没人开口索字，他若有所思地收起来，似乎也不好意思主动送谁。

几天后，回京的火车上，聊起那一幕，人人捶胸顿足，原来当时每个人都动着一样的小心思，“谁都没张嘴，我主动要多不合适啊。”此时都后悔自己的死要面子。

那一刻房间是如此安静。

我再次拾起话题，聊这刚刚完成的世界华人关注的公祭轩辕黄帝典礼。

他说这是他第一次正式参加公祭典礼。“前年陕西推出首次民间公祭活动，当时公推主祭人，结果推选了我。我认为这是一项很有意义的活动。作为炎黄子孙，黄帝是我们的始祖，大家一起认祖归宗，从人的情感上来讲是很重要的一部分。今天上午的活动很庄严。它承载的不只是陕西人的情感，是这个民族的情感归宿的表达方式之一，人们在一起祈愿，希望我们的民族更强大。尤其是中国龙放飞的那一刻，让人心里很激动。”

我问他由省长宣读的那气势磅礴的祭文是否出自他之手。

他说20世纪90年代就有人找他写祭文，他毫不掩饰地说写不了，“那种文气我不行，我没那么强的古文功底。”

出身农民家庭，他的文学发蒙可谓不早。中华人民共和国成立第二年开始进学堂，在小学阶段没有接触过文学作品，尚不知世有“作家”和“小说”。直到初中了读到赵树理的小说《三里湾》，他平生阅读的第一本小说。

赵树理对他来说是陌生的，而三里湾的农民和农村生活对他来说却是再熟识不过的。这本书把他有关农村的生活记忆复活了，也是他第一次验证了自己关于乡村关于农民的印象和体验，如同看到自己和熟识的乡邻旧生活的照片。“我随之把赵树理已经出版的小说全部借来阅读了。这时候的赵树理在我心目中已经是中国最伟大的作家，我人生历程中所发生的第一次崇拜就在这时候，他是赵树理。也就在阅读赵树理小说的浓厚兴趣里，我写下了平生的第一篇小说《桃园风波》，是在初中二年级的一次自选题作文课上写下的。”

他说他这一生的全部有幸和不幸，就是从阅读《三里湾》和这篇小说的写作开始的。

另一个滋养了他的作家是柳青。从路遥、陈忠实、贾平凹到庞大的陕西文学创作军团，柳青开创了关注社会关注百姓的一个现实主义文学营地。

陈忠实40岁的时候，他的第一部短篇小说集《乡村》出版，赢得“小柳青”的名声，工作单位也换成陕西省作家协会。

“我记得读《创业史》时我才读初中。1972年陕西开第一次创作座谈会，我是业余作者之一，柳青讲话。他给我最深刻的也是最痛苦的记忆就是讲着讲着就上气不接下气了，他被摧残得患了严重的气管炎。当时人们赶紧拿来一种带尖头的橡皮胶管往他嘴里喷药，听着咔哧咔哧的声音，我难受得不行。”

他说柳青是陕西上一代作家的杰出代表，在当代文学史上代表着那个阶段的高峰之一。当时战争题材与农村题材是我国文学创作的两大部分，陕西有两个作家的代表作成为重要的里程碑式的作品：杜鹏程的《保卫延安》和柳青的《创业史》。

“我读过很多国内外作家的作品，都受些影响，相比较说受柳青的影响最重，他的作品是我最喜欢的，从地理上他离我也就五六十华里，最近，都属长安县。

我认为在那种历史状态下他能把《创业史》写到那种地步，是非常不可思议的。即使放在今天来看，虽然合作化已经停了，但他能让今天的人们看到20世纪50年代中国人最真实的生活形态。他创造的几个人物，包括梁生宝直到今天还那么鲜活，他们的音容笑貌、生活方式、表达方式，都是我从那时的文学作品中能获得的最真实、最生动的农民形象。这部作品主要写的是生活与社会，以及生活在其中的人们，所以至今价值还长存。”

写完《白鹿原》对小说创作没感觉了

第二天，我们要给路遥铜像揭幕，自然聊起已经离开我们十三个年头的路遥。我曾看到过一张黑白旧照片，是陕西这几位文学领头人尚显青涩的合影。还顶着一头黑发的陈忠实半立半歪在边儿上，一副民办老师的乡土气，似乎讲完课又去地里刨了半晌玉米刚赶到。贾平凹立在中间，有些清瘦，像个不得志又无处寻出路的农村青年。路遥则是微笑的，圆头圆脸愣愣地有一股热情，似乎憋着口劲儿要做点大事。

路遥去世时陈忠实致的悼词。

说起好朋友，陈忠实不无伤感。

“他是我的好朋友。我们住在一个家属楼，从20世纪70年代中期就认识了，直到他去世。生活上路遥是个很随意的人，不刻意讲究。但他不保守，他是陕西作家中最早穿牛仔服的人，当时我还穿中山服呢。他比我小七岁，但我们几乎是同时走上文坛的，所以可以说是文学道路上的同龄人，可以说路遥是新时期最杰出的作家之一。

许多人离开了，我觉得人们并未淡忘他们，尤其是路遥。现在年轻人中知道路遥的人都还没淡忘他。大概四五年前吧，有媒体搞过读者调查，他写的《平凡的世界》还是新时期以来大学生阅读最多的作品之一。

路遥很重要的创作是《人生》。那是1982年，作家们正从旧的文学教条里解放出来，获得真正属于文学的艺术，尤其像我们经历过‘文化大革命’前后两个时代的人，都面临着如何从过去接受的教条极‘左’的艺术中排解出来，接受新的艺术规律的创作。正在这个过程中，路遥的《人生》创作成功并出版，起到了非常积极的作用。它既不属于‘伤痕’文学也不属于‘反思’作品，而是真实面对生活，从艺术上模糊了过去概念上的好坏人的界线，塑造了一个真实的农村青年追求自己人生的形象，脱离了概念化的形象，这一点我们能从高加林身上体会到。”

文学成就了陈忠实。世代与官这个字无缘，到他这儿，祖宗显灵，这个农民的孩子担任了中国作协副主席、陕西省作协主席。

除了文学的天赋，我相信与他身上那股倔强劲儿不无关系。

当年写《白鹿原》丝毫不敢想象这部书会给他带来一个全新的世界。那个地冷天寒的冬天，妻子给在乡下故居写作的他去送补给：馍和面条。他说这次送完不用再来了，因为书就写完了。

妻子并不以此有丝毫激动，反而不安地问：出版不了咋办？

“我就去养鸡。”

一个把出版当成最大目标的人谈何功利心？他这个会写字也会锄地的农民只是憋着一口气要写一写属于他和父辈们的这块天地，要记录一下那些时间带不走的东西。

没想到，天时地利人和，他成了。邓小平南方谈话给当时转型的社会注入了春天的气息。虽然也有批评的声音，但畅销本身就是最好的评价。

他曾跟我兴奋地聊起那个令他狂喜的时刻。“看到编辑回信：开天辟地。这四个字让我惊叫三声如范进中举。然后告诉一旁不知所措的妻子，我可以不去养鸡了。”

“人生最痛苦最绝望的那一刻是最难熬的一刻，但不是生命结束的最后一刻：熬过去挣过去就会开始一个重要的转折开始一个新的辉煌历程；心软一下熬不过去就死了，死了一切就都完了。好好活着，活着就有希望。”这是《白鹿原》中的感慨，何尝不是说他自己？白嘉轩身上就有他自己的影子。

至于未来，他说原来还打算写一部新的长篇小说，一直没动笔。还写不写？他也不知道。

“呵，我听有人说我江郎才尽了，有人说我不敢写，怕不能超越《白鹿原》，其实，真实的情况是，我在把《白鹿原》创作完了以后，对小说创作没感觉了。直到2002年才开始写短篇小说，后来开始写散文，有感而发就写，包括友情、风光、感时、伤事的，一发不可收，还为一些作者写序，至今出了五六部散文集了。作家每人都有自己的样子，这就是属于我的样子。我现在也不怎么出门了，我给自己规定每年出陕西不超过三次，毕竟年纪大了。”

至于超越一说，他感觉有些可笑。

“其实作家写作只是在某个特定时期经历了某种特定生活后的集中体现，他在写任何一部作品的时候都不可能对自己说我这一部一定要超过上一部，因为如果那样想他根本写不出东西，所谓超越往往是没有创作经验的人自我想象的事，比如说鲁迅，他不可能写《风波》的时候想着一定要超过《阿Q正传》。

对我来说其实有时写篇三五千字的散文也会感觉很舒服，作品本身是不可比的。所以我不跟自己较劲儿，更没想过超越什么。”

我让他说说陕西省的作家群创作特征，他这多年的作协主席摇摇头说这不好说。

“在陕西，新时期起步的那批作家跟我几乎同时代，都还在积极写作着。有的在写长篇小说，贾平凹可能是创作状态最好的一个。我目前更关注四十岁以下作家的创作，人数很多，作品量也可观，但几乎没有一个能跃到全国文坛较显眼的位置上去，为什么？我说不来。我个人最大的烦恼就是不得不参加各种社会活动，把时间弄得支离破碎。”

回京半个月，我打电话给陈忠实，告知他我们的对话已经刊发了，同时问话剧改编进行得如何，没想到老陈正一肚子委屈，说他正想找我辟谣呢。“我不知道一些媒体为什么这么不负责任，成都某报连我本人都没采访，就擅自报道说我将《白鹿原》的版权以50万元卖给了西影厂。还说我激情消失永远放弃了长篇小说创作。太让人气愤了！我借《信报》向读者辟谣。”

这让我想起多年前的汪国真，也是没接受采访就被记者的大笔一挥歪曲了事实。

他说他其实并不那么在意金钱，只是和巩俐演的秋菊一样，要个说法。这部正在排演中的话剧《白鹿原》他没收一分钱，而是接受人艺提出的“票房分红”的形式。

陈忠实说：“他们提到票房分红的形式，我觉得很好，我依稀记得在二十世纪五六十年代好像就有个戏剧演出采取这种运作方式。即使票房卖得不理想，只要是认真地进行了艺术表现，那也没什么大不了的。我本人并不计较经济收入，观众喜欢这部戏，在艺术追求上有突破就是好事，我们还是应该更尊重艺术本身。”

谈起《白鹿原》的电影改编权，他说：“我的小说是已交西影厂改编电影去了，但版权远远不是50万元。我记得当时还没与西影厂签约，就有媒体已在报道说什么50万的事儿了，这从何谈起呢？”当我追问具体版权费用时，一向憨厚的老陈也打着哈哈说：“还是让我保留点个人隐私吧，版权卖出的数字对读者来说真的那么重要吗？”那一刻，他又恢复到了一个有些狡黠的农民的样子。

对自己的这部拿命拼出来的作品，陈忠实一向不掩自豪，“除了电影与话剧改编，早在两年前《白鹿原》就被西安秦腔一团改编成秦腔上演了。与《平凡的世界》一起，《白鹿原》又被改编成了两卷本的连环画，今年三月陕西青年艺术家李小超还将《白鹿原》中人物全都用陶塑捏成‘泥人’，在北京的现代文学馆展出了一个月。这是件非常好的事情，说明人们对文学作品还是有关注的可能的。”

当时北京正“非典”肆虐，他嘱我一定要保重，说昨天看电视得知西安已发现一例患者，他表示自己不会有任何压力，该干吗干吗。

时间

2003年11月4日

地点

北京丰台区菜户营

北京娱乐信报社

他是泡馍就雪茄

陈忠实似乎命里注定要与《白鹿原》画等号。据说当年，陈忠实到长安县去查县志和文史资料的时候遇到一个文学朋友，晚上和他喝酒聊天，朋友说："按你在农村的生活经历写一部长篇小说的资料还不够吗？怎么还要下这么大功夫来收集材料，你究竟想干什么？"酒精加豪情让这还未成大名的作家有点情绪化，他说："我现在已经46岁了，我要为死的时候可以有做枕头的一本书陪着我。写了一辈子小说，到死的时候如果发现没有一部能够陪葬的书，好像棺材都躺不稳。"

其实他写过许多中短篇小说都非常精彩，我最喜欢的一篇是他写"这个货"的《我和我的亲弟弟》，那爱里透着恨，恨里夹着爱的手足情感在他的看似粗糙的大笔描摹下，让人笑中带泪。弟弟坑蒙拐骗小伎俩不断，不甘贫穷又没本事，作家心知肚明，通篇揭短，最后却仍然让读者的心也跟着他一起柔软下来，“作家瞅着嘻嘻哈哈的弟弟，想说什么说不出来，就走出了窑院，面对这弥漫着柴烟的村巷，还是忍不住在心里呻吟起来，我的亲人们哪……”

距上次聊天已有半年了，那天突然想打个电话给他。

“什么时候来京？”只是随便一问，他却在那头用陕西味的普通话答：“后天吧，后天可能进京。”我们约好了见面。谁知第二天他就又变了卦，“我过年喝了点酒，胃不太舒服，去不了了。”得，只得改电话里聊了。

虽然之前我们只正经畅聊过一次，他却跟我成了忘年交一般，熟悉，亲切。我甚至跟着几位电视台的女记者一起挤对他，说文学女青年一定喜欢他，听说他有红颜知己。虽是极力否认着，他那纵横沟壑如黄土高原的脸上是难为情又有些得意地笑，“我哪儿有那闲工夫？纯粹是谣言。”我们再跟着起哄，好像一群村娃装大人在逗弄着憨厚的叔伯。

他的《白鹿原》确实让他一举成名，连最边远的农村小镇都能买到各种版本的《白鹿原》，获第四届茅盾文学奖，发行量一百万册，这些利好消息似乎还在升温。电影电视话剧同时在上演着白鹿大战，各路人马使出浑身解数打造出各自心目中的“白嘉轩”。从声音里就听得出老陈是舒心的，像刚就着滚烫热辣的泡馍吸了口雪茄——虽然听起来这二者有点不搭调。

这部作品也让他真正成了陈忠实。

社会上关于“陈忠实”，有两个形象说法，其一是陕西流传“陈谷陈糠陈忠实，假烟假酒贾平凹”，再一种就是20世纪他曾有“小柳青”之称。我问他怎么看这些江湖段子。

先说“小柳青”。他1973年在当时由《延河》改成的《陕西文艺》上发表了第一篇短篇小说《接班以后》，后来陆陆续续地每年都发表一篇，有人看了以为那是柳青的作品，只不过他换了个“陈忠实”的笔名。

“因为我的语言风格跟他的作品很像，有人就称我是‘小柳青’。其实之前我尽管非常尊敬他，甚至光《创业史》就看了很多遍，但从没见过他。那杂志的编辑就拿了那篇文章给他看，柳青居然把我那小说的第一节从头到尾改了一遍，哈，这说明我其实还不够像他。有好心人把那修改后的文章复印了一份给我，我看了很感动。后来我听过两次柳青的文学讲座，但没跟他单独聊过。

我的写作在20世纪80年代中期以后出现了些变化，我成了‘陈忠实’，感到很欣慰。”

再说陈谷陈糠陈忠实。

中国有两句民谚说得好：一句是大树底下好乘凉，在文学写作上，任何人的写作都要吸收前辈的经验，这是好事；一句是大树底下不长苗，因为大树把阳光和养分都吸收了，你要长成大树就必须得离开它寻找自己的天空和阳光。作家也是一样，要有自己的艺术个性，必须对生活有独立的发现与体验，否则不可能。

“而20世纪九十年代，我的《白鹿原》与贾平凹的《废都》都相继问世，人们便编出了‘陈谷陈糠陈忠实，假烟假酒贾平凹’的说法。我听了感觉有意思。刚刚过去的这个春节，西安一个老编辑与我和平凹都熟，他说平凹还曾把这两句写成书法送给他，我就说那我也写一个陈氏风格送给你，呵。”

为了清静点，他常躲到某个县里去读书。说起他三年前办公的作协办公楼，他总是娓娓道来，我可以想象他其实在记者们的“诱导”下都说过不知多少遍了：“我那办公室就是西安事变时软禁蒋介石的地方，他在里面睡过三四个晚上，我想象那一定是老蒋一生中最难忘的夜晚……院子的隔壁是张学良公馆，种满了奇花异草……”

他说爱看《信报》，每次来京都买。他说他喜欢来北京，因为这是个让人心里豁然开朗的城市，但是要说最爱，那仍是土生土长的西安。

临近聊天终了，我问候他生活中那三个“情人”：足球、雪茄、酒。“她们”都好吧？我俩都笑了。隔着几千里地，我似乎看到他发际线高高的前额发亮，笑容让脸上的皱纹更深。

“哈，酒是戒了，今年春节又旧情复发，喝了几杯，不行了，胃受不了，本来这两天要去北京的，可是不太舒服，不去了。雪茄还抽呢。

哎呀！我这个球迷太失望了，2004年可以说是新时期以来中国足球的最低点，虽然这二十多年来中国足球一直不顺畅，但国足败了，还有青年队能赢，青年队不行了还有少年队，实在都不行了还有女足能赢，可去年，不分男女不论年龄段都输，亚洲各赛事都和中国无缘。”

周汝昌

那个天真的老书生

2012年5月的最后一天，我正在洛杉矶开车接儿子放学。因为到得早，学校大门仍然紧闭，泊车在路边，打开手机搜看远在大洋彼岸的祖国的新闻，这已是离国一年来几乎雷打不动的习惯了。“红学大家周汝昌先生今天凌晨于家中去世，终年95岁。按照遗愿，不开追悼会，不设灵堂，让他安安静静地走……”

明知这一天迟早要来，也明知道95岁不论在西方还是东方都算高寿，心里仍然一沉，说不出的怅然若失。

“嘿女士你是不能把车停在这儿的！”一位年轻的亚裔警察敲打着我的车窗示意我赶紧挪车，那眼神很严肃，大有给我开罚单之意。我只好发动引擎开着车在小区绕圈子耗时间。

暮春的洛杉矶更像是夏天，与许多人一年四季都穿短袖一样，这里的天空也是一成不变的湛蓝如洗。我想起，周汝昌是曾到过加州的，他曾告诉我，非常遗憾不知道张爱玲就在此蛰居，否则冒着被拒的风险也要去上门拜访的，“她是真的读懂了《红楼梦》。”

张氏早在十几年前就孤独地离开了，死后多日才被发现。我曾约了洛城的作家叶周想去一访她的故居，据说就在叶先生办公室不远处。“就是非常普通的一个公寓楼。”后来感觉这样的拜访其实并无意义，最终作罢。

如今这位自称为“天真的老书生”的周先生也逃走了。据说他临终前一天，还跟子女口述七言绝句：“九五光阴九五春，荣光焕彩玉灵魂。寻真考证红楼梦，只为中华一雪芹。”

在我看来，他，终其一生考证挖掘，贾宝玉的通透灵性，曹雪芹的辛酸执着，早就如魂魄一般寄生在他体内。

“世间好物不坚牢，彩云易散琉璃脆。”

每当有重要人物被死这道门与世界隔开，对我来讲，都只是增加一次人生虚无感的再教育。就像多年前和毕淑敏从星巴克走出来，走在华灯初上的首都大街上，她这作家兼心理咨询师边走边闲聊，“人生的意义在哪儿？”我问。“说白了，人生根本没有任何意义。”她答。我们两个对望了一眼，那眼神意味深长。

回到家，再次翻找出电脑里存放的与周汝昌老人的对话。那已是8年前了。

回首看来，那篇访谈甚为幼稚、充满感性，但仍像一股暖风，把我吹回到了他的身边，我甚至可以清晰地看到他如霜的白发和清澈的眼神。

时间

2005年12月2日

地点

北京周汝昌先生家

昔日重来

我35岁的生日礼物

知道他50年前就已双耳失聪，30年前就剩了右眼0.01的视力，知道他除了《红楼梦》研究，更是功力非凡的书法大师、外语专家、诗词专家，更知道这位86岁高龄的“国宝”手头有七本书急待出版，时间非常宝贵，我对采访真的有些担心，如许多同行听说我要面见周汝昌时无不疑惑的那样：如何与这尊神交流？面对这位博学而坎坷的老人，又从何问起？

采访前的头天晚上我竟一夜未眠。

搜索“周汝昌”三个字，一万多个网页在几秒钟内赫然眼前，而键入“周汝昌\红楼梦”几个字，则有六千多个页面，可见，他注定是与“红楼梦”有不可分割的渊源的，虽然他最反感别人称他为“红楼大家”。事实上，他的功绩远非红楼二字所能涵盖。

而有关他的小传是这样的：

周汝昌，1918年3月4日生于天津咸水沽镇，从小就有颖慧之誉，读书过目不忘，十六七岁就翻译过冰心的很多作品，1939年考取燕京大学西语系，1947年涉足于红学研究，成为继胡适诸先生之后，新中国研究《红楼梦》的第一人，享誉海内外的考证派主力和集大成者……

那个阴沉的冬日午后，在书法家史树青先生的高足荣宏君先生的带领下，我们赶到红庙某小区老人家中，才知不久前刚去世的王朝闻先生的家与之相邻。八十多平方米的老式房型，八十年代才能看得到的老式圆桌和折叠椅，没有任何装饰的泛黄的墙上，挂着三幅周老瘦金体的书法横幅。堆满了书的写字桌后，一尊白色曹雪芹雕像赫然而卧。

周老的两位女儿丽玲与伦玲热情招呼我们。有着满头白发的清瘦老人在屋里慢慢走过来，一脸从容、和蔼、良善，却对来人视而不见，听到女儿大声说这是记者，他赶紧有些歉意地说："好，来坐下！"声音洪亮清晰。

初见的几秒我竟失语，好像流浪多年归家的少年，回头蓦然看到了祖父的慈颜。这就是当年燕京校园里那位与胡适雄辩红楼的少年才子？这就是35岁就以一部《红楼梦新证》享誉海内外的红学专家？51年前那届"文代会"上，人手一册《红楼梦新证》让文化界"人人都说周汝昌"……几十年来他的学问已不能自理，那或身首异处或重叠在一起的文字都要由女儿连猜带问后誊抄，看着面前的耄耋老人，突然间我有些心酸，从没如此怨恨时光的无情。

那天，2005年12月2日，是我35周岁的生日。与他的谋面，我愿相信是上天送我的珍贵礼物。

我就是一个天真的老书生

我被安排坐在周老右手边，据说除了残存的右眼视力，对着他戴着助听器的右耳大声嚷，他也能听到一点声音。

“刚走了一批客人，我说的话多了，如果回答简单请你别怪我啊。”用和颜悦色来形容老人最是恰当。与其说他像个白发仙翁，更不如说是纯良如婴儿，让人顿时忘却了门外的那个纷争红尘。

事先做过的功课没有白费，老人见我对他还算了解，聊得非常高兴，谈到得意处，他会轻轻击掌，露出一脸慈爱又顽皮的笑，恍惚间，仿佛他仍是那个吹拉弹唱的英气少年。由红楼而“红”，又因红楼而“黑”，得到校正时，他眼前的世界已是无形。“如果我眼睛不坏耳朵不坏，可能我今天不会是一个坐在书斋中的学者型的人……天意不让我走那个路子，我就老老实实地做个书生，但我的热情与能力并不受影响。”

上天让他遁入无形世界，这个世界并未忘却他。今年由作家出版社出版的《红楼夺目红》已加印八次，甚至地摊上都有五块钱一本的盗印本，而周老为《红楼梦》中的人物所写的108首诗，也由他亲笔书就，《诗红墨翠——周汝昌咏红手记》，已有两家出版社争相出版，据说范曾有意为其配画，更有拍卖公司主动上门想为其举办专场拍卖。而只管学问的老人却没有丝毫名利概念，“我就是一个天真的老书生。”此话最真！

当同行的年轻画家荣宏君提出想请周老为自己题写即将开展的画展名时，老人爽快地答应了。女儿拿来一枝软笔，帮他蘸好墨水，递到手上，“把眼镜给我吧。”明知戴不戴都没什么大区别，老人还是认真地戴上摆好架势，写的时候，脸都快凑到纸上了，那字迹仍是瘦而遒劲的，却终因视力所限，字间的结构有些零乱。一遍下来，他要求换支笔再来，结果伏在桌上一笔一画，十来个字，一写就是三遍。

“我实在是看不清楚，如果能用，你就把字距再处理一下，对不起了。”周老一脸的歉意，好像为自己的心有余力不足而难过。那表情，让在场所有的人都心生敬意。

眼坏至今起码写了五百万字

既然是学问大家，太高深的问题难以入手，我还是从周老最近的身体状况问起，他侧着右边那支耳朵，仔细辨别后，反问我：“是不是要我说说自己每天的生活都是怎么样的？”当我大声说是，他略微沉吟片刻，像回答一个很严肃的问题似的慢悠悠道：“我的身体，照我的年纪来说应该算不错，毕竟都接近九十的人了。我是一个散漫的人，生活没什么规律，年老了更是随弯就弯。耳目都坏了，最管用的是头脑，每天都想把思考的东西铺到纸上，可是我写出来的远远不如我想到的多，因为眼不行，写出的字没有人能认识。这样说我有点自夸，但对一个接近九十岁的人来说，也很不容易了，自认为思维还算活跃。上午如果起得早写会儿东西会歇一下儿，有时不吃午饭，下午接着写，再休息会儿，然后写到晚上，算是一日三班吧，都不会闲着。那你说不写算不算工作呢？其实我不写坐在那儿也是工作的一个方式。不能说拿起笔来就叫写，当然了你也会见笑，说你除了这个还会什么？不会了呀，哈哈哈。”

他爽朗地笑着，让人难于和一个失聪近五十年的人联系起来，失聪又近失明多年，仍继续做了那么多学问，是什么支撑他走了过来？这绝非人人都能接受的残酷现实。

说及当年，周老仍是处变不惊的从容：“说起来话长，不是那么简单能说清的。耳朵坏的原因很复杂，我不想多说。”

我早先从某篇对周汝昌的采访中曾看到失聪原因是雷击所致，便说出来核实，没想到周断然否定：“那不是！这个问题先把它放下。耳朵要坏了最多是交流的困难，我本是一个活跃的爱说爱玩的人，当年也是笙管笛箫样样都爱的人，老天爷让我失了聪等于一下把我拘起来了。可是眼睛当时还好啊！我小时用一灯如豆的油灯，写最小的蝇头小字，这眼睛能好得了吗？到了七十年代突然眼睛就坏了，看东西都感觉是汪着一汪水，哎呀，那个治眼的经过也不能细说。两次，第一次进了协和最好的眼科，因为一躺就要一个多月，《红楼梦新证》正做增订，根本躺不住，我和大夫说我得走，治疗效果也不会好的，等我解决了出书的问题再来。后来做了手术女儿在一边改我听，这样完成的，我要没有一点精神毅力能完成吗？我女儿当时说了一句话：‘爸我平生不知道什么是头疼，这次我头疼了。’”

周老的右眼让当年协和一位女大夫治好了，左眼本没问题，却让一个男大夫给报销了，“当时还不追究索赔，我就这样一直坚持到今天，眼坏至今起码写了五百万字吧。”

红楼梦绝非男女爱情那么简单

历史上不乏有残障的大家的惊世之举，如贝多芬般的精神毅力也并不鲜见，可我们却很少有人能够假设：如果没有这些身体的障碍，他们是否还会成为后来给人类做出了巨大功绩的巨人，当把这个问题放在周汝昌面前时，他毫不犹豫地给出了自己的答案：“如果我眼睛不坏耳朵不坏，可能不是一个坐在书斋中的学者型的人。你想我的英语非常好，燕京大学有名的，能够运用得非常自如，我可能在国外做教授，可能在国内做文艺，我的京戏上过台，我的音乐也好，可能成为什么样的人就很难说了，我自己没法判断。

耳目一坏，天意不让我走那个路子，我就老老实实地做个书生，但那种热情与能力与愿望并不受影响。工作是我最大的幸福。这都是实话，绝非官腔。”他的回答让人击掌赞叹，谁敢说他的思维不敏捷？

采访前，有位前辈提醒我，千万不要用抱定他是红学家的成见来采访周汝昌，红学大家周汝昌更多是许多人为因素烙上的印记，他是个全方位的学者。但我仍然非常好奇，要想给一个人打上烙印并非易事，被善意或恶意地打上红学大家的印记，至少证明他对红学的研究也不可忽视，所以我宁可冒惹老人不悦之险也要问问他，“您对红学最大的贡献究竟是什么？”

周汝昌对这个问题也是张口就给出了答案：“当然这只是我自己的见解，我认为我平生最主要的工作就是把曹原著原诗原思想原艺术原见解原审美等真正特点弄清楚告诉世人，并把后四十回那在清朝有政治背景的冒充用事实依据加以揭示。《红楼梦》出来三四十年后，没有正确的全本传抄下来，后来大概曹死后三十年后出了120回本，几乎垄断了二百年，真正的曹氏古抄本没有流传下来。”

当我问及传说中俄罗斯有一个全本的曹氏版《石头记》时，他一下来了精神，扭过脸试图仔细看看眼前的这位披散着一头长发的记者，停了几秒钟，他说：“始终没有发现，有传说，但我们没法证明。有个模糊渺茫的说法：有个俄国人在东北曾看到了一个抄本，他得到后带回国了，当时有人看了一页，其中有句话是说史湘云和贾宝玉在一起，湘云说‘你怎么越唱越俗气了？’宝玉唱的什么？在哪儿唱？据说刚看到这儿俄国人就收起来了，可靠与否我不敢说。”

“后来又听说民国年间浙江大学一个教授在北京上中学时在图书馆看到过不同的本子，我曾烦人去问过他，那人说连册数都记得，十六册，两回一册，32回，除了头尾，不正是我考证的30回吗？30回加上前面的78回，全本应该是108回。为什么是108？12乘9啊，9是最大的阳数，12是最大的阴数，108表示众多的意思。金陵十二钗，并非代表12个女子，曹雪芹其实写的是普天下的女儿，你看他的心胸多么博大，绝非有人眼里的一男一女的爱情描写那么简单。”

我只见过胡适一面

说到红楼梦研究大家，不可不提到胡适。也正是他，“促使”周汝昌走上了红学研究之路。胡适素以收藏珍本秘籍闻名，比如甲戌本《红楼梦》，可谓海内孤本，令海内外藏书家羡慕不已。其他如程乙本《红楼梦》、稿本《四松堂集》、明刻本《欢喜冤家》、嘉靖刻本《二郎宝卷》等，也都是世间少见的秘籍。1948年夏，虽然正处于战争期间，胡适在与周汝昌仅一面之交的情况下，慨然把甲戌本《红楼梦》借给他，并不再过问。后来周汝昌兄弟私自主张，抄录了一个副本，胡适也没有怪罪，让周氏兄弟收藏了这一副本。谈起此事，仅见过胡适一面的周汝昌五十多年后仍感慨颇多：“胡先生慨然将极其珍罕的书拿出，交与一个初次会面陌生的青年人，凭他携去，我觉得这样的事，旁人不是谁都能做得到的。”

说起俩人最初的交往，满头白发的周老仍会露出纯真的笑容，人一下似乎年轻起来，“我只见过胡适一面。我做红楼跟他的鼓励有关，实际上我也应该感谢我的一个哥哥，是他偶然翻到了胡适的一个考证，说胡先生一直找不到曹雪芹生前好友敦敏的《懋斋诗钞》，而那是一部对研究曹雪芹与红楼梦都极有价值的书籍。我哥哥建议我去找一找，到燕京大学图书馆一查，果然就在那里，没有一个借阅痕迹！我写了一篇小文，投稿给一位编者，他和胡适认识，给胡适看了，胡主动写一封信来，我的文字与他的信便同时被发表了。胡适对我的观点赞成一半不赞成一半，我这个少年就跟他辩论。胡适这人也是特别平等，虽然知道我是学生，没有丝毫居高临下，给我写信都称我为

“先生”。两人各不相让，我就想我一定要说服他，就开始下功夫研究《红楼》。”

周汝昌说至今还珍藏着胡先生给他的所有信札，“也保存着他给我修改过的文章。我们之间许许多多鲜为人知的交往经历，都写入《我与胡适先生》一书中，并将奉献给关心我的读者。其实与学术上的交流相比，我更感谢他对我平等对待的那种尊重，包括后来我与钱锺书先生的吟唱和答，我都是平视对方而非对他们五体投地崇拜得不得了。应该这么说，胡适当时为了提倡白话文，找出最有影响的几部小说，研究它们的来历、版本、作者，不单是《红楼梦》,《水浒传》《海上花列传》等都做过考证，他并无偏重，没说开始就要建立一门独立的红学，他没意识到，也并不想做什么红学家，是《红楼梦》本身的伟大决定了这门学问自然要发展，不是出来一个两个胡适就建立起来的,《红楼梦》的真正伟大意义胡适并没研究出来，我说这话丝毫没有贬低他的意思，但最基本的开端是他提出来的。”

张爱玲是真懂《红楼梦》

“为什么不喜欢被人称为红学家？”当我终于把这个问题提出来时，老人并不意外，反而微微笑了：“我的本行不是弄红学的，而是翻译诗歌，对书法、音乐、戏剧等都爱，我的总研究对象是中华文化的总体精神，因为我学的是外语，感觉东西方的审美精神非常不同。我就想研究中国文化中的美学、诗学、书法学、艺术学原理，后来一想,《红楼梦》本身就是集大成的作品，我不能放弃，因而才加紧研究它，这一点外人根本不能理解。你在文章中要能为我说清楚，我非常感谢。”

一个红学大家会对《红楼梦》熟悉到什么程度？他看过多少遍红

楼？怕是数也数不清了吧，“我对《红楼梦》并不像有人一读就是十几遍。我是随手翻开一读就放不下，多是零碎的，真正通读只有二三遍。这个过程中，除了有自己的心得，有一些俗说法也会影响我，说一句绝不是谦虚客气的话，许多地方到现在我并没真读懂。你问我正在做什么，补课！前一阵出了《红楼夺目红》，有人问我写的是什么？一句话，原来不懂的现在明白了，把新见解用随笔的形式写出来，因为大部头的论文写不了了。”

提到红楼梦，不可不提的另一个名人就是张爱玲。她八岁便读完了《红楼梦》，成年之后，对诸如《金瓶梅》《海上花列传》等中国旧小说也很喜爱并有所研究。尤其是《红楼梦》几乎每隔三四年都要读一次，浸淫极深。在张爱玲的小说中，不难发现载有《红楼梦》的影子。傅雷曾针对张爱玲的创作给予了犀利而公正的告诫：“文学遗产记忆过于清楚，是作者的另一危机。把旧小说的文体运用到创作中来，虽在适当的限度内不无情趣，究竟近于玩火，一不留神，艺术会被它烧毁的。”就以《金锁记》为例，此篇虽得到傅雷先生的肯定，并堪称文学史上比较成功的一次仿效，但其中少奶丫鬟人物的言谈举止、心理塑造仍都沾染着《红楼梦》的印记。

而周汝昌却在谈到张爱玲时充满了赞叹之声：“张爱玲！我写了一本专著，不久要出版了，到时你看看我对她的评价。我认为张爱玲很了不起，她不仅是作家更是个学者，她对红学研究花了十年功夫，主要观点我都赞同，我并非想抬高她，这本书是我专门研究张爱玲的红学研究的。”

他甚至非常遗憾于没能有缘一晤张爱玲芳颜，“1987年，我去美国，当时不知道她在加州，否则我会专门去寻找她。听说她晚年性格孤僻，不爱与人交往，我若求见她她也未必见我。但我对她的头脑与心灵很佩服，她对《红梦楼》是真懂。”

两个女儿当助手都不够用

中国研究《红楼梦》的人物可谓多矣，问及其他研究红学的人，周老又欣赏谁？他却笑而不答："大家路子不同吧？还是不说为好。"

著作等身，坎坷一生，耄耋之年，回首来时路，最大遗憾是什么？这个问题似乎有些出乎老人预料，他口中自念着这个问题，良久未作答，反倒是作了二十多年周老助手的女儿伦玲笑答：最遗憾没见着曹雪芹！众人大笑。周老不知是否听清，跟着答曰："对！"大家更是笑声四起。

片刻，老人认真地答道："张爱玲平生一大恨事，是想追寻那三十回真本，如果在我身后这三十回本子能发现我会欣然闭眼，我仍怀着这个热烈盼望。这不只是红楼之事，是中华文化界大事。"

上天给他过人天赋，上天又让他失去耳目之便而终日伏案劳作不辍，他真的没有烦恼吗？"我平生不会理家，老伴和子女都很照顾我，在生活上我没什么烦恼。我曾一度很穷，身体也不好，要说烦恼可能该算当年调我到人民文学出版社上班，出版社对我不理解吧，一味把我二十年宝贵黄金时代的精力与愿望都消耗了。你明白我说的是什么吗？本来说让我在古典文学组的，后来巴人、冯雪峰、聂绀弩都'黑'了，不让我当小组长了，不让我出我想出的《红楼梦》程乙本，我的诗词研究也停了……好不容易到了七十年代拨乱反正了，我的眼睛也坏了，否则我的研究成果不知要多多少高多少。"

"再说现在，我并不认为头脑应该停下，报刊多的是，可是一个都看不了，两个女儿给我当助手都不够使，她们又要接电话，又要打字，不可能给我念，要有人给我读报刊信件多好，可是我给人多少报酬才肯来？"

眼看着就要超出约定的一个小时了，我不得不打住。老人也有些意犹未尽，边等着女儿拿纸笔给荣宏君题字，边与我聊起了天儿，这次反客为主，他倒采访起了我："你喜欢记者这个职业吗？你大学在哪个大学读的？河大？认识顾之京吗？"

当我反问他"如果让您重新选择职业，会是什么？"周老说道："还是当教授！教翻译，中英文的翻译就是一个文化交流，不是狗是DOG那么简单。当然，如果我被学校聘去教授搞翻译的同时，剩下的时间，晚上我会再研究《红楼梦》，哈哈。"

史树青

树木新栽青山常在

有些人似乎生来就该与众不同。比如史树青和王世襄，都出生于富裕之家，都有收藏雅好，都受到过良好教育，都经历了时代世相巨变。这些人的生活本身就是一部充满了戏剧色彩的传奇。比如普通如吃个早点，旁人也就是饱腹充饥，而这二人却在街头小吃摊主盛凉粉的粗盘大碗中淘到宣德青花，并捐给故宫收藏。

“你当假的卖，我当真的买。”从中学时期就开始享受收藏之乐，史树青把这花小钱买珍宝叫捡漏儿。他花两毛钱捡到过丘逢甲的画儿，花三块钱捡到过成吉思汗画像，甚至在1990年，他仍能花三块钱从收废品的小贩手里捡到明代永乐的青花釉里红梅瓶，现在这件梅瓶保守价格也上千万元。边玩边捡，边捡边学，边学边用，他就这样把自己的一辈子玩出了名气。

在我采访过的人物中，离世的越来越多，而史树青先生是第一位。那天是2007年11月7日，我至今仍记得听到消息时的震惊。也就是在两年前的冬天，我有幸去他家中采访，说好的一个小时拉长到了两小时、三小时……直到我生怕影响他仍在康复中的身体。老人谈兴很浓，一再相约，等他身体康复后陪他去大钟寺的地摊儿淘宝捡漏儿。没想到，此生却再也没有谋面的一天了。眼前浮现出的是他那如弥勒佛一般的慈祥面容。

先生的老友张伯驹先生曾以“树青”二字作嵌名联，并书赠史先生。联曰：树木新栽休斧伐，青山常在有柴烧。我想他这株经历了人间风雨无数的老树是该安静地歇歇了。他走了，心清静了，再不用理会医生的警告，“心脏部位三根血管中有两根完全堵塞，剩下一根90%堵塞”。他走了，耳根子清静了，再也不用听别人或有心或无知地毁誉，再也不用关心越王勾践那柄剑的真伪……正如他太太夏老师所说，他没有留下任何遗憾，走得无怨无憾。

史老，一路走好。我只想知道，如果真有个地方叫天堂，如果我也有幸能前往相聚，是否我们仍有地方去捡漏儿？

时间
2005年12月23日

地点
北京史树青家中

昔日重来

83岁仍惦记着去淘宝

他不是娱乐明星，在追星族的脚步前，他不是偶像。

他不是专业作家，在畅销书排行榜上，没有他的名字。

史树青，这位83岁的老人，据称与启功、徐邦达、杨仁恺并称为我国权威四大鉴定专家。当然有人质疑这种说法，说此说法太片面。但收藏大家马未都毫不含糊地认为，在他认识的中国文物界顶级泰斗中，史先生学问第一，简直就是活字典。

有人尊他是神人。一件文物，到了他的手中，过目即知真伪，他被称为鉴定国宝的“国宝”。启功虽是他的老师，却始终以兄弟相称，因为他们都是前辅仁大学校长陈垣的高足。

有人贬他眼力不逮，他们不顾其他事实，揪住那件金缕玉衣案想把史树青一辈子的鉴定彻底否定。

除此之外，他并不常有轰轰烈烈的新闻供人们品评，但几乎每天，都有或真或假的文物需要他辨别，据他夫人夏老师说，迄今经史先生之手鉴定的文物至少一二百万件。

作为鉴定专家，除了每日不可中断的读书，在冷摊儿上捡漏儿也是练眼力的一大法宝，长期实践加上深厚的文献历史知识，得出一门旁人无法企及的学问——眼学。凭着眼学，2005年4月，他在大钟寺古玩市场上淘得一口宝剑，鉴定为春秋越王勾践自用剑，尽管花了他1800元钱，可是既是国宝就得捐赠，他毫不犹豫地无偿捐给了博物馆。事后有人说这剑是假的，又还回来了。可想我们并不是在一个最佳的时期采访他。

他有不少弟子，很多都走出书屋下海经商了，他不无遗憾，却平和地说理解，“他们也要生存”。他自己，却穷其一生，埋在古物与故纸堆中，孜孜以求，一本名为《鉴古心得》的作品集正是他若干年心血精华，由山东画报出版社出版。

其实，早在一个月前就约史先生，怎奈他日程都已排满，自1985年起，他就是国家文物鉴定委员会副主任，学术研究再加上事务性的工作，他实在是不胜其扰。便把采访约定在12月23日。而当21日打电话给先生时，被告知23日他又受邀出席博物馆方面的会议，电话那头的史老夫妇很为难，商议再三，还是决定接受我的采访，推掉那个会议。

那天推门入室，史老正坐在客厅阳光下看报，声音洪亮，笑声朗朗。谈到自己新淘的宝贝，他越发兴奋起来，一脸笑意望着我说：“走，有时间吗？咱们溜一趟，咱们去大钟寺那儿，你只要带上2000块钱，我保你淘到好东西。”他的童真之气，立即消除了我最后的一点紧张，一下子，大学问家变成了可爱的老头儿。当然因为老人身体原因，又有严慈兼具的老伴儿夏老师在场监督，我们不敢接茬儿，否则真想抬腿就去，陪史树青去地摊儿捡漏儿，那场景，想想都过瘾。

受两位老师影响一辈子

屋里阳光很好，一束光正好打在墙上，照在他身旁那束白色的百合花上。

“先生最近在忙些什么？”我问。

青灰色对襟盘扣夹袄，富态的脸上布满老年斑，细长眼睛一笑就眯成两条缝，如来佛祖一般的圆润唇形，安详地坐在那儿，老人本身就像一件文物。

“读书，鉴东西，还有一本书正在出版，就是那本《鉴古心得》。”他答，底气十足，丝毫不像刚出院没多久的高危患者。

“您是学问很高的文物鉴定权威，人们对您评价很高，您怎么看自己？”

他微笑接口，“我没那么高深，学习很重要，我一直在学习，因为新学问不断出现，我读的书还是太少。有学问的人分学者和专家两种，学者是郭沫若、启功先生那种，博古通今，触类旁通，在许多方面都有建树。还有沈从文也是，他可不只是写小说的作家，前些日子我孩子从旧纸堆中翻出沈先生80岁时写给我的一幅字，1982年写的，那字写得好极了！我只是在文物鉴定这一块儿懂得一些，还不算大学问，这只是艺术领域里的一小块，像历史、中文，那才是大学问。”

不久前央视《大家》栏目播出对史老的采访，时任现代文学馆馆长的老作家陈建功看到说史老有3万册藏书没地方安置，很激动，连夜提笔给他写信，说想为史老保护这些藏书。我仍记得建功谈及那件事的兴奋。

正好逮着机会问问下文。“那信您收到了吗？听说您那3万册藏书都极有文献价值。”

“是啊，书都装箱了，在我的老宅子放着呢。信收到了，我已经给陈馆长打过电话了，说等这些书都整理好了后，条件许可就捐一些。我有些书已经捐给大觉寺了。”看我拿笔在记录，他有意放慢语速，有时讲着讲着还停顿一下，看看我是否仍在写前面的内容。

史老的父亲是河北的绸缎商人，儿子8岁时举家迁进北京，驻所离王世襄家很近。从小史树青就喜好文物字画，在读的师大附中就在琉璃厂旁边，大小工夫都泡在古玩店里，店铺的师傅、卖货的伙计都成了他的老师熟人。因为天资聪明又好学，很快他就小有名气了，许多别人拿不准的东西都找他看。

史老坦言自小也是受家学影响，他父亲就很喜欢字画瓷器。“他尤其喜爱出自他老家冀东人之手的字画，如戴克昌的《寒山烟树》，现在还在我手里存着。我也跟着喜爱上了这些，没事儿放学了就挨个到琉璃厂各铺子里看，尤其是庙会时候更是有意思。”

他说对他影响最大的人有两个，其一是上中学时教国文的张鸿来先生，很喜爱古字画，为人谦和诚实，琉璃厂的铺主人常低价卖东西给他。“我常买了东西跟他交流。我记得当时报上常登一些人名小对联，‘张鸿来’对‘于凤至’，‘胡适之’对‘孙行者’，对得好极了。我曾写过一篇文章叫《怀念张鸿来》，还写到这些当时流行的文字游戏。还有一个就是陈垣，我当时读辅仁大学时的校长，他建议我搞鉴定一定要学历史。确切地说是我读研究生时才跟他交往多起来，常去他家交流心得。他送过我一幅字，我送过他一幅担当和尚的画，清初云南大画家的画，当时陈先生正在写一篇有关担当和尚的文章。他后来把那画捐给首博了。”

为柳亚子图章吃尽苦头

谈到鉴定这条路，史老自称从没后悔过，即使“文化大革命”期间因为柳亚子两枚图章让他吃了很大苦头。

事情源起于1958年，著名诗人柳亚子先生逝世。为了纪念这位民主斗士，周恩来总理指示，将柳亚子的书稿、遗物作为革命文物收藏。家属同意将家中的作品悉数上交革命博物馆收藏。在清点造册时，发现了两匣印章，有100多枚。其中有两枚印章的印文分别是："前身祢正平，后身王尔德，大儿斯大林，小儿毛泽东。""兄事斯大林，弟畜毛泽东。"这样的文字让工作人员大惊，请当时负责鉴定收藏文物的历史博物馆专家史树青过目，他表示"话出有典，并非不恭之辞。"印章就登记入藏了。

但凡有点古典文学知识的人都会查到这个出处。印中提到的祢正平，就是三国时赤身击鼓骂曹的祢衡，他性格傲岸，没有媚骨。王尔德，则是19世纪英国著名的文学家，代表作有《温德米尔夫人的扇子》《莎乐美》等。柳亚子把自己比作这两个人，是浪漫文人自我欣赏的表述。而那"大儿""小儿"，典出《后汉书·祢衡传》："大儿孔文举（孔融），小儿杨德祖（杨修），余子碌碌，莫足数也。"祢衡认为曹魏政权中只有孔、杨二人值得钦佩，其他人都不值一提。此处的"儿"，是男儿、男子汉的意思，同现代汉语的"健儿"一样，是美称。柳亚子的这方印文，用他诗人的热情与洒脱、大大称颂了斯大林和毛泽东。第二枚更流露出对这两位领袖人物的感情。"兄事""弟畜"典出《史记·季布栾布列传》"长事袁丝，弟畜灌夫"，意为西汉名将季布的弟弟季心为人仗义，因避祸逃到吴国，躲在吴国丞相袁丝家里，他像待兄长一样尊敬袁丝，又像待弟辈一样友爱灌夫等人。柳亚子年龄比斯大林小，比毛泽东大，于是说他像对兄长一样看待斯大林，像对小弟一样善待毛泽东。

"文化大革命"一开始，就有人揭发柳亚子的两方图章有问题，事情报到了康生那里。这个号称热爱金石书画而掠夺了大量文物的"中央文革小组"顾问挥笔批示："反动之极，二印立即销毁，这是恶毒攻击伟大领袖毛主席。革命博物馆收藏反革命文物，有关人员必须追查。”博物馆系统一下子就揪出了五六个人，首当其冲的史树青先生被关进了牛棚，一再批斗，屡次抄家，他珍藏的字画、宋版书都被洗劫一空。这场冤案直到粉碎“四人帮”才得到澄清。

回忆当年，老先生乐呵呵地，像在谈天气，“我也没后悔过，相反，我学到了太多东西。那十年结束后，我一直提倡‘三忘’：忘掉年龄，保持旺盛活力；忘掉怨恨，对事对人宽容；忘掉悲痛，从伤心中解脱出来。遇到不平、不满、吃亏的事要学会宣泄和转移。如果想不开，自寻烦恼，自己和自己过不去，那只能气死，何苦呢？”屋内暖气很足，阳光又灿烂，眼前的老人更像一株长着树瘤的老树，栉风沐雨，不惊不惧。

一旁的夫人叹口气，又点头又摇头。可想那不堪回首的日子他们都经历过，有选择地去忘记也是不得已。

史老一发话，六百变六万

我想换个轻松话题，笑问：“作为大鉴定专家，捡漏儿是不可少的事儿，比较‘经典’的捡漏儿是哪回呢？”

还未待史老开口，夫人快人快语作答：

“这种事儿挺多的，有时是他捡的，有时是替别人捡的。早在1950年，有一天人们正在游行，他去吃早点，看到一个卖凉粉的老妇人手里有个盘子，接过来一看，是明朝初年的东西，官窑啊，就说要买下来，王世襄也到了，也认为是真品，可人家要五块钱，他们俩都拿不出这么多钱，就一人凑了两块五，买下来放到一个熟人家继续游行，结束后带回去献给了故宫。

还有一次，大概是10年前，我们两个受邀去宁波讲课，结束后顺路去逛对外宾开放的文物商店，看到一幅画，标价600元，那个作者好像也不是很有名，史先生就冒着小雨去了书店，再回来后他说这幅画非常有价值，之所以看似没名是因为作者用了一个不常用的字号。史先生就是从辞典上确定那人就是他推断的画家，再经鉴定果然是真迹，结果，文物商店高兴坏了，赶紧在那幅画的售价上加了两个零。

临上飞机，我们又去对内的一个文物店，看到一个瓷盘，盘子底上被人用油漆涂抹过了，售价几十块钱，其中一个随行的人听史老说不错，犹豫着买下来了。在车里史先生用酒精把那个油漆擦掉了，一看，呵，官窑的盘子，回到北京问琉璃厂，人家说你们有多少我要多少，几乎上万元啊。"

我们正听得兴起，史老洪声亮气地发话了："把那把我新淘来的剑拿来，让他们看看，这柄越王勾践自用剑，绝对是真的，有人还不信。"

夫人闻声进屋拿出一把宝剑。史老握在手里给我们展示讲解，"这是我4月份从大钟寺那儿的地摊儿淘到的，当时人家要2000块钱，不高，我还到1800买下来了，回来一细看是春秋时期的越王勾践的佩剑，这是国家一级文物啊，我就捐给了博物馆，后来有人说是假的，没什么用处，又还给我了。我写了首诗，给你们也看看。"

那剑近在眼前，我还用手掂了下分量，可实在是眼拙之人，无法对真伪表达只言片语。但见那书法却极为雄浑而又俊逸："越王勾践破吴剑，鸟篆两行字错金。得自冷摊欲献宝，卞和到老是忠心。"诗后还有一行小字，乃是："从大钟寺冷摊以廉价购得越王勾践错金剑，世所罕有，或有人以为是仿品，诗以答之。"

1965年，曾于湖北荆州（古江陵）望山1号的战国楚墓首次出土了一把古剑，在当时曾震惊全世界。为当年这把越王勾践剑鉴定的有郭沫若等12位国内知名专家，时年42岁的史树青是其中最年轻的一位。

“你看，这把剑是民间传下来的，上面的鸟篆字几乎没人认识。这是国家一级文物，价值起码上百万，当年勾践的孙子的一把佩剑还拍了104万呢。这种级别的古董是一定得上交的，可是我捐了人家却说是假的。既然人家说是假的，我让我孩子把那个摊儿上其他几把剑也买回来了。”就如夫人所说，越上年纪脾气越倔强了。

鉴定的正确率自认为是十分之九点五

老人的眼神极好，拿着一叠复印资料念给我听，居然不用戴花镜。再聊了半小时，一位收废品的来敲门，夏老师与保姆陪来人去里屋收拾旧报纸，客厅里的史先生居然坐不住了，非要进去看看收走了什么。一会儿，他出来，手里拿着几个小册子，口中念叨着：“这不能扔，还是新的，没看呢。”我接过来一看，原来是写着“醋与健康”“中老年人保健常识”等赠阅品。不禁莞尔，老人都是孩子，真没错。

又聊了一小时，夏老师起身要出门给哥哥过八十大寿，看着夫人关上了门离去，史先生说，“她走了，咱们正式开始。”一脸的顽皮。当时已是11点半。就这样，一场提前说好一个小时的采访变成了三个小时。

没有夫人监督员在场，我们似乎更放松了。我这AB血型的好奇心大发，开始掏人家隐私，“在您眼中遍地都是宝啊，您手头一定收藏了不少宝贝吧？”

老人厚道地呵呵一笑，“是啊，五六把剑，几百张字画，3万册藏书，都是我用极低的价买的，1949年前是几毛钱，1949年后是花几百块钱。买得起是因为卖的人都是当假的卖的，他看不出来真假啊。我就买下来收藏，其实都是真的。到现在我老伴儿和孩子们都不认为那是真的，说您倒是卖一张试试啊，看到底值不值钱？我相信，真的就是真的。”

“都说您过目知真伪，有没有看走眼的时候？”老人那么厚道，我胆敢笑着激他。

“有过，但极少，我鉴别的正确率至少是十分之九点五，也就是95%啊。”他望着我，一脸坦荡。

“说是鉴定文物，其实也就是鉴定值钱不值钱，那么多人找上门来您怎么应对啊，会不会很烦恼？时间毕竟是有限的。”我对老人由衷同情。

“是啊，没办法，就说收费。正是因为有太多的人找来，我们实在无法顾及，就说收费，要是谁拿着一个30块钱买来的东西来碰运气，听说得收10万的鉴定费，他还会这么投机吗？所以所谓收费就是一个门槛，给自己点儿清静。”

想起夏老师刚才跟我们聊天时谈到先生的工作，曾一脸无奈地说：“鉴定这活儿挺得罪人，有时是卖家和买家一起找上门来，你说是真的，买卖就成了，要说是假的，卖家就会怀恨你，我家里也接到过威胁的电话。可是作为一个鉴定专家，你只能说是真或是假，还不能说不知道，你是干这个的呀。有人是不知真假来问，有人明知是假的，为了把生意做成也希望先生说是真的，可是先生从来不做伪证的。一次一个老先生去世了，四个儿子与儿媳一起坐飞机来问一件藏品的真伪，以为价值连城，大家好分家产，结果史先生看了说是假的，八个人的脸色一下就变了。我后来就说能否把话说和缓点，比如说你们让别人看看去之类的，可史先生从来不愿含糊。”

别看先生面目和悦很有佛相，却道：“不说违心话是我的底线。我从来不做不表态的事，我是鉴定委员会副主任啊，这都看不出来？更不能当老好人。最初的文物鉴定委员会的很多委员都不在了，你看，铜器组的7个人一个都不在了。1965年刚出土夫差剑时我曾跟随郭沫若先生前往现场，随行的13个人如今只剩下我一个了。自1985年至今，二十多年来，我又自认为有了不少长进，所以，我感到自己还得尽我所能做点事。”

他倔强得像个老头，却又谦逊得如小学生。不由得不让人敬重。

“鉴定文物最难的是哪类，鉴定有哪些原则可循？”我又好奇心泛滥。

老人喝了口茶，不急不缓道：“字画和铜器最易起争议，兰亭序真伪之争就是，郭老认为是假的，我同意他的观点，可有一派却认定是真的。鉴定要有三个原则：文物与文献相结合，出土文物与传世文物相结合，科学与眼学相结合。”

刚成立的人大国学院聘请史老作顾问，聊及此，老人说他很赞成成立国学院，当年启功先生就倡导过，民办的国学院也建立了，首师大建了艺术市场系，还有的学校建了文物系，他认为这都是对古文化的传承和挖掘，但一定不能走形式，真得用心去做，这些院系设什么课程，毕业后学生做什么工作，都得有所考虑。

年过八旬，宠辱皆忘。难道此生没有什么遗憾吗？

他微笑道：“真没有，和谐社会是很好的提法。要说愿望就是希望人们生活越来越好，更多的国宝回流到祖国，因为我们到国外的博物馆参观，经常看到许多我们的稀世珍宝流落在海外。”

“史老，这是最后一个问题：子女有继承您的事业的吗？”

他脸上并无落寞，只平静地说：“子女没有做这一行的，儿子在出版社工作，女儿做财贸的，没一个继承（我的事业）。儿子喜欢，可是经常淘假货。”

在笑声中起身道别，依依不舍。我们再次击掌相约，等个暖和日子一起去捡漏儿。

柏杨

在兹念兹家国情怀

我不知道是遗传基因自带，还是射手座的人都“神经大条”所致，凡事简化、大大咧咧的性格跟随我至今。明明是钟爱的白衬衣，总会在第一时间被不知何时染上的汁汁水水毁容，再也没有穿的机会；明明是非常在意的朋友，却不知不觉间离我渐行渐远，我永远搞不清为什么。丢三落四，时常需要花时间四处寻找要用的或珍藏的东西更是生活中的常态。最令我不能原谅的是，我竟然几次搬家之后，找不到柏杨送我的《柏杨回忆录》了。当废物卖了？被人借走了未还？答案永远不会出现。

那是2008年的春天，北京正在热火朝天全民备战奥运会的时候，消息从海峡那端传来，柏杨去世了。依其遗愿海葬，家属将柏杨骨灰撒入绿岛海域，另留部分骨灰择日带回中国大陆安葬。两年后，经过遗孀张香华的努力，柏杨部分骨灰被安葬在故乡河南新郑的福寿园陵园。

他终于还是回家了。

感叹着，我去书架上找他几年前特意挂号寄来的书，却再也不见踪影。

作为“中国国民性的批判者”，柏杨自20世纪50年代初在台湾发表首篇作品，直至2006年封笔，创作量高达两千多万字。由于他太丰富、太渊博，在人文领域涉猎太广杂，世人认为柏杨“无法归类”。

因为一部《丑陋的中国人》让他在中国大陆拥戴者众多，许多人引用复述他那观点犀利的“柏杨语录”。

——中国人不习惯认错，反而有一万个理由，掩盖自己的错误。有一句俗话“闭门思过”思谁的过？思对方的过！

——为什么中国人的声音大？因为没有安全感，所以中国人的嗓门特高。只要声音大，嗓门高，理都跑到我这里来了。

——一个中国人就是一条龙，可是十个中国人加在一起，却是一条虫！

——掌握权柄的人认为：只要没有人指出他的错误，他就永远没有错误。

爱之深，责之切。这些当头棒喝，因为波及“中国”“国民性”“传统文化”这些至高无上的词汇，在他本人恨铁不成钢地批判的同时，也遭受到一些人对他潮水般的批判。

我也不知道为什么，一些人即使只有一面或几面之缘，甚至如柏杨这样，我从未与他谋面，却感觉亲切似故友，友爱如前辈。他对人的尊重、友善，他骨子里的高贵大气，隔着海峡，通过细细的电话线传递过来，一丝一毫都不曾削减。

至今仍记得采访过后，办公室其他同事听我说及老人带给我的感动，他们那一脸的羡慕。

我知道那并非因为他是个耸人听闻的“异见人士”，而是因为他身上的骨气与正气给了人类太多的希望与救赎。

当年他的前任妻子倪明华（诗人）主编《中华日报》家庭版，他负责该版《大力水手漫画》专栏。1968年1月13日，因刊出一张漫画，内容是父子两人购买一个小岛，岛上只有他们父子两人，建立一个王国，并由父子两人竞选总统。这幅漫画触怒了台湾当局，定以“侮辱元首”“通匪”等罪名，于3月4日逮捕了他。这就是震惊当时台湾的“大力水手事件”。柏杨身陷囹圄长达9年零26天，身心受到严重摧残。但他的意志并不消沉，在狱中坚持完成了《中国人史纲》《中国历代帝王皇后亲王公主世系》《中国历史年表》三部书稿。

这一切令人联想到受宫刑而著《史记》的司马迁。

“我们会有机会相见的，我愿意等到那一天。”这是他和我曾经共同的期盼。

如今斯人已去，空余惆怅。好在他那不朽的文字，如不可或缺的明月星光，还会伴随人类许多许多世代。

也愿他温婉体贴的妻子张香华女士在缅怀先生的同时，珍重着继续前行。

时间
2003年10月20日

地点
北京—台湾电话采访

昔日重来

我们约好了未来相见

2003年的10月在台湾是“柏杨月”:《柏杨全集》由远流出版公司出版，柏杨文学史学思想国际研讨会举行，台湾著名导演李行根据柏杨小说改编的电视剧《莲》杀青首映在即。83岁的柏杨在爱侣张香华的陪伴下，仍然在家中写作不辍，不久前他的第一本图文书《爱情毒药》也在大陆由作家出版社出版。

往海峡那边打过几次电话，都被秘书客气地告知“柏杨先生现在不方便接电话”，在我都准备放弃的时候，确切说是23日下午，台湾好友张慰慈女士急匆匆告诉我，“赶紧打过去吧，柏杨现在在家，他夫人张香华说可以聊一聊！”又叮嘱我说，“先生岁数大了，不要时间太久。”

那边接听电话的是一个声音温婉动听的女性，“你好，我是张香华，您要找柏杨听电话是吗？好，我让他来接。”柏杨那略带河南口音的声音响了起来，语速不急不缓，语调轻柔，让人无法与他犀利得锋芒毕露的文字联系起来。问他为什么要出这么一本“看起来有点不够严肃”的图文书《爱情毒药》时，柏杨说这本书的出笼完全是香华所为，他手头现在也有一本作家出版社递过去的样书，“当时看了书名我吓了一跳，真用了‘毒药’这个书名，刚开始定稿时我曾担心在书名中使用这个字眼是否合适，‘毒药’，政府审查时能通过吗？虽然我也知道用‘毒药’更有商业卖点，责编说没问题，结果真通过了。”

没想到简单的一聊就是两个小时，除了有20分钟是开朗的香华女士在“背后”说柏杨的笑话，其余时间全是柏杨守在电话旁，或倾听，或发言，他是那么让人惊奇，敏捷的思维，幽默的谈吐，不断有笑声爆发出来。也许因为隔了海，话筒里的声音一直不是很大，我都要将耳朵使劲贴在听筒上才能听清，而83岁的柏杨竟然没戴助听器便能捕捉到北京这边电话里所有的声音，一次离我挺远的另一个部门有位记者手机响了，他便说：“你的手机响呢，先接电话吧，我等一下。”而他开过刀的脊椎和心脏都让他不能久坐。

说到《柏杨回忆录》，他说：“你不用去买了，我寄一本给你好了。”然后让香华找支笔，“丰台区，菜户营东街……”他逐字写下来后，又说，“替我向各位读过我的书的朋友们问好，说不定会在哪天，两岸沟通更容易了，我们是会有机会见面的，我愿意等到那一天。”

反对女人下厨房

我知道许多知识女性喜欢柏杨，除了他犀利的思想观点、坦荡自然的文风，还因为他和李敖一样，都是懂得情爱的智慧高手。

关于婚恋，他的文字一点也不吝啬。“婚姻乃是一条空船，靠着两种东西为它压舱，一是爱情，一是子女。没有爱情而又没有子女的婚姻，势必被风浪打翻，葬身海底。爱情和子女如果能同时都有，合力压住空舱，婚姻之船当然是一条快乐的船；如果不幸而不能两者具备，只剩下了一个，船就开始摇晃，界乎沉与不沉之间……”实实在在，一点也不比所谓的婚恋咨询师差。

他一生中也经历过好几段感情，从19岁时与艾绍荷结婚，到崔秀英、齐永培、倪明华，他有过几次婚姻，在58岁时又与张香华女士结婚。作为八旬老人，我问他现在究竟如何看待爱情。

他说，恋爱无法则可循，有时是一见钟情，有时又是长期观察生爱，佛家讲究缘分，只要“来电”了，磁场相合便会产生所谓的爱情。

“我从狱中出来第二年与香华结的婚，我比她大20岁，如今我们在一起都25年了。其实夫妻都差不太多，我们也吵过架，我想不吵架的夫妻是不会长久的。与年轻时的恋人相比，我们现在都更成熟，很恩爱，之所以这样，我认为是因为我们的价值观相同，价值观本无对错，但如果不相同就会互相指责或瞧不起对方；另外，婚姻本身都是平淡甚至庸俗的，如何变得有声有色，那是需要经营的。

比如说，我反对女人下厨房，这并非因为下厨房是卑贱的事，我的道理很简单，人不应该把自己的价值放在低层次上去实现。有人认为家务劳动对于一个家庭来说是没有收入的，其实不然，比如丈夫在外面工作月收入是500元，妻子在家做家务其实也应该算作有500元的收入，是两个人共同的1000元钱共同养活了这个家庭，因为他们的劳动是平等的，都应该得到认可。

而如果妻子在外面有发展，那就没必要下厨房当主妇，除非在外面找不到合适的工作了，才自己到厨房里去‘挣钱’。香华喜欢写散文写诗，那就让她去自由发挥。

夫妻两人除了要有相同的价值观，还有在生活中相谅，也就是相互尊重，尤其是在对待女人方面，男人一定要多体谅尊重对方，否则与嫖妓有什么区别？”

贫穷从前门进来时，爱情就会从后门溜走

柏杨曾说，贫穷是一种罪恶。如果社会不允许你发财，这罪恶归于社会。如果你自己不努力，则这罪恶归于你自己。自己连养活妻子的力量都没有，不去努力奋斗，反而口口声声诅咒那些不愿跟他一块受活罪的女孩子，是自己迷了心窍，看样子就是骂掉舌头，只能献自己的宝，不能讨到老婆。

他也曾说过一个人在不同阶段可能会喜欢不同的人。我问他经历过这许多段情感经历，是否正是因为经多见广了才逐渐形成了这些鲜明的婚恋观。

他说自己以前的婚姻多半都是身不由己，在战争年代，在社会动荡时期，许多决定都与选择无关。

“倒是后来与香华的结合我才算找对了人。

经济因素也不可小瞧，当贫穷从前门进来的时候，爱情就会从后门溜走了。哈！尤其是女人对男人，往往会有一种经济上的受保护的愿望。”

此时香华在一旁插话，说“什么他保护我，他什么家务都不会做。”听起来是责怪，用她那软糯的声音说出来，是娇嗔。有着二十岁的年龄差距，尽管香华也年过六旬，在老先生面前却似乎不乏少女气息。

柏杨听了急着辩解：“哪里，我特别会烙饼，也会剁馅包饺子煮饺子，我挺能干的！”

这自卖自夸透着顽皮的孩子气，我们仨都笑了。

其实女性的年龄，在柏杨彻透的眼里也不是越年轻越有价值。

他早就说过："一个女人的外表美丽可能因时间而消逝——好比她的皮肤不再细嫩欲滴，不再白里透红；她的头发不再乌黑发亮，不再光鉴照人，但她的吸引力却因年龄而俱增。二十岁的女孩子像一朵没有香味的花，年龄渐长，其香才渐浓，才能捆男人绑男人。十八岁女孩子能颠倒众生乎？使爱德华放弃王位的辛普森夫人，那一年已三十七岁。难道爱德华先生是一个白痴？还是刚才那一句话，一个女人必须不断培养自己，训练自己，感情意境，才能成熟，身上才有磁性，中年妇人的爱深入骨髓，而少女的爱则如浮光掠影，因她们美的地方不同也。"

中国是一艘刚驶出港口的船

1984年9月24日，柏杨在美国艾奥瓦大学演讲，强烈批判中国人的"脏、乱、吵""窝里斗"以及"不能团结"等，并将原因归结为：中国传统文化中有一种滤过性病毒，使我们的子孙受到了感染，到今天都不能痊愈。次年8月，此篇讲稿和另外两场演讲的记录《中国人与酱缸》《人生文学与历史》，一篇访问稿《正视自己的丑陋面》，以及柏杨的三十几篇杂文，近二十篇的回应文章在台湾结集出版，这就是轰动一时的《丑陋的中国人》。

我问他："如今20年过去了，您觉得中国人的"丑陋"是否有所削减？"

柏杨清清嗓子说："当年提到的'丑陋'也并非指我们品质不好，主要是针对我们的文化而言，而文化的改变太难了！都说仓廪实而知礼节，其实这种'丑陋'与贫富都无关。20世纪80年代我回大陆去探亲，许多小孩子向人讨钱，不久我们几个人去马其顿，当时那也是个经济非常落后的国家，许多小孩子见来了中国人，打着赤脚笑着追着我们看，很友善，我们拿些零钱给他们，却没有一个人肯要。哎呀，我看着那一幕，眼泪就流下来了。人家真争气呀！”

他在书中曾说，中国人是一个受伤很深的民族，没有培养出赞美和欣赏别人的能力，却发展成自斗或阿谀别人的两极化动物。更由于在酱缸里酱得太久，思想和判断以及视野都受到酱缸的污染，很难跳出酱缸的范畴。

“我们如今许多人都发了财，可在公共场合随意吵闹，只要是三个人以上，就会窝里斗，所以有人说，看中国人不能用显微镜，要用放大镜。”

听得出来，讲到这些话题他的情绪全然不像刚才那么乐观。

我问他是否对这个民族充满忧虑是因为他太悲观。

老人稍微停顿了一下，我听到香华在旁边让他喝口水。

“我们中国是一艘好不容易刚驶出港口的船，它已经找到了正确的方向，走上了光明的道路，只要不会碰上狂风暴雨，只要船身不会出现破洞，就会驶向宽阔的海面，船上的人的日子就会越过越好。枪炮是可以一夕之间改变得先进的，而文化不能。”他的口气有些苍白无力，似乎他面前不是一部小小的电话机，而他正注视着浩渺的历史长河。

“您素以文风睿智辛辣著称，有人说您身上有鲁迅的影子，您怎么看鲁迅？”我想换个话题。

他说他认为比鲁迅要进步，“因为我是站在他的肩膀上的呀，你们这一代人又一定会比我们这一代强。站得高才能看得远嘛。

社会的发展不是靠某一两个名人或伟人的，就像一部武林秘籍，1000年前可能还能称霸武林，但不能吃上一辈子，必须得有新招式。否则中国的文化单靠孔子就够了。”

柏杨出生于河南省开封市通许县，祖籍为河南省辉县。柏杨先生自称出生在1920年前后，其父亲时为通许县县长，柏杨出生在当时的县政府衙门寓所。不知道出生日期，最终被认可的生日是3月7日，以纪念1968年被捕入狱的日子。十二岁，进入河南省立第四小学读二年级，据说因不见容于继母，被父亲送往辉县县立小学，遇到恩师引发阅读兴趣。1937年投考河南省军事政治干部训练班。

他在1949年赴台湾前的大部分时间都在河南度过。我问他如何看待生他养他的中原文化，并问他是否知道最近正热闹地引起关注的图书《河南人惹谁了》。没想到他竟然有所耳闻。说去年香华回大陆，就听到有人问她“你怎么嫁了个河南人”。

“我为河南人心痛啊，在自己的土地上，为什么有些人还要以省份划界而歧视别人呢？其实究其原因，一个字：穷。穷就得不到尊重，甚至得不到怜悯，因为穷就不读书，就愚笨就更穷，所以这是恶性循环。我一个外省人在台湾都得到尊重了，为什么大陆人还用有色眼光打量着身边的河南人呢？”

“你的脾气性格到了晚年是否有所改变，还是像年轻时那么火爆吗？”我笑道。

他答：“年纪大了，自然宽容了许多。”

香华在一旁接口，“才不是呢，他有时候闹脾气自己都不觉得。”我们又笑。

没人读《资治通鉴》不奇怪

“本月正好‘神五’发射成功，隔着海峡的台湾同胞不知是否和我们一样兴奋。”我问柏杨怎么看这件鼓舞人心的科技成功。

他的开心一点也不亚于我们，“哎呀，太让人兴奋了！听到飞船成功回收了，就像嫁出去的女儿听到娘家的后生考上了状元一样，我为自己的国家自豪！”

我说，可是有香港媒体说“中国经济还不是最发达的，耗用这么多财力发射‘神五’不如用来扶贫”。

他丝毫不见怪道：“这没什么，言论自由嘛，对一件事不同的人有不同的想法和看法，很正常，这好比是一个家庭，有一定的钱财了，有人提议先买布鞋，有人提议要买皮鞋一样，无论哪种声音，只要出自关心就没什么。”

那一刻，我真佩服得五体投地，不愧是哲学思维看待这个世界的大贤大智。

1983年，柏杨开始着手筑砌庞大的文化工程柏杨版《资治通鉴》，仿效英国《牛津词典》分册出版的策略，同年9月，第一册《战国时代》问世，直至十年之后的1992年底，最后一册《小分裂》脱稿作结尾，这长达十年埋首查卷的“译作苦旅”，终于大功告成。书在出版后第二年、第三年分别获台湾“最具影响力的书”以及“最有价值和最畅销的书”。

说到此，柏杨说，“没人读《资治通鉴》我并不奇怪，我很理解现在的年轻人，不是不想看，而是看不懂，你想，两三千年的文言文，要看懂得翻多少字典啊，且语言是常新的东西，一直在随社会发展而改变，日本光是对《西游记》的翻译如今已是第五代了，莎士比亚、大仲马等作品在英法等国家也都是屡次重译的。所以我出版的《资治通鉴》版本就是想起个带头作用，‘兵部侍郎’是什么？我把它说成‘国防部长’不就懂了？其实只要有一小部分人来做这件事就够了。”

《柏杨回忆录》出版于1995年，也就是他75岁时。我问，“在您看来，回忆录中哪些是最不能遗漏的？”

电话那端的声音顿时显得无比凄凉，“最不能遗漏的是我的孩子们，还有我当年辛酸的经历，我那不完整的教育，我的继母……她的苛刻让我内心从小就一片荒凉，要知道一个母亲对孩子不好是会影响他的一生的。”

柏杨一生重情重义，与金庸非常投缘。

二人年龄相近，都生逢战乱，金庸大学毕业却没拿到文凭，柏杨更是小学、高中、大学的证件都没有。二人先后获得名誉博士学位，金庸以史学大师陈寅恪都没有证书来安慰柏杨，柏杨则笑答："我很需要，因为打工要用！"

两人称都是彼此的书迷。柏杨多年前从远流出版社拿到一部金庸小说，"一个晚上就读完了"。"写武侠小说很容易泄露作者的笔力、胸襟与对理想的追求，金庸之外的武侠小说多半只是杀来杀去。"

二人到了晚年更是惺惺相惜。他告诉我，"我很喜欢金庸，他前一段不是去'华山论剑'了吗？我很欣赏他的做法，我的身体是不如他，否则也想随时回大陆去看看。"

他说在大陆他还有两个女儿，一个在西安，一个在河南。"就像天下所有父母一样，虽然她们都年岁不小了，可一想到她们，我的牵挂是到死方休啊，一个人无论到了什么时候，在父母眼里，他（她）也是孩子……"

"回顾您的一生，最令您自豪的是什么？"我不敢再问伤感的话题。

老人说："最自豪我都83岁了还在学习，还能听到别人批评我的话，我每天看电视的时候都会在身边放个小本子，受启发得到好的Idea，就赶紧记下来。我自豪自己像块海绵，能不断吸收新东西。"

听得香华在那边的催促，说柏杨坐太久了身体受不了。我赶紧充满歉意地提出最后一个问题，"您现在最大的愿望是什么？"

柏杨郑重地感慨道，"读者给我的荣耀我都能感知到，我得到的太多，已经别无所求了，只希望下一代人们都认识到自己的毛病，从自己和孩子身上开始改正，那样，我们的民族才真的有希望。"

在我们俩的互相道谢声中，老人离开，说跟我这样聊天实在是令他很愉快。我们再次相约，有机会或者我去台湾看他，或者他到北京走一圈儿。“我们要见个面好好聊！”

几天后，2003年10月24日，宋美龄离世，我再打电话问及柏杨，他说，尽管宋氏三姐妹的传奇经历并非常人能够想象，宋美龄更是享尽了人间的荣耀，106岁也算长寿，但她的离世仍让他悲哀，毕竟她是那个时代现存不多的见证人。

对话张香华

柏杨和我属于中下阶层

安顿好柏杨先生，夫人香华女士接过电话，我们俩接着聊。

张香华，福建龙岩人，1939年7月30日生于香港，台湾师范大学国文系毕业，曾任教建国中学、世界新闻专校。十九岁第一次发表诗作《门》于《文星》杂志，曾任《草根》诗刊执行编辑，《文星诗页》主编。1984年应邀到美国艾奥瓦大学国际作家工作坊访问。著有诗集《不眠的青青草》《爱荷华诗抄》《千般是情》。另编有《玫瑰与坦克》《菲华现代诗选》，塞尔维亚文本《中国现代诗选》等。

在与柏杨交谈的过程中，凡是有他记不太清楚的地方，张香华女士都会在一旁或柔声提醒或嗔笑他记性差，关于这次出书，关于俩人的恩爱生活，则更多的是由香华女士来半开玩笑半叙述。

生活柏杨——没有一点经济头脑

李冰：柏杨说这本《爱情毒药》是您一手策划出版的，当初是怎么想到要做这么一本书？

张香华：这本书绘画者李淑玲是《中国时报》插图画家，与我们也是十几年的老朋友了，她曾为柏杨一些文章配过插图。一天她说想为我的诗配图出本书，我说与其为我的诗作画，不如为柏杨的文配图更会引起人们关注。我的诗能表达的她的画不见得能画出来，而她纤细幽默的风格与柏杨的老辣相得益彰。于是他们二人就在《我们要活得有尊严》一书中进行了首次图文书的合作，当时没《爱情毒药》这么多图。

李冰：您作为小有名气的诗人，当年曾写过许多好诗，那首为柏杨写的《我爱的人在火烧岛上》尤其让人瞩目，如今停笔却当上了他的经纪人，您怎么看这件事？

张香华：他一点经济头脑都没有，出版作品就凭一句话往往连合同都不签，这样下去结果肯定会弄得不欢而散的。有一次，有人给他一份合同，他看都不看就签了，我一看原来上边写着对方可以无偿地出版他的作品……所以我只得赶鸭子上架为他四处奔走出版事宜，甚至代他签售。

李冰：柏杨每天的日常安排怎样？

张香华：随心所欲吧，不是说人到了七十岁就可以随心所欲了吗。不过最近他非常忙，这个月都成了柏杨月了，李行拍了电视剧《莲》也杀青，还有中央大学组织的国际研讨会，远流出版他的全集。平时他不出门时还要写作，他口述，秘书记下来，他再改十遍八遍，通常是给香港《明报月刊》写的约稿。

情场柏杨——相识几个小时，他就送来了求爱信

李冰：您同柏杨结婚二十多年了，怎么看他？

张香华：那要看哪个阶段哦——

李冰：最初的呢？

张香华：我最初认识他时觉得他身心都蛮健康，当然不是指“大力士”那种健康，也不是刚当选州长的阿诺那种，而是感觉他对人生有很大热情，因为通常曾关在狱中的人都很软弱颓废。

李冰：什么时候认识他的，入狱前还是后来？

张香华：当然是他从狱里出来后了，以前也知道他的大名，后来听说他出事了，再后来就没信儿了，以为他被枪毙了。结果1976年他从牢里出来了，我当时在学校教书，一个教授说安排吃饭，要介绍我们认识，我一想他那些犀利的文字就有些担心，我说不想去了，他那么伶牙俐齿我可说不过他，结果一旁有学生说又不是一定要你嫁给他，人家还说不定看不上你呢，我就去了。当时觉得他非但没那么可怕，反而有好的印象。

李冰：他当时对你是什么印象？

张香华：哎呀，当天分手不到几个小时他就派人送了封信到我的学校，哈呀，动作那个快呀……

李冰：写什么了？

张香华：这个就不说了吧。于是就交往下去了，差不多半年吧，他向我求婚，我有一点犹豫，时间太短，我搞不清他到底有什么缺点，朋友也担心他关在牢里那么久会不会脑子有问题。

俗市柏杨——我们只算中下阶层

李冰：20多年来最初的柏杨与现在的是一个人吗？

张香华：这其中有重叠的也有不同的了，比如我以前一直以为他很能干，你想，他在牢里又能缝又能补，没有烟还能捡烟头自己做香烟，没有洋火，他可以借着阳光用类似玻璃片的东西点着火；头脑也很好，又有热情……可是很快发现他是个大白痴，有时他要帮忙做什么我都不敢让他帮，越帮越忙，什么也不会……

我也是个没有数字概念的人，前一段在苏州有两个晚报记者问我一件事，我拿出随身携带的本子查，发现上面写着“1968年入，1977年出”，我就怎么也想不起来“入”什么“出”什么，还让人家帮我造句，最后想了好几个钟头才猛然想起来是柏杨入狱出狱的年代，我对数字太恐惧。

李冰：柏杨一生著书立说不断，在台湾你们家庭算是哪个经济阶层的？

张香华：柏杨写的东西不少，但他不是畅销书作家，不同《上海宝贝》那种或琼瑶的爱情小说，他是有责任感的人，比如他译的《资治通鉴》。非常中肯地说，我想我们属于中下阶层，因为在这个社会，有钱人太有钱了。但我们又不是穷苦，基本的生活态度就是不要随便膨胀，虽然物质这么丰富。

李冰：柏杨对金钱是什么态度？

张香华：他是个大来大去的人，看到钱还没到口袋里他就敢用，我就比较中庸，欧阳修的母亲那种治家态度非常好，她儿子当大官与否她都那样。我的衣服一般都是菜场货，但穿出来会非常好看，不会花很多钱买名牌。他喜欢买电脑、扫描仪、录影仪什么的，其实根本不用，也没地方放。我经常说他，有的时候他还“挣扎”，但我不给他吵架的机会。哈！

李冰：您说这些话时柏杨先生在做什么？

张香华：他在偷听……哈！（我们大笑）

可他一直认为“他在照顾我”。孩子们都长大了，都在外地，我家中有一只跟了我们二十几年的叫熊熊的猫不久前老得实在不行了，我们就抱它去打了一针，从此我们再也不能接纳别的宠物进入这个家庭了。

史铁生

失去双腿的领路人

2010年12月31日，一年中的最后一天，我永生难忘。那天早晨，我和父母慢悠悠地走出丽江的一个小客栈，前往不远处的饭馆去吃饭，忘记了我们都点了什么，正低头吃着，电视上播报的一条新闻让我们仨同时都抬起头来。“著名作家史铁生凌晨3时46分因突发脑溢血逝世，享年59岁……”

我心一沉，眼神着落无处，只有望向那木雕窗棂。外面，阳光正好，世界太平。一切都没有因为他的消失而有丝毫改变。

“太可惜了！史铁生走了！”父亲停箸，叹息，望向我的眼神里满是无奈与无助，似乎眼睁睁看一个相伴数载的病友离开，他心疼又心酸。患癌症三年的他最理解病痛给人带来的是什么样的绝望打击。《病隙碎笔》是父亲放在床头的常备书，像他每天都要吃的药物一样，朝夕不离。

“史铁生这个人非常了不起，一辈子受尽折磨，却让自己成了一个好作家。他对生病和生命的体验都那么深刻，却用所有老百姓都听得懂的语言写出来。”曾听父亲不止一次跟我聊起过史铁生，每次我都鼓励他，“看看人家，年纪轻轻就得病，多半辈子都跟病魔打交道，还那么乐观，还创作出那么棒的文学作品……”

我偶尔也跟父亲聊一聊惟一与史铁生有过的一次近距离接触，2005年在深圳的那次采访。五年前了，可每次，记忆都把我们拉近，谈笑自若的他似乎仍与我仅一步之遥。坐在观众席上，他就坐在我后面一排，仅隔着一个过道，发现我在给他拍照，他侧过脸，露出一个神采飞扬又热情洋溢的微笑，黑框镜片后的眼睛闪烁着智慧与一点点故意的狡黠。

1951年，1月4日生于北京。从小跟奶奶生活。

1964年，毕业于东城区王大人胡同小学。

1967年，毕业于清华大学附属中学。

1969年，上山下乡运动展开，自愿到陕北延安农村插队。

1969年，4月因腰腿病返京治病，6月回村，生产队关照让其担任饲养员，放牛喂牛。

1971年，9月史铁生腰疼加重，回北京治病。

1972年，1月5日住北京友谊医院，一年有半，治疗结束之时即轮椅生涯开始之日。

1974年，到某街道工厂做工。

1981年，因患肾病回家疗养。后从事写作。

1998年，被确诊为尿毒症，需隔日透析以维持生命，其经费主要由中国作家协会和北京市政府负担。

2010年，12月31日凌晨3点46分，史铁生因突发脑溢血在北京宣武医院去世。根据遗愿，不举行遗体告别仪式，器官捐献给医学研究，12月31日凌晨6时许，其肝脏移植给天津的一位病人。

我不知道如果他看到有人这样概括他的一生会有何反应。我知道他一定会笑着调侃一句什么。他的通透、练达，他的智慧、深刻，让我完全相信他是一个彻底摆脱了“矫情”二字的人，坦荡如明月下的一块石头，风吹雨打，雷劈电掣，他已经修炼出一颗金刚不坏之心。

回京后与老作家陈建功聊及铁生，他二十多岁就相识相知的挚友，一脸戚然。挖了十年煤考进北大读书的建功，与班上一拨书生意气挥斥方遒的文学朝圣者，某天突然被一篇手抄的作品击中了，《没有太阳的角落》被手抄在一个硬壳笔记本上，“我们为作者情感的醇厚和文笔的老辣而击节称快，并把它刊载在我们主办的《未名湖》上。”而这位草根作者就是史铁生。即使质疑者认为他把生活写得“过于灰暗”，但史铁生这个截瘫在轮椅上的年轻人，就那么让象牙塔中的陈建功佩服上了。和铁生的作品一起被他们关注的，还有他的行侠仗义：一个知青被误打成了“四人帮爪牙”，愣是这位自己正忍受着病痛折磨的汉子，发起了“万民折”请愿叫屈，最后这位知青终得清白。

史铁生就这样与陈建功成了一对好友。“80年代，尽管摇着轮椅，铁生还是可以满城乱窜的。他时不时就来参加我们的文学聚会，或在李陀家畅叙，或来我家小酌。印象最深的是有一次到苏炜住的双榆树青年公寓做客，聊至深夜方散。我和铁生来至三环路上，天上忽然飘起大雪。我骑在车上推着铁生的手摇车，望着这漫天大雪我们大声喊叫着‘真他妈的风雪夜归人啦’！雪越发厚重难行，我不得不下车，一步一步地推着他在深雪中前行。”也不知走了多久，终于跋涉至一个温暖所在——铁生的家中。

我在博客上写道：还有一周，他就迎来60岁的生日了，可是他等不及了。他飞升而去向一个更温暖的国度……

此刻，2017年的最后一天，我偶然读到他的博客。那个叫史铁生的汉子仍淡定地注视着前方，似乎正在听他好看的太太陈希米说着什么。而2007年秋天开通的这个博客页面永远停留在了2009年的10月。拢共不过十一篇，不过是《病隙碎笔》(片段)、《那年我21岁》《怀念秋天》。

“把身体比作一架飞机，要是两条腿（起落架）和两个肾（发动机）一起失灵，这故障不能算小，料必机长就会走出来，请大家留些遗言。躺在透析室的病床上，看鲜红的血在透析器里汩汩地走——从我的身体里出来，再回到我的身体里去，那时，我常仿佛听见飞机在天上挣扎的声音，猜想上帝的剧本里这一幕是如何编排。”

读至此，泪水再次模糊了双眼，就像七年前在云南那个小餐馆听到他离开的消息时一样。并不只是有血缘关系的人的离开才让我们心痛。有些人，即使生命之线永远没有交叉的一点，他们用生命照亮了我们的人生，在黑夜里如火把，慷慨地为陌生人传递上一丝热腾腾的力量，怎么不令人怀念？他们的离去，怎么不令人伤心？

我很庆幸，我曾跟他有过那次难得的接触。人间久别不成悲，对于离开的人，最好的纪念方式也许就是接过他传递的精神火炬，有尊严、感恩地活着。“生病的经验是一步步懂得满足。发烧了，才知道不发烧的日子多么清爽。咳嗽了，才体会不咳嗽的嗓子多么安详。刚坐上轮椅时，我老想，不能直立行走岂非把人的特点搞丢了？便觉天昏地暗。等到又生出褥疮，一连数日只能歪七扭八地躺着，才看见端坐的日子其实多么晴朗。后来又患尿毒症，经常昏昏然不能思想，就更加怀恋起往日时光。终于醒悟：其实每时每刻我们都是幸运的，因为任何灾难的前面都可能再加一个‘更’字。”

“虽失去了双腿，却成了领路人；失去了生命，却化为了永恒！”这是一个网友在史铁生博客上的留言。懂得他的人，全都是他的受益者和有缘人。

那件著名的王安忆手织毛衣，据出席送别仪式的建功说，他们和铁生太太希米一起焚烧了铁生的一些衣物。希米主动提及：“那件毛衣还在家里放着呢。”听得建功一阵心酸。

时间

2005年6月28日

地点

深圳银湖度假中心

昔日重来

水碓子人史铁生

尽管同在北京，采访到史铁生却是非常之不易，21岁起，他的双腿就被迫离开了大地，1998年起，几乎失去了肾脏的他一周就要做三次透析，而其他所有时间，除了睡觉吃饭，他都用来写作。史铁生说："有一回记者问到我的职业，我说是生病，业余写一点东西。"幽默里透着无奈。

上周，第三届鲁迅文学奖颁奖仪式在深圳举行，以《病隙碎笔》和贾平凹同获散文奖的史铁生在中国作协陈建功副主席的说服下前去领奖，在水秀树葱的银湖度假中心，坐着轮椅的他成了媒体追逐的焦点。短短几天，等候他的除了掌声与鲜花，还有两次折磨人的透析。仍是不太乐意接受采访，除了时间和身体原因，他说他有些怕媒体，"有些我说出来的话，一刊登就变了味儿了。"但颁奖前一天的上午，他还是接受了几家媒体的同时采访。

让人们精神一振的是，除了左臂上透析后包扎起来的白纱布，眼前的史铁生没有丝毫病态，镜片后微笑的眼神是从容淡定甚至是快乐的，他不时就记者的问题开着玩笑，微黑的脸上不时闪过近乎顽皮的表情。聊了会儿，他突然想起什么似的东找西看，又扭头问静静坐在一边的妻子，“我的烟呢？”当发现就在腿侧的轮椅上时，他又笑了，“我抽烟但不喝酒，知道会影响健康，但写东西时有时需要抽烟，算是保留项目吧。”听到大家夸他乐观，他说，“乐观是对待悲观的一种态度，把悲观认识清楚了就是乐观。”他又引用伍迪·艾伦的话：“生活分为两种，悲惨的生活和非常悲惨的生活，戏剧是把非常悲惨的生活展示出来。那么悲惨的生活呢，我们不是还得过？”

他讲话都很简短，但又透彻而深刻，通俗而理智，让你感觉如读他的书一样是真正的思想交流，他写道：“我们生来孤单，无数的历史和无限的时间因而破碎成片断。互相埋没的心流，在孤单中祈祷，在破碎处眺望，或可指望在梦中团圆。记忆，所以是一个牢笼。印象是牢笼以外的天空。”——在孤单中祈祷，在破碎处眺望!!

颁奖晚会现场，他不便上场，虽坐在轮椅里，怀抱鲜花的史铁生面对大屏幕却让现场笑声迭起，是因为主持人张泽群说女作家王安忆虽没来领奖，却有一则轶事让人感动不已：百忙中的她曾为史铁生手织了一件毛衣。当他让史铁生讲讲这则故事时，史铁生先是有些意外地一愣，随即有些难为情却真诚地笑了，说这事儿他当然有意向人“炫耀”，“人家王安忆可不见得愿意外传”，问他是否经常穿那毛衣时，他认真地说：“不怎么穿了。”主持人也许想套点煽情的话题，问他是否不舍得穿，他却实话实说道：“嗯，一来不舍得，最主要的原因是，我觉得那毛衣样式有点过时。”连他带观众一下全笑了起来。

没想到这一颁奖火花背后却还有一段故事。

事后建功专门著文解释毛衣事件的来龙去脉。由于当时身兼中国现代文学馆馆长，为了创造些新意，在作家群中深受爱戴的建功建议搞一个作家友情展。不是历来“文人相轻”吗？古道热肠的他非想用事实证明并非全然如此。于是就在拜访史铁生的时候说起此话题，他知道就两人的交情，铁生一向有求必应。果然厚道的铁生豪爽地说：“我有一件王安忆给我织的毛衣。”建功大喜，正美滋滋地沉醉于有了“文人相亲”的好典范，没想到铁生当即就后悔了，理由是人家王安忆这低调的女作家未必就愿意被公开出这一幕。但一向不愿拒绝朋友的铁生立即想出了弥补的办法，说他可以提供飞人卡尔·刘易斯送他的跑鞋。

别看瘫坐在轮椅上，史铁生可是个不折不扣的体育竞技迷。曾提议奥运会口号除了叫“更高更快更强”，还应该加上一个“更美”，不仅指姿态的优美，更是人类挑战极限的精神之美。他更在散文《我的梦想》里表达对卡尔·刘易斯的崇敬：“也许是因为人缺了什么就更喜欢什么吧，我的两条腿一动不能动，却是体育迷……我最喜欢并羡慕的人就是卡尔·刘易斯，他身高1.88米，肩宽腿长，像一头黑色的猎豹，随便一跑就是10秒以内，随便一跳就是8米开外，而且最重要的比赛中他的动作也是那么舒展、轻捷、富于韵律。”

这篇文章被一位运动员读到并翻译给了飞人听，居然使得铁生与飞人有了一次会面。铁生赠书给自己的偶像，偶像则回赠签名跑鞋。飞人拍拍那书说，“我相信这书一定很棒，但我不懂中文看不懂，真遗憾！”铁生也指指跑鞋道：“可惜我没有健全的双腿，拥有这么棒的跑鞋，我也很遗憾。”两人相拥大笑。

自认为这跑鞋一点也不亚于那毛衣，接受了跑鞋去展览的建功按理该知足了，可他心上却一直难以忘怀毛衣的故事。两位都是他的好友，都是深受欢迎的文坛名家，一针一线地手织一件毛衣给文友，单是一想都令人温暖感动。所以，在这次颁奖晚会筹备期间，建功再也忍不住对这故事的偏爱，讲给了撰写颁奖词者，于是这一幕在满场温馨的笑声中出现了。“因为忙得晕头转向，我猛然想起自己居然事先没跟当事人史铁生和王安忆打个招呼。王安忆没有与会，倒可以说得过去，铁生是早早就到深圳了呀！远远看着轮椅上的铁生面对这意外的提问，有几分吞吞吐吐，我想象得出自己给这老弟带来了多大的麻烦，好在他很快就摆脱了慌乱……坦率地说，尽管和铁生有着深厚的友谊，我还颇为自己的疏漏感到惶恐。事后我在宾馆的走廊上遇见了他，抱歉地说，不好意思，闹得你有点被动，但你回答很精彩……铁生宽厚地笑笑说，没事儿，说了就说了，还用解释吗？

说是北京人，史铁生却说他早已名不副实，很少出北京城，“我不敢说自己是北京人，因为一点儿也不熟悉现在的北京，我只能说我是水碓子人，因为我就住在那儿。”

上天让你来到这世界上就是有深意的

因为被记者围成一圈，坐在正中的史铁生很有答记者问的仪式感，笑眯眯的，似乎病痛是别人的事，与他根本无关。

机会难得，我迫不及待地问：“铁生老师，您现在的生活状况是怎么样的？”

史铁生看着我，目光和蔼，“我每天做的事情就是透析、睡觉，有精力的时候写东西。每次透析的时候都有三四百升的血液在体外，全身无力。透析把血里的营养也透走了，透析完就特别累而且饿，然后就吃，等身体补起来了，毒素又够了，又得去透了。现在身体状况好多了，透析之后的第二天上午可以坐起来写作，我每周只有12个小时是最适宜写作的。我常说自己的职业是在生病，业余在写作。”

与其说他是在跟记者们说话，不如说是在和朋友们聊天，让我想起他住在友谊医院里靠友情支撑过来的岁月。

一位戴眼镜的年轻男记者说：“《病隙碎笔》写了四年，读者很想知道史先生是怎样坚持写作的。”

史铁生答：“这本书是断断续续写成的，我1998年开始做透析的时候动笔，2002年才完成，写了四年，所以叫‘碎笔’。

现在，我每星期要到医院去做3次血液透析，每次透析要耗上大半天。写作的时间也越来越少，因为以前插队喂牛养成了早起的习惯，现在是天一亮就要醒，吃完早饭，活动活动，就开始写作。”

“您用笔写还是用电脑写作？”一位女士问。

史铁生说：“用电脑，我是很早就开始用电脑写作了，打字用五笔字型。”他没多说，但看得出来，他有一丝小小的自得。码字为生的人都知道电脑输入法中，不像大多数人采用的拼音输入，五笔字型是门槛相对来说比较高的。

刚才那个眼镜记者再把话题接过来：“您的身体不便移动，写作又需要体验生活，您怎么解决这个问题？”

史铁生扭过脸再次微微一笑，眼中有一丝不以为然的火花，“北大附中有个老师说，深入生活才能写作，我反对。我这种‘浅入’生活的人就不能写作了？上天让你来到这世界上就是有深意的，我认为深入思考才能写作，否则你虽然走了很多地方，倘若不思考也写不出东西。况且虚构是一种能力，也就是想象力，它对一个作家很重要。”

一番话说得众人频频点头。

是由于长年病痛的顽固相伴吗？他永远有自知之明，却又拒绝接受肤浅的外来信息。思考，是病痛给他的惟一止疼药。

21岁刚入院尚能有一点走路的能力，他天真地以为经过治疗，最多三个月就可以活蹦乱跳回家，像别人一样上班谈恋爱。可没想到病情反而加剧，他永远不可能站起来，永远不可能不依赖医院地活下去。

但他从没想过去抓住点“信仰”。“当有人劝我去佛堂烧炷高香，求佛不断送来好运，或许能还给我各项健康时，我总犹豫。不是不愿去朝拜（更不是不愿意忽然站起来），佛法博大精深，但我确实不认为满腹功利是对佛法的尊敬。便去烧香，也不该有那样的要求，不该以为命运欠了你什么。莫非是佛一时疏忽错有安排，倒要你这凡夫俗子去提醒一二？唯当去求一份智慧，以醒贪迷。为求实惠去烧香磕头念颂词，总让人摆脱不掉阿谀、行贿的感觉。就算是求人办事吧，也最好不是这样的逻辑。实在碰上贪官非送财礼不可，也是鬼鬼祟祟的才对，怎么竟敢大张旗鼓去佛门徇私舞弊？佛门清静，凭一肚子委屈和一叠账单还算什么朝拜？”

这是经过多少思考与觉悟才会拥有的清醒？与其说这一切都是他病痛中的迫不得已，我更愿意相信，这是上天赐予这个男人的罕见礼物。如荒山空谷的幽兰，如野地污泥中的夜荷，其美妙不是任谁都可以消受。

写作于我像溺水的人抓住稻草

我想听听他关于网络写作的看法，便问："如今是网络写作时代，在网上谁都能写作，运气好的能出书甚至畅销，您怎么看？"

我以为他会不屑一顾，没想到他似乎很喜欢这个问题，"我提倡每个人都应该抽出些时间写作，写作不见得一定是用纸笔或电脑，关键是一个人有没有在思考生命的问题。有些人把毕生的精力放在写作上了，似乎就算专业作家了，但事实上他不一定就比业余写作者水平高。"

"写作对我而言，不仅对我治病有帮助，对我活着都是一种帮助，不写作，我能干什么呢？写作，到我这个年龄是最好的时候，但我只能写到哪儿算哪儿。"

与其说听他在讲话，不如说我们都在捕捉他的眼神，且都自觉臣服于他的气场之中。

“现在在写什么作品？”

他并未急着作答，而是歉意地笑笑，把手中的烟拿出一支来，只是夹在手上，却并不点燃。“我的手头在写一部长篇小说，很难说是什么题材的，或者称为笼统的作品更恰当，我也不知道它是什么，到现在已经写了三年了，名字还不便透露。透析了8年，我不敢动笔写长篇，本来就打算写一个中篇，写着写着，一看不对，调整成长篇了。这篇新作还没定出版社，我想读者也不会很多，我以前的作品也没想过会有很多读者，我知道，我的作品喜欢的人就很喜欢，不喜欢的人会不屑一顾。平时写作时我不考虑写给谁看，假如非得说面对谁来写的话，我会想象面对着我的朋友。”

“可能您不知道，您的那篇著名散文《我与地坛》鼓励了无数的人，深圳一中学生杨林在您这篇文章的鼓励下，走出了车祸带来的阴影，以《生命的硬度》获得了一个全国作文大奖。”

他露出欣慰的笑：“那我要谢谢他。写作于我，像溺水的人抓住了根稻草，那么我的稻草也帮助他找到了他的稻草。困境的本质对于人的伤害是一样的，如果不去寻找生命的意义，生命就没有意义。”

有人问：“您在病得最痛苦的时候，想过轻生吗？”

他又笑了：“不是最痛苦的时候，是一开始就想轻生。我得病时才21岁啊，那时候想，完了，这盘棋干脆别下了！后来是卓别林的话救了我，他说：‘死，着什么急啊？’我一想，对，死是早晚的事。”

“您选好了您的墓志铭，是徐志摩《再别康桥》里的诗句。为什么这么早就想到墓志铭？这代表您的生死观吗？”

又是干脆地嘿嘿一笑道：“妥当点儿吧，你知道别人给你写会说什么？呵呵，其实在我看来生命就是如此：‘我轻轻地走，正如我轻轻地来。’在徐志摩先生，那未必是指生死，但在我看来，那真是最好的对生死的态度，最恰当不过，用作墓志铭再好也没有。”

他似乎比所有人都活得轻松。

我又忍不住问：“您的生活信条是什么？或者说，人应该怎么样活？”

似乎第一次，史铁生非常认真，几乎是一字一顿地说：“我认为人应该当好人，诚实，学会思考。”

没等他展开说几句，有人又插进来：“能谈谈您的妻子给予您的爱吗？她非常关心您，怕采访惊扰您的休息，为您数次挡驾。”大家都扭头去看安静地立在一旁的陈希米，我早就听闻她是华夏出版社的编辑，一脸文静，像位古典油画中的淑女，又像满含宗教悲悯的修女。看大家都注视她，希米只是微笑着，并不言语。

他望向妻子，脸上是含情的微笑。“我坐在轮椅上写作已经30年了，她给我的帮助太大，我看的书都是她给我买的，甚至她有时还给书上的文字画上线，说你看这些就行了。”所有人都笑了起来。

我受刘小枫影响最大，他才该获奖

我是一个总喜欢刨根求源的人，等大家笑罢，赶紧接上话头：“这么多年来，您认为自己受谁的影响最大？不管是写作还是生活。”

他一手轻抚了一下另一只手腕上的白色绷带，认真地说道：“中山大学教授刘小枫，我认为他倒应该获鲁迅文学奖的评论奖。自20世纪80年代我就开始读他的书，开始是《拯救与逍遥》，影响非常大的一本书，他对我的启发除了哲学还有美学各个层面的，尤其他写的《圣灵降临的叙事》，我已经向很多人推荐了。”

自知时间有限，每一个话题都不能展开尽兴地说下去。他总是简短而明确地给出答案，静等下一个问题的出现。让人感觉这个轮椅上的男子早已不去理会自己的苦痛，而是理性地看待一切。他是如此感恩，“坐上轮椅那年，大夫们总担心我的视神经会不会也随之作乱，隔三差五推我去眼科检查，并不声张，事后才告诉我已经逃过了怎样的凶险。人有一种坏习惯，记得住倒霉，记不住走运，这实在有失厚道，是对神明的不公。那次摆脱了眼科的纠缠，常让我想想就后怕，不由得瞑揖默谢。”这世间有多少人在遭此厄运之后还能如此豁达宽容地看待这个世界和自己？厚道如铁生，这世间真不多见。

我又问，“您心中理想的生活状态是怎样的？”

他笑笑，似乎很高兴得到一个表白梦想的机会，“我离不开大城市了，因为我得去透析。我希望能住在一处安静的地方，透析中心就在我家旁边，（笑）现在我每次透析都至少要花去四个半小时，路上还不能堵车。”

可能看我提的问题比较有趣，大家都住了声，望向我等着我发问。

“如果离开了写作，您会选择去做什么？”我想继续听他的梦想。

“离开了写作，真不知道能干什么。以前我也弄过翻译、画过画，画彩蛋啊仕女啊什么的，那称不上是真正的美术作品，也就是工艺品吧，我怎么也不觉得那是自己。到现在，我也觉得自己未必合适当作家，只不过命运把我弄到这一条路上来了。左右苍茫时，总也得有条路走，这路又不能再用腿去蹚，便用笔去找。人活着本来没有什么意义，意义是自己寻找出来的，也就是说，人总应该为活着找个理由。”那一刻，时间似乎暂时停滞了，很安静，似乎有米兰的香气袭来。

与其说是在采访，我宁愿说这是一场命运安排的近距离邂逅，一场心灵的透析。一个本是被命运捉弄折磨的男子，挣扎的惟一手段就是把炼狱中的思考化作纸上的文字。他在许多俗世中挣扎的人心中像个神化了的符号，那是面对不幸与倒霉时，所能活出的最高境界。可这个出了名的病人，又非不食人间烟火，看透虚空，回归自然根本，正如他在文中所言，“人定胜天是一句言过其实的鼓励”，人是被“抛到这个世界上来的”才是实情。“生而为人，终难免苦弱无助，你便是多么英勇无敌，多么厚学博闻，多么风流倜傥，世界还是要以其巨大的神秘置你于无知无能的地位。”

那位戴眼镜的记者可能感觉到采访已经到尾声了，问道：“无论是《我的地坛》还是《务虚笔记》，您的作品中都多少会提到古园和地坛，这是否有何象征意义。”

史铁生道，古园实际上就是地坛。“我常提起地坛，是因为我向往它的安静。那还是20世纪80年代，地坛离我家很近，空旷清静，我喜欢那样的安静，喜欢到那里写东西和看书，无人打扰。地坛有我的零度写作，有过天马行空的想象。”

“现在，我家搬得离地坛越来越远，就很少去那里了，有时候路过，地坛已经成了旅游景点，变得热闹了，面目全非了。”

这时文学奖组织者招呼说时间到了，不能让史老师太劳累。大家纷纷起身缓缓离去。

希米上前推着轮椅回房间。想起铁生谈到爱情时的幸福神情，“不要以为残障人士就不可能有幸福家庭。正常人有的一切快乐，我们都可以拥有，只要你用心。”

看着他们的背影，我真想双手合十，祈祷上苍，给这对夫妻更多的快乐和好运吧，他们实在是已经承受了许多生命不能承受之重之痛。

汪国真

风雨兼程去远方

1

又是一年草长莺飞，枯木逢春的时节，远在洛杉矶的我突然在微信上看到有人发出的帖子：“著名诗人汪国真因病去世，享年59岁。”清晰记得，那是个风和日丽的早晨，加州阳光慷慨地洒在阳台上，温暖而虚假地昭示着天下太平……我的手脚却在霎时冰凉，像跌入冰窖一般，我不知道该说什么才好，瞬间绝望无比，我知道，这个世间给我温暖正能量的一个生命彻底遁入了黑暗与寂静，再也不会回头，投以他一向和善的目光，冲我露出优雅书生的微微一笑。

去上班，长长筒子形的楼道里那个中国留学生的门没关严，流出朴树的歌：惊鸿一般短暂，夏花一般绚烂……这是一个不能停留太久的世界。

破天荒第一次，一向只喜欢“潜水”的我在微信的朋友圈上发了几句话。与其说是缅怀，不如说是追悔。

2014年夏天，我回北京休假，电话约了汪国真见面吃饭。说好了时间地点，我却临时变了卦。因为地点在西单，又是傍晚，堵车是必然，于是打电话给他说改日可否？他照例好脾气地说没问题，咱们再约。此后患癌的父亲正值化疗住院，终日奔走于家和医院之间。没多久，我即匆匆返回洛杉矶，甚至没能和汪国真道别一声。因为我们都供职于中国艺术研究院，甚至是同一部门，以为相见不过打个招呼，从未想到他此前来洛杉矶的那次会面竟成了永诀。汪国真，伴随我青春岁月的偶像诗人，我在北京的第一个采访对象，我同屋的办公室同事，我怀念你谦谦君子的微笑，它比你的诗、曲、文更永恒。

初识汪国真还是2002年，刚到《北京娱乐信报》"文化星期天"当记者的我去采访他，因为有媒体报道说他贫困潦倒得去开火锅店又赔得一塌糊涂，他在媒体上喊冤并起诉该媒体和记者。我已经不记得当时是如何联系上他的了。只记得他在电话里干脆利落地与我约定采访，地点就在他在北京城北的家里。

辗转地铁和公交车，我终于找到他家，应声开门的正是他本人。一脸和蔼带点腼腆的善意，镜片后微笑的目光却又不无自信。

他的书房不大，但很整洁简单，地上码放着一堆版本各异的《汪国真诗集》，他说这都是他偶遇的盗版书。"我也想打击盗版，哪儿打得过来？层出不穷，太多了。"听我说起我读大学时是如何迷恋他的诗歌，他很开心地笑了，望向我的眼神更多了愉悦之情。我知道对于一个有着码字情结的人，听到有人喜欢他的文字，比什么都更让他开心。

更多的时候，我们在聊文学聊诗歌，我似乎忘了采访的主题是他那个新闻诽谤官司。我知道了他如何走上诗歌之路，如何稀里糊涂地在全国掀起了汪国真热潮，甚至"汪国真年"。他是谦谦君子，虽然很享受成功的喜悦，却始终认为自己很幸运。

"成名可以说是始料未及的。我写诗纯粹源自爱好，一开始只是自娱自乐，宣泄情感，至于后来发展成一种潮流，产生那么大的反响，是我很意外的。23天出版第一本诗集，你相信吗？ 20世纪90年代前后，我的诗在校园很流行，上课时也有人传抄。于是有位老师就问那学生：'不好好上课，抄什么呢？' 学生回答：'抄汪国真的诗。因为买不到诗集，大家只好手抄。' 这位老师的先生孟光正是学苑出版社的编辑部主任，被太太告知这一信息的他很有职业敏感。他是个行动力很强的人，立即做了个调查，马上找到我，提出三个条件：以最快的速度、最高的稿酬、最好的编辑来出我的诗集，我当然痛快地答应了。在当时的条件下，从交稿到拿到样书，只用了23天时间。"

看我听得入神，他显然更有兴致，像打开了话匣子一般滔滔不绝。

"好诗的标准，实际上，我对历代诗歌是做过一番研究的，我发现李白、苏东坡、李清照等人的诗作之所以广为流传，是因为它们有三个特点：第一是通俗易懂，第二是能引起共鸣，第三是经得起品味。最能广为流传的，往往是'床前明月光，疑是地上霜'这样浅显直白的诗……"

那一刻，我们俩谁都不敢相信，六年后，我们竟会成为一个部门的同事。

那一刻，他是功成名就的诗人兼书法家，我是漂泊在北京的小报记者。他主动跟我介绍起他正着迷的书法。"书畅销了，总要给人签名，字不好感觉拿不出手，就开始练字。等一下，我这就写一幅字送你。"

不一会儿，一幅很有毛体风格的书法作品就递到了我手里，普通得像递给我一张名片。据说他每次给景区题字都收入过万。"飞天神采照河山，彩袖千年依旧映云烟"。我并不懂得欣赏书法，但因为是汪国真所写，自然珍视。

我怀揣着那折叠成方块的墨宝，兴奋地回到位于前门全聚德烤鸭店楼上的编辑部。领导却说我津津乐道的文化部分并不重要，报纸要的是冲突，具体讲是他的官司。于是我只好禁笔，又等了一段时间，直到官司尘埃落定，我们才发表了一块“豆腐块”新闻。

2

当我准备写这篇纪念他的文字的时候，我上网搜索距今十六年前发表的那篇新闻，感谢互联网时代的便捷，在多如恒河之沙的新闻链接中，它浮出水面。

汪国真赢回声誉 《天府早报》败诉赔2万

2002年08月23日03:03　北京娱乐信报

信报讯（记者李冰）轰动一时的汪国真诉《天府早报》名誉侵权案终于有了结果，20日北京市西城区人民法院宣判:《天府早报》社在该报刊登向原告汪国真致歉的声明、赔偿原告汪国真精神损害抚慰金2万元。据了解，汪国真同时起诉的《江南时报》社侵权案近日也将会有判决结果。

原告汪国真诉2002年3月19日《天府早报》在其B16版刊发了正标题为“汪国真竟为钱所困”、副标题为“昔日倜傥诗人，今日卖字为生”的文章，该文称原告由于诗歌收入减少，便四处筹措资金在北京市区内开了一家火锅店……没多久轰然倒闭了，从此境遇日渐潦倒，复出作品《汪国真诗集》也鲜有人问津，“由于目前每月收入非常不稳定，为改善这种经济情况，本有书法基础的汪国真开始大练书法，并为京城一些店铺撰写店铺招牌”，“卖字为生”。被告还为文章撰写概括性导语，称原告“近日情况窘困，遭遇连串不幸，连生计也成问题”等等。

今年4月，汪国真以被告文章扰乱了正常生活、影响创作，并在社会声誉及精神方面造成巨大损害为由，将《天府早报》与刊用该文的《江南时报》同时告上法庭，要求《天府早报》刊登致歉声明，消除影响，并要求被告赔偿精神损害抚慰金10万元人民币。经北京市西城区人民法院开庭审理，最后判决《天府早报》在该报刊登向原告汪国真致歉声明（内容须经法院审核）；被告《天府早报》社赔偿原告汪国真精神损害抚慰金2万元；驳回原告汪国真其他诉讼请求。

记者从汪国真处了解到，他对法院判决表示满意，不会再上诉。记者电话采访《天府早报》社长林卫，工作人员称他们至今尚未收到法院判决书，是否会再次上诉要看结果而定。

此后我又曾在几次文化活动中遇到他。每次相对，所见都是他淡然而温和的微笑，都是他一脸满足的自信，我才发现，他的眼神甚至有几分孩子气，是早慧的孩童才有的敏感与超然。2003年4月11日，报社让我特邀诗人刘湛秋、汪国真、虹影等人齐聚东方广场林宝坚尼咖啡店，就着春光纵情闲侃目前中国诗歌界现状。不大的店面内，引得从服务员到客人都诗兴大发。现在回想那都是非常过瘾的一次聚会，大家得以有机会了解文字背后的写作者的文学观点和内心情感。汪国真仍是最受现场欢迎的人物，许多人一脸崇敬地请他签名。

作家兼诗人虹影说她目前主要在写小说，“我觉得诗歌本来就是少数人的东西，比较受限制，还是小说更宽阔些，能通过更多的情节来表达，能和更多的人交流。但我仍然在写诗，而且数量不亚于从前，它是那么的凝练，那么的传神，那么的雅致，从内心深处来讲，我更愿意做一个诗人。”

一头银发的诗人刘湛秋则说：“写诗是我最大的快乐，不牵扯什么高尚的动机，也不曾呕心沥血地下苦功，纯粹是生命的自然宣泄。”刘湛秋除了以翻译普希金的诗而闻名，他也曾写了许多风花雪月的诗句，20世纪80年代中期，被读者誉为“抒情王子”。

据他估计，再过三五年左右，诗歌就会重新“热”起来。现在之所以不够热，是因为诗歌还没有很好地和市场结合起来。“歌词、广告文案之类都需要诗的语言，想想流行歌曲——其实我们就生活在诗歌里。我的老朋友、《篱笆、女人和狗》的作者张藜曾说：‘写一首歌的报酬，是写一首诗的一百倍！’他嫌我太保守了，劝我写点歌词。可见诗歌并非没有市场，现在需要的，是出现一批诗歌经纪人，代替诗人出面搞市场运作，让诗人能够安心地多写好作品。”

刘湛秋说：“诗歌要想重振声威，就要克服两种不良创作倾向，一种是歌颂诗，一种是先锋诗。歌颂诗感情虚假，内容空泛，把人们的胃口都搞坏了。而先锋诗则走另一极端，写出的东西谁也看不懂，渐渐地离生活、离读者的需要越来越远。谁排斥大众，大众就会排斥谁。”

一番话不仅记者，连汪国真也频频点头，一脸赞许。

当被问及是否诗歌开始式微的时候，汪国真毫不犹豫地说：“与小说等其他形式比较而言，诗歌的确不是很景气。但也不能一概而论。不是所有的诗都不好卖，我的诗已经连续出了十几年，每年至少都要出一本，而且都是出版商主动来找我约稿，说明还是很畅销的。由诗而歌选择诗歌，我觉得特别幸运，假如我当初写小说的话，就不会有后来的一系列事业了。后来我从事的书法、绘画、歌曲等，都能和诗歌结合，这些艺术形式也能流畅地表达我心中的诗意。现在我正在给唐诗宋词谱曲，当我保持诗的节奏感时，谱起曲子来就非常快。”

有记者追着问他，“检验诗歌的标准是什么？”

他胸有成竹地答：“只有两个：时间和读者。”

“诗歌还是要独特的诗意表达。复兴诗歌的关键，还是要有好诗，而且整体质量要上去，不能只有一两首，别忘了，读者是很挑剔的。当然，媒体在这个过程中起着重要作用，但前提还是要有好诗，否则媒体想捧也捧不起来。另外在创作上，要多采取让大众喜闻乐见的形式。一个前进的民族，应该多一些诗意。”

在我们的要求下，汪国真哼唱了一首杜牧的《泊秦淮》，由他谱的曲。当他唱到“商女不知亡国恨”时，我忍不住让泪水浸湿眼角。正如十二年前第一次读到《热爱生命》的那个早晨一样。

我不去想，
是否能够成功，
既然选择了远方，
便只顾风雨兼程。

我不去想，
能否赢得爱情，
既然钟情于玫瑰，
就勇敢地吐露真诚。

我不去想，
身后会不会袭来寒风冷雨，
既然目标是地平线，
留给世界的只能是背影。

我不去想，
未来是平坦还是泥泞，
只要热爱生命，
一切，都在意料之中。

3

正如我的古典文学教授詹福瑞先生讲到历代诗人骚客时所说，不管是魏晋士人，还是宋元词家，之所以频频苦酿佳句，之所以不从众合流，之所以离经叛道，“都是生命催逼的”。

有着诗歌思维和天赋的汪国真显然也有极强的生命意识。

本是功成名就的诗人，1980年就分配进中国艺术研究院，可谓不动不摇就有固定工资收入和版税，可他偏偏闲不住。2000年突发肝炎，一度以为是恶性肿瘤，在病房里他学会了识谱，开始为诗歌谱曲；3年后的非典，他闭门在家学会了绘画。

“床前明月光，疑是地上霜”“慈母手中线，游子身上衣”……把这些中国传统古诗词配上曲子吟唱出来会是什么感觉？他不仅为诸多经典古诗词谱了曲，还请诸多当红歌手演唱。《小学生必修80首古诗词曲谱》2004年由北京民族出版社出版，与之同时推出的还有一张CD专辑，内收80首古诗词曲谱中的12首，其中包括于文华演唱辛弃疾的《青山遮不住》、白雪演唱李白的《静夜思》、吕薇演唱白居易的《忆江南》等脍炙人口的古诗词作品。

蒙古族资深作曲家斯仁认为：“这些曲子都非常好听，因为汪国真对韵律的把握很成功，其中还有蒙古族长调等民族元素，与古诗词风格非常贴切。”

致电汪国真，他跟我道出原委：“2002年下半年，中国国际广播出版社中文编辑部主任在一次聚会中向我约稿，我说手头新创作的诗文不够出一本新书的，因为正在花许多时间尝试谱曲。后来他拿到曲谱在钢琴上试弹后发现感觉不错。于是2003年年初，收有我28首歌曲和部分诗歌新作的图书《又见汪国真》出版了。”同年7月，已经把书法修炼得小有名气的汪国真应中国北武当山风景区管理部门之邀前去创作，期间，风景区负责人听了汪国真的舞曲非常喜欢，于是一本

《听悟汪国真》的音乐专辑便出笼了。

我又为之在报纸上发了个小“豆腐块”。他从来不像有的名人有点动静就急吼吼地让媒体替自己做广告，相反，永远是一副不急不躁的样子，淡定宁静，像个永远在象牙塔中吟风弄月的书生，不难理解他为什么如此喜欢李清照、李商隐，诗歌的风格更是受狄金森和普希金影响很大。

就像他的好友和记者彭俐所说：“汪国真的诗从不虚张声势，最多不过二十几行，如山间小溪蜿蜒流淌，清冽甘甜，款款注入心扉。”

我相信在20世纪80年代末90年代初在大学校园里度过的人无法逃避汪国真这个名字，不管你是否当众承认。恐怕不少人会像胡紫微一样，“自己从不敢承认被汪国真的小诗激励过，生怕被人笑话是俗人。现在（他去世了）再说什么都晚了。”

我们大学宿舍里曾盛行手抄诗歌，全屋七个人，每周每人轮流做“主编”，在用剪刀裁好的白纸上，把自己喜欢的诗歌找来，设计简单版式，完全手抄。汪国真和席慕蓉的诗，几乎期期不落。

记得贾平凹曾褒扬汪曾祺，说汪曾祺是一文狐，修炼成老精。汪国真则永远是一文青，再修炼也成不了精。

他的个人生活并非一帆风顺，生活能力也是极低，如彭俐所说，和所有男人一样喜欢车的汪国真，对自己的奥迪车也是只限于“往前往后开，其余就免了”。可他骨子里又是如此乐观向上。都在说青春，席慕蓉透着悲凉，说：“青春是一本太仓促的书。”汪国真则藏着豪情，他说：“没有一个季节能把青春阻挡。”

他就是一个总燃烧着青春火焰的人。他用自己的真挚掀起了一股年轻的潮。诗集《年轻的潮》在很短的时间内连续重印5次，总印数达15万册，这在中国当代诗坛是不可想象的。1990年，《年轻的潮》被《新闻出版报》列为十大畅销书之一，文艺类图书仅此一本。该年被媒体称为汪国真年，他应邀到北京多所大学做诗歌演讲，受到大学生的热捧。

“我非常自豪，也很清楚，我的诗不是自上而下由诗坛权威捧起来的，却是由下而上，因青年读者拥戴而成为热点。”第一次在他书房采访他，他就很明确地说。还有什么比读者的热爱更让一个作者快慰的呢？

“当代不是没人写诗、没人爱诗，而是好诗太少。诗坛是舞台，因演员表演拙劣才造成观众纷纷退场。那些深奥、晦涩、故弄玄虚的诗歌把读者挡在了外面。”他提醒热爱诗歌的年轻人一定要靠读书培养才情，这样方能挥洒自如。

4

一直和汪国真保持着很淡的名家与记者的关系。他后来搬家到南城马连道一带，约我有空可以聚，毕竟我当时也住南城草桥。可因为媒体工作的不规律作息，我终没去拜访。听到同事或文化圈有人说及汪国真，多是些不咸不淡的揶揄，似乎如果承认对他的喜欢就是对自己水平的贬低，就像长大成人后回看儿时所好，甚觉不登大雅之堂一般，哪怕当时的喜欢是多么的由衷与狂热。

不幸的是，我也是如此浅薄和寡情，几乎没跟人表达过自己当年对他的崇敬。甚至他送我的那幅书法，一直与其他人送的书画作品堆放在书架上，还是老父亲去装裱了回来。我却仍嫌其不够“高雅”，并没挂在墙上，而是任其与其他镜框一起委屈地挤靠在书架与墙壁的空隙里。

2006年，我离开了媒体，闭门在家写小说。自此再也没与汪国真有联系，甚至并没有过多关注他。只知道他很享受受邀出门，不是为景区题字，就是到几个汪国真工作室去创作。

2008年，我调入中国艺术研究院从事专业创作。我甚至从没想过这是汪国真供职的单位，更没想过要跟他联系。结果第一次参加部门大会，走进不大的会议室，居然看到他坐在那儿，熟悉得一如昨天。仍是那淡然而温和的微笑，“咦，李冰？你今天来采访谁呀？”他热情地跟我打招呼。

我笑说自己也是来开会的。

“哟，你成我同事了？好家伙！太好了。”他也笑，脸上全是真诚的开心。

那次的再见并没成为我们重续旧情的契机。因为大家都不坐班，一年偶尔开会也不见得都到场，我与他仍是半熟悉半生疏的。

大学同学聚会，问起各自的工作，我有时会说句“我现在与汪国真是同事，还是一个部门的”，引得大家都惊叹。回到家看到仍躲在逼仄的角落里落满了灰尘的他的书法，有时我难掩内疚。

无奈室内空间有限，墙上挂了几幅我去宋庄买到的所谓抽象派画家的油画花卉，几幅被我父亲称为“个个都像肉丸子”的仕女图。

几年后我被派驻美国从事文化外交工作，一去四载。与国内的文化圈子更是断了联系。偶尔回国休假，蓦然发现曾经自视为关系亲密的几位文坛旧友，都集体屏蔽了我一般。有位曾带着瓷器和所有文集上我家与我做访谈的老作家，在接到我电话说可以见一下后，我开车去他家相聚，因为他家所在的小区路窄车多，我又不熟悉路况，待找到标识很不起眼的那住宅区后，我已经心急上火得开始脸热发烧，他和夫人却还责怪我“没有像你这般路盲”，即使我带了些礼物表达敬意，但我离开的瞬间，便知道这位长者已经是今非昔比。

另一位则是位文坛有名气的评论家，很喜欢接受我的邀请点评下文学动态，但凡他自己有点作品也迫不及待让我在报上发表。他以美食家自居，不断请我们这些记者去餐馆吃饭联络感情。与他联系，倒是仍约了吃饭。七拐八绕到那个某省驻京办，已经升任为某刊物副主编的他自作主张点了仨菜，全然没问我想吃点什么。结果因为是南方菜系，那菜量少得像西方的开胃菜，我只得偶尔夹一粒毛豆表示自己在吃饭中。

“你不知道吗，有些人之所以跟你走得近，是因为你是媒体人，媒体是有话语权的，尤其对于文化圈子里的人。你以为跟人交下的是友谊，他们心里可不以为然，只不过利用媒体这个能把他们的作品转化为市场利润的平台。我早就看明白了。”一位也早已离开了媒体的同道似乎看破了此中的真相。

说得我心灰意冷。就像一位曾驻外的大姐对我的提醒，“别太把你驻外时接待过的领导或名人当回事。他们跟你很热乎，是因为你在异国他乡接待他们。给你留了电话邮箱不假，可等你回国真一联系，人家脸绷得像张鼓，像根本不认识你一般冷淡。更不要提求他办事了。”

这就是人性之恶吗？

于是我越发失去了在名人的光环下去亲近他们的欲望。直到2014年夏天汪国真的洛杉矶之行。

5

那只是一个最普通的加州夏日。我正在办公室写简报，突然接到一个当地华人媒体记者的电话，说邀请我去出席一个书画展。

我对这类邀约一向不够热情。往往是国内不入流的书画家，拿着旅游签证来美国，随便找个当地华侨给安排个场地，挂上一些作品，拉个条幅，请上几个熟人或闲人，在台上讲个话拍个照，资金充足的当地媒体还会有零星报道。于是回到国内就可底气十足地宣传某年某月，某某某在美国举办了个人专场展览。不权威吗？手里有与当地领馆文化参赞或领事甚至副总领事在现场的合影啊，那可是我驻外的官方权威代表。

正想拒绝，听到对方说来参展的人中有汪国真。我当即答应前往。无论如何，即使被当道具，即使人情寡淡，我也义无反顾，毕竟是同事来了，如同娘家人一般心底仍是亲的。

那天正好是8月1日，按对方提供的地址开车四十分钟找到那位于僻静区域的一栋不起眼的建筑。走进去，才发现原来是个卖中式古董的店铺。货架上仍陈列着日常销售的翡翠白菜、玉如意、弥勒佛等真假古玩。

那不是汪国真是谁？笑意如旧温暖如旧。蓝白小格子衬衣，领子却是纯白色的，外罩着一件敞着拉链的蓝夹克。如今女人讲究冻龄，或“无龄感”，汪国真在时光面前似乎也是很有抵抗力的，从我十几年前认识他至今，他几乎没什么变化。

亲热地握手寒暄，听我坦言我之所以来是因为他，他更是毫不掩饰地开心，向众人介绍我们当初的相识。

所谓展览最显眼的就是那个横贯了整个店面的条幅，“美国华商协会及美国河洛同乡会洛阳牡丹走进美国画展”，连个展墙都没有，不过是在几个临时的展架上用夹子夹上了几幅书法。总共不过五六幅，名头倒不小，有书法界的泰斗沈鹏，他的四字行书龙飞凤舞，双双重叠，不知该读作“河图洛书”还是“河洛图书”；获诺贝尔文学奖后更红火得如日中天的莫言，他的书法亦如他的长相，大智若愚，“纸小笔大行文简，僧多米少煮粥咸。”不愧是文学功底深厚；诗书画曲四项全能的汪国真，笔体已不再如当年的简单毛体再现，已经更有独特的味道，“能飞不如乘风”，书法风格与他的诗一样越发简练却又不平淡如水。

能飞不如乘风。我告知他我喜欢这几个似乎很有点禅意的字，“你当年告诉我说写诗要有诗眼，书法要有书眼。”他听了有点意外，居然我还记得。

“你回国后跟我走走转转吧。现在许多地方都有我的工作室，随时前去观光创作。谁还住旅馆啊，更不用买房……”看得出他仍然活在成功人士的圈子里，就像跟随前来的几位洛阳企业家，汪国真是他们的中心人物。

有简单的自助餐和红酒，餐具却都是简陋的塑料制品。平生第一次，用塑料杯喝红酒。“李冰咱们干杯！”汪国真举杯相约，丝毫没有嫌弃之感。

他仍是如此随和，一会儿有人涂抹几朵牡丹，举起来站在场子中心照张相，一会儿有人用大刷子写个巨大的“鹰”字，又是一阵合影。他都始终微笑着捧场，似乎别人无论做什么都是可以理解的。

他们的行程自然和所有来美的团队一样，走马观花，随看随走。活动结束后我也没有多逗留，道别离开。

写这篇文字的时候，我眼前是几张清晰度非常高的照片，来自那趟前往洛杉矶的队伍中惟一的摄影记者，河南洛阳的摄影家陈占举。

惟一的一张我和汪国真的合影，我们都笑着微侧身望向右前方，背景是长条桌上的一大盆素烧圆白菜。端着廉价塑料酒杯的汪国真另一只手叉腰，一副指点江山的样子。

任如何能掐会算的大仙也不能预言，仅仅八个月后，这个用诗歌和心灵点亮了许多人的青春岁月的诗人，这个刻意忽略掉生活中的不如意尽力活得志满意得的才子，就要永别尘世。

第二年秋天，回到北京，已经是没有了汪国真的北京，没有了汪国真的艺术研究院。我内疚不已地擦净镜框上的灰尘，把他送我的这幅书法挂在了客厅的墙上。

我没想到的是有那么多人急于跳出来为汪国真盖棺定论。甚至有人不吝挞伐，用“文化大革命”中那套人身攻击的方式对这逝去的人加以完全否定，以表达自己如何学院派，如何高深莫测，如何理论深厚。

与诗歌圈的热议相比，普通网友则用点击量和跟帖表达意见，某网站文化频道的汪国真去世专题，实时流量比两周前去世的诺奖作家格拉斯足足高出200倍，可见汪国真在大众层面的影响力。

在此我只愿意摘录几个客观公正的声音。

学者熊培云：“以反政府的立场骂汪国真的人，还是给自己留点人道主义的底色吧。不要因为没有人愿意顺着你们去牺牲，就去诅咒书写热爱生命的人。”

和菜头：“汪国真的诗、庞中华的字、琼瑶的小说、小虎队的歌是好还是不好？它们都是当时的流行文化，受众数以千万。如此多的人接受，注定不会高妙到哪里去。但是，今天喝上了勃艮第的酒，也没有必要为当年喝流水线上的可乐而羞愧吧？”

教授张颐武冒着被所谓文化界嘲笑讥讽而发声：“在90年代初中国开放的最关键时期，汪国真让年轻人回到了个体的感受之中去体味生命。他的诗没有80年代朦胧诗的现代主义的维度，但他把大叙述层面上的关切，化为细小真切的浅吟低唱，成为让普通青年理解的小感悟，从而让人们的人生丰富。”

我愿意相信，无论别人如何诋毁，汪国真只会微微一笑不予做答。因为，一切与他无关。

飞天神采照河山，彩袖千年依旧映云烟。我愿意相信，那说的就是你。

方薤

那个真王蒙惟有我心知

仍是在美国工作期间，我得知王蒙夫人去世的消息。

百度上对她的注释也非常简短：崔瑞芳，女。笔名方蕤。1933年出生于北京。王蒙的妻子。与王蒙一样，她也是一个热血青年，1948年参加革命，1949年入党。她一生奉献给教育事业，陪伴王蒙将近60年，于2012年3月去世，享年79岁。

除了叹息生命的脆弱，我也不无担心她的另一半，那位由她陪伴几近终生的丈夫王蒙先生。据说王蒙在妻子崔瑞芳灵柩前失声痛哭到几近瘫软。在八宝山遗体告别仪式上，王蒙写诗泪别妻子。

“在生活中我快乐地向前，多沉重的担子我不会发软……”写出《青春万岁》的作家、文化部原部长王蒙，在家人与读者眼中，他总是散发着“不可救药的乐观主义”。不久，听闻他再婚的消息。也许越是重情、敏感的才子，在内心深处越脆弱无助，像孩子一般习惯了依傍的他，怎么可能独自抵抗虚空与孤独的利刃？

我相信方蕤九泉有知，亦会含笑首肯丈夫的选择，因为她跟我说过，“那个真王蒙，惟有我心知”。“过程，就是价值本身”，这是她笃信的观点。

“你写得非常好，比我想象的好太多了。因为咱们只是那随便聊天，没敢想，你写出来的效果这么好！”我们俩的对话在《信报》文化版刊出后，我还没来得及告知，她自己在报摊买到了报纸看到了。当时的《信报》还与《北青》《北晨》《京华》等几家报纸共占京城媒体市场。她主动给我打来电话表示感谢，闻声如面，那亲切的话语，让我只联想到她是位最温柔厚道的女性长者，而不是历尽荣辱的前部长夫人。

“每个人来到世上，上苍就给他走这一趟的机会。各有各的选择，各有各的生活道路，各有各的乐趣和遭遇，各有各的人生价值。是的，我们并不希望长生不老，我们只希望能正直无愧地、勤劳而又快乐地度过人生不可避免的每一个过程。该盛开的时候尽情盛开，该灿烂的时候光辉灿烂，该勇退的时候说退就退，该沉寂的时候悄没声息。这才叫潇洒，这才叫大气，这才叫人的一辈子呢！”似乎我又重新坐在她面前，那谦卑而又高贵的母性光芒让我重拾起这人间温暖。

从电脑中找到当年这篇旧作，读起来，似乎那天的景象近在眼前。方蕤（我喜欢她这个笔名，相信也是出自先生之口）阿姨，我怀念您！

时间

2004年2月24日

地点

北京王蒙家中

昔日重来

快乐是心灵绽放的花

那是个初春的早晨，空气有些凉，却是春天的凉，而非冬天的冷。有阳光静静地照在身上、车上和刚刚泛绿的草坪上。

待一走入王蒙家那宽大明亮的客厅，慈眉善目的王蒙夫人那轻柔的声音和坦诚的笑容让人浑身都暖。我们先落座，看到摄影记者掏出相机，本是主人的她却有些拘谨得不知该坐在哪儿，她摆手连声说："别拍照了，咱们随便聊聊天儿好吧。"明明是拒绝，那神情里却透着宽容，让人想起一向照顾别人的母亲面对晚辈敬给她的一杯酒时的不习惯。松软的沙发靠垫，一尘不染的书籍，擦得发亮的地板，都无声地向客人表达着它们与主人的亲密，而与客厅相通的阳台上花茁草肥，从中穿行而入的阳光理直气壮地洒在地上，仿佛也是绿色的。

说是慢慢聊，老人的语速其实很快，不时会发出爽朗的笑声。听着那近乎童真的笑，你不难想象年届七十的她那"青春”的身影：她在平谷山脚下的小院里种花植树，在菲律宾的海边与丈夫戏水说笑，在电脑前和天南地北的网友神聊……

先生王蒙的两幅照片被摆放在桌上，50年前的英俊儒雅的书生之气淡了，阅尽沧桑后风雨不动的从容自信却浓了，如果说先前那是一块璞玉，如今则更像一块历练过的岩石。

“人生太短暂，那些美好的时光就这么快地流走了。”透过她那散发着母性之光的眼睛，很容易地就看到那些故事场景：在1950年东四十一条39号的四合院里，还在上女二中的她站在排队打饭的队伍中，她是来区委帮忙的，与别人没什么两样，她在等着当天的午饭：一碗白菜汤和两个窝窝头。只是一瞬间，那个戴眼镜的少年才子端着碗与她擦身而过，他爱慕的目光毫不掩饰地点燃了她脸上的红晕。几天后的夜晚，正在办公室精心做表格的她忽然听到“嘭嘭”敲窗户的声音，王蒙正趴在玻璃窗上，朝着她笑……

13年后的一个严冬，已为人父母的他与她，举家迁往新疆，仅有的家当——那一小缸金鱼在嘈杂的火车上格外刺目……

弹指红颜老，刹那芳华。青春不再的他们仍是骄傲的，他说：没有她就没有我！她说：“我幸运当初选择了他！其实笑着活下去的理由真的很简单，一如他所说‘快乐是心灵绽放的花’。”

采访后的第二天，舒乙画展开幕，其中一幅画名为《太平湖》，太平湖，那是其父老舍先生舍身之地。突然想，如果老舍在那个特殊年月拥有王蒙这样一个乐观之家，如果他见到了那缸快乐游动着的红色金鱼，是否会多些活下去的勇气？

为王蒙写《青狐》当顾问

知道她年轻时学物理专业，后来却不再从事与物理有关的职业。退休了又开始从事写作，居然有模有样写出了一本书《我的先生王蒙》，尽管她的丈夫、专业作家王蒙先生不知是出于避嫌，还是对内人的自谦，评价只是“写得还可以”，这书却以其真情实感在读者中极受欢迎。

“您的职业是教师，平时有写作的习惯吗？”坐在整洁舒适的沙发上，我好奇地问道。

“我做了一辈子教师工作。先是在北京109中学当物理教师，到了新疆后先是被安排去教地理，说都有个‘理’字儿，我哭笑不得。16年后回到北京了，我选择了一个相对来说压力比较小的中学，这样可以更好地照顾家庭，支持王蒙写作。虽说我是教理科的，可我也喜欢构思一些文学作品，这除了和我从小对文学的喜爱、自己还算丰富的人生经历有关，可能也受这样一个家庭的影响。20世纪80年代初吧，有时我突然会有些新想法，就告诉王蒙，他听了会鼓励我说‘挺好的呀’，于是我就把初稿写出来。可是我又想，我做教师做得好好的，为什么非得涉足文学界呢，我说‘既然你说挺好的就授权给你吧’。短篇《烟火》《Z城小镇的故事》就这样出来了。有熟悉王蒙作品的人就说，咦，这怎么不像王蒙的风格？如果你看过王蒙《我的人生哲学》和《Z城小镇的故事》，就会发现其中‘过程就是价值’的观点是完全一致的。”她微笑着坐在我面前，双手放在腿上，思路和描述都极为清晰，表情却随和谦卑，如一个正在答题的规矩好学生。

“王蒙先生的作品您是否都会是第一个读者？”

“除了个别政治味道比较浓的我会不太感兴趣外，他的多数作品我都在第一时间阅读。他有时也会征求我的看法，比如写小说《青狐》时，当需要对女主人公青狐进行心理描写时，他会同我商量如果那样写是否准确真实，我都会就我的体会发表些看法，他一一采纳。我很喜欢《青狐》这部有大量女性描写的小说，即使写性，他也是用调侃的笔调来写。我们俩在文学上也有很多吻合的地方。一次外国评奖活动，评委会把经过筛选的20篇作品拿给王蒙，由王蒙圈定前三名。我看后悄悄在心里选出前三名，事先并没和王蒙交流看法。最后王蒙评出的第二名是我认为的第一名，另外两篇作品一致。结果拿到国外的评委会上，海外华人评委的意见与我的完全一致。听说这个情况后，我很得意。但最终的评选结果，仍是王蒙选出的顺序。”讲到这些开心的细节，我们都笑了。

我知道当年王蒙与她相恋尚未成婚，因小说《组织部新来的年轻人》，就被打成右派。坚信“王蒙是好人”，她毅然与王蒙在1957年1月结婚，29岁时，又随王蒙带着俩儿子到新疆伊犁劳动改造。随着女儿的降生，五口人共住8平方米土房一熬就是多年。

1979年春，王蒙的“右派”问题得到改正，当年6月，全家返回北京，王蒙被安排在北京市作协搞专业创作，从此，王蒙进入了创作的黄金时代。这一切困苦，如果没有精神上的相知、心灵上的共振，任谁也会叫苦不迭甚至放弃投降，可见，他们二人一路走来，并非凭的是一方的好性情或不可救药的乐观。

甚至她非常坦率地自言，说自己不是一个出色的家庭主妇，“不会理财，不会精打细算，缺乏领导锅碗瓢勺和柴米油盐酱醋茶的才能。我更不是一个修养到家的贤妻良母，我可以默默地做很多，只是听不进一点儿埋怨的话，我的忍耐度不算高，有时也会大发脾气。很多人称赞我是位贤内助，我受宠若惊，不敢当，因为明白自己并非如此”。

可见，王蒙这位才子爱的，并不是一位家庭主妇，而是在审美层面也达到一定高度的女性。

敲电脑练字敲出一本书

“做了多年幕后英雄，这次是怎么想到要出书？”我仍是好奇心作祟。

"十年前就有出版社等各种人找我说要我写点什么出来，事实上我也不断写些小文。但因为太忙，尤其是最近这些年，一年中有一半时间都不在北京，就不想答应出书的事儿。如今出书完全得归功于电脑——敲电脑练字敲出活儿来了！话还得从头说起。1991年，王蒙在谌容、张洁等许多开始用电脑写作的朋友的游说下，购进了一部台式286，一上来他就用双拼输入法。不久，谌容向我们反复宣传五笔字型的优越性，当时听后我很动心，我悄悄买来一份王码五笔字型输入法的字根表，把口诀都背了下来，但是当时家里只有一台电脑，我不能想什么时候用就什么时候用，只能是偶尔练一下。为了练习打字，我也试着上网聊天，可自己速度太慢了，我就想写点什么吧，写什么不是写呢，还不如记述些家庭故事，就这样，开始陆续写些东西存在电脑里。后来这些文字积攒多了，就集成了这本书的原型。"讲到这些，她一脸顽皮的笑，像是一个淘气的小学生不留意淘到了宝贝。

起身，她为我这客人续茶。

我打量着墙上的照片。不多，且多是当年的黑白旧照。无论是当时还是现在的标准，王蒙夫人都算不上大美人儿。但她的眉目间自有一股独特的气质与高贵，那完全不是月份牌上的美女们可以效法得来的。

正是这份独特，让18岁的才子王蒙魂牵梦萦。初见不久，她就接到了王蒙的第一封求爱信："你为什么这么快就离开了，你走了，也不跟我说一声，我想你。"甚至，王蒙会每天给她写两封情书，早一封，晚一封，不停地向她求婚。

想象那一幕，任谁都忍不住羡慕。

"您现在打字是用五笔？"我问。因为我也用五笔，知道虽然入门比较复杂，但真学会了确实非常便捷。

方蕤摆手道："别提了。当时王蒙使用汉语拼音输入法已经很熟练了，我劝他改用五笔字型输入法，他下不了决心。凑巧梁左到家来说个什么事，也劝王蒙一定要用五笔字型输入法，王蒙被他说动了。起先，我把（字根表这些）材料交给他，他看了看，又把材料还给我，说太复杂了不想学。我就老磨他说‘你用吧，好学极了，你一定可以学会的。’王蒙是有语言天分的，就像当年在新疆他那么快学会了维语一样。在改用五笔输入法之后的第二天，他的短文便写出来了。两个星期后，他已经基本掌握了新的输入法。好笑的是，我教会了王蒙，因为没有多少练习的机会，我自己却只会纸上谈兵。当我真的用电脑写东西时，却没用五笔字型，而是用双拼输入法，我的五笔字型输入法等于完全是为了王蒙学的。其实双拼用熟了也很快。于是我又向王蒙出主意：‘千万别用五笔，还要拆字，太分散写作的思路，用双拼吧！’这回他说什么也不听我的劝告。”

我们俩哈哈大笑，眼泪都笑出来了。那一刻，是我采访名家多年来从未有过的快乐轻松，我们与其说是采访，更像是拉家常的娘俩。

眼前的这位阿姨，真的令人不爱都难！

不在乎说我沾王蒙的光

《我的先生王蒙》尚未出版就已经非常受人关注，如今名人家属出书已成了出版界一个新现象，“您不担心会有沾名人光的嫌疑？”我问。

方蕤果敢地一扬脸：“嫌疑我就不管了，我只是从我的角度真实地回忆和记录了我们一起走过的路。王蒙是否有名、成就如何，他被别人称为哲学家也好作家也罢，在我眼中他只是我的丈夫。这本书别人怎么看那是他的事，我写的时候也没想那么多。再说一本书出来后受人关注也不是坏事，证明也是有一定的市场需求的，关键在于你所写的文字是否有价值，是抒发的真情实感呢还是掺杂了虚伪做作的成分，所以受关注我认为不是目的，而是要被读者看了后真正发自内心地喜欢，那才是有价值的书。”

不愧是真正的知识分子，境界就是不一般。

“这本书对您来说是一种人生记录，对于读者来说它的价值在哪儿？”我继续问。

方蕤说道：“我认为他们可以了解一个真实的王蒙，了解王蒙和他的家庭是走过了一条什么样的人生道路。”

“您写这些家庭故事时王蒙都看吗？他的评价如何？”

“他有时说我写一些生活小事时有‘攻击’他的嫌疑。后来又说你怎么写那是你的事，只要别吹嘘我，写真情实感就行了。等书稿出来后他看了说‘是这么回事’，特别是对我写的‘孙子名言’比较欣赏，因为他太爱我们的子孙了，那种爱毫不保留也不掩饰，他向来就是透明的。”

我立即想起书中一则小故事：小外孙来福，有时提一些智力测验或者脑筋急转弯的问题，也有时背一首唐诗让姥爷说出作者是谁，王蒙答不上来。来福便在电话的那一端叹气，很体己地对姥爷说：“姥爷，您这么糊涂，怎么当作家啊？”

如方蕤所说，王蒙最爱听的就是孙子们“攻击”“嘲笑”他的话。他一遍又一遍地回味这些话，“觉得奥妙无比，快乐无穷，滋味多多”。

方蕤说，王蒙的名字是拜何其芳所赐，何其芳听说好友得子，主动献名“阿蒙”，因为他正研读的法国文学作品《茶花女》中正是把男主人公译为阿蒙，后来改译为阿芒。王父欣慰接纳，只是去掉了“阿”字，说太像南方叫阿猫阿狗。他初与方蕤相识，就主动解释自己的名字读音：他是“蒙古”那个蒙字。后来知道“蒙”字有三种读音。第一声“蒙人”的“蒙”，欺骗的意思；第二声，读“萌”，意在幼稚无知；第三声，“蒙古”的“蒙”，还指美德。按王蒙的个性，他会选择第二声，他喜欢说，大智无谋，计谋太多的人没人相信，宁肯相信“幼稚无知”。

这个很萌的王蒙真的笑话百出，如夫人在书中所记录的那则请客趣闻：

20世纪90年代初期，有许多朋友在关心我们。宗璞和蔡先生夫妇就是其中的一对。我们常到他家做客，除了参观蔡先生培植的花园，就是倾听宗璞的义正词严，在她那书香幽静的环境里聊天也是一种享乐。那年五月的一天，王蒙在电话里约了宗璞夫妇去香山游玩，且说中午要去颐和园门前的一家西餐馆吃饭，说那家有点小名气，尼克松访华时曾经来过这家餐馆，厅内挂有照片为证。然后强调了是我们来做东。

按计划，选了一个晴朗的天，我们一起游香山。近中午我们去了那家餐馆。吃得比较简单，因为那里也没有什么像样的主菜，不过是招牌、广告做得好罢了。王蒙悄悄地跟我说："一会儿你去结账。"我说："钱在你那儿。"他急忙左翻又找，上下口袋摸了个够，没有。我的心紧揪了一下，窘迫的我，面色红一阵，白一阵。王蒙又说："不是你拿了吗？"当时我的泪水要淌出来，我极力地控制着。在临出家门时，我说你请客，今天你带钱，是我们说好了的。这次还真是破例，平常都是我的事，偏偏我又没带那么多钱。我们俩的你来我去，被宗璞发觉了。宗璞是很懂心理学的，看我那副样子，她很轻松地说："还是由我们请，回到家把钱给我寄来不就行了吗？"这场尴尬的局面过不去也别无选择。

在回家的路上，王蒙再次翻找，不费吹灰之力，一下从他的上衣口袋抽出一叠现钞。令我哭笑不得。

睡在土炕上看着燕子窝也是快乐的

"半个世纪过去了，回首往事即使辛酸也都化为了美好，这是否与后来王蒙的人生之旅越来越顺利有关？毕竟他无论在文学上还是在仕途上都获得了一定程度的成功。”

对此方蕤稍做思考，平静地说：“随着社会环境的改善，王蒙的自身环境和我们家庭的生活也越来越好，我们出门儿也经常会引起别人的关注。有时静心一想，我感到很幸福，也认为自己很幸运当年下定决心嫁给了他。这不是因为我们后来过的日子好了，事实上在新疆的那些年我们照样是恩爱幸福的，比如他下农村去劳动，我去看他，在只能放下一张土炕的4平方米的小屋里，我们俩看着屋檐下的燕子窝照样是快乐的！人生毕竟会有遗憾啊，在我们精力最旺盛的时候在新疆一待就是16年，多么美好的时光啊，那么快就流走了。所以我们常说在新疆的生活也是一笔财富。”

夫人眼中的王蒙也并非没有缺点，甚至还真不少。如方蕤书中所写，他对自己要求很严格，有点儿近于死板，有时气得孩子们说他极“左”，是教条主义者。“文化大革命”中，方蕤曾多次回北京探亲，但王蒙不肯与她同行，他说没有请示，自己不好擅自行动。

王蒙戴了20多年的假牙一直痛苦地折磨他，即使夫人让他别戴了也不听从，认为假牙就要有磨合期，没想到终于损坏到不能戴了，不得不去医院治，遇见一位高明的大夫，为王蒙修了牙。

王蒙从医院回来，没等坐稳就忙着发表感慨：“我戴了20多年的假牙，都不懂，今天戴的才是真正的假牙。敢情做好了没有什么不舒服的。我真傻，真是戴了20多年的‘假’牙？”

王蒙理论先行的做法，以至发展为生硬的教条主义：天气预报如果说没雨，那么出门时，即使天正在下雨，他也不打伞；室内的温度计明明放在散热器附近，指示度数肯定偏高，即使室内再凉，他也不觉得。一次，冬天在外地住旅馆，他调了一阵空调后，立即说温度升高了，我说感觉反而凉了，最初他不相信，经过检查，确实吹的是冷风。我们还在新疆时，一次，好友李洪看见王蒙洗完的衣裳搭在院子里的绳子上，满是一缕缕的褶子，还湿淋淋地往下滴水。她十分怜惜地对王蒙说：“你要是没劲儿，就别洗了。”其实，王蒙并不是没劲儿，而是他看过一篇文章说洗完衣服不能用力拧干，否则会伤害织品。从此，王蒙洗完后去晾晒的衣服都是水淋淋的。

在妻子眼中，王蒙先生是一位可气可恨其实可爱的丈夫，那王蒙先生最大的优点是什么呢？读者都知道他聪明、幽默且有“中国的智者”之称。老作家张锲就曾跟我讲过一段往事：他和王蒙同住一个小区，有个冬天的黄昏，张锲和女儿晚饭后去散步，突然听到旷野里有歌声传来，父女循声找过去，却见王蒙正独自站在一棵干枯的小树旁，声情并茂地唱苏联歌曲《山楂树》……

方蕤笑道：“要说他的聪明幽默啊，也许留给干部司去考察更合适，在我眼中他最大的优点是对我的真心和一生执着的爱，别的什么都不重要。比如说，我们刚从新疆回京没多久，我说我没见过大海，他就悄悄带上我随旅行团游了一趟北戴河，那辆车上都是年轻的情侣，我们是年龄最大的一对。”说到此，老人一脸的幸福，还有一丝娇羞，像个初婚的少女。

当年全家人冒着严寒奔赴新疆，在火车上方蕤曾问过王蒙，“我们什么时候回北京啊？”年轻的丈夫自信地说，“短则三五年，长则十年吧。”没想到一走就是16年。

我不由感叹，那些年支撑他们风雨同舟一路走过来的也许正是这甜蜜的爱情吧。

方蕤道：“有人说我自始至终和王蒙风风雨雨在一起太伟大了，其实我所做的一切，都是一个妻子应该做的。再说当年全国人民有几家有好日子过的？不都在那种特殊环境下生活得很困难吗？我们很庆幸的是在那样的生活中我们俩是在一起的，既然我嫁给了他，我们就是合二为一了，他的一切就是我的，我所做的都是我心甘情愿的。在别人眼中我是个贤妻良母型的女人，其实做教师工作的我也很好强，尤其是在恶劣条件下我不肯在心理上示弱，比如在我的女儿一岁零三个月时，我要把她送回北京姥姥家，我坚持要坐飞机从伊犁到乌鲁木齐，再倒火车回北京，理由很简单，大家都知道我们‘流放’到了新疆，我不想让别人看到我们过得不好。”

一席话，突然让我想落泪。一个总是看似充当着配角的妻子，一个为人师表的老师，一个哺育了三个儿女的母亲，她其实永远没有放弃做人的尊严与底线，她的包容随和更是证明了她的高贵。

王蒙走对了写作这条路

王蒙作为作家同时身兼各种社会职务，外界对他的评价之声不断，作为夫人，怎么看待这一切？

方蕤：“外界声音再大那也只是‘外界’声音，在我们家里他就是一个普通人。有时他回来也会说起一些不快或委屈，我们会相互替对方解脱，然后用平静的心情对待一切。在我眼中他从年轻时到现在还都是那个王蒙，他就从来没有变过，所以别人对他的褒贬我都一笑了之，包括当年突然被打成‘右派’。当然他也有他的小毛病，比如收到一封信，他认为很重要，就说他自己一定要保存起来，结果等想看时找不着了，急得满处翻，我开始还埋怨他，后来觉得埋怨也没用干脆就不急了。再比如我常说他衣冠不整，每天他出门儿，我都要帮他看一眼，穿戴整齐了才放他走。这就是真实的王蒙。”

我突然想起她书中写到性急的王蒙让夫人发明了“催人泪下”这个词的新意义：

王蒙从理论上非常肯定包括购物在内的日常生活，他在小说里热情地描写过人们在百货公司看到琳琅满目商品时的欢乐情景。他也常常表示有热情陪我去逛商店。然而，一旦真去，他只会做“催人泪下”的事情。“催人泪下”，就是不停催促，直到别人难以忍受。王蒙生活节奏快，变化也快。他喜欢催人。早餐一般由王蒙掌勺，我还没洗漱完毕，他已不停地喊，‘面包烤好了都凉了，吃不吃啊？’知道他是好心，却让你不能从容。出门赴约会，发一封信，取一个包裹，缴水费电费，他都会急慌慌地催人不止，于是我将他的特点总结为：催人泪下。

“王蒙曾四次获诺贝尔奖推荐，您怎么看他的作品与这个奖项？”

方蕤淡然道：“当然能获奖是好事，但写作是自己的事，评奖是别人的事。王蒙把这个奖也看得很淡。我想他同任何一个作家一样，对自己的作品还是有相当的信心吧，否则也不会把作品拿出来发表了，我认为从小就做文学梦的他是走对了写作这条路的。”

“王蒙是个对生活充满了热爱的人，这种热情对他的人生道路也不无益处。”我说。

方蕤：“对，他对生活可以说是充满豪情，这种豪情体现在多方面，包括对写作与阅读的专注，包括对我们爱情的执着，甚至包括对玩儿的投入，比如说他游泳、打保龄球，做什么他都做得淋漓尽致。他的这种充分燃烧的豪情也是让我非常喜爱的。”

时间一晃已经过去了三个小时。不管多享受在这个的温暖的家里的聊天，我还是不得不起身道别。

挥手道再见那一瞬，我知道，我会一直惦念她。

王蒙：没有她就没有我

几天后的某个晚上，2月29日，我接到方蕤电话，说先生王蒙终于有空了，我们可以电话聊一会儿。于是，有了下面这些对话。

老伴情深——没有她就没有我

李冰："王蒙老师，您怎么评价老伴儿即将出版的这本写您的书？"

王蒙："我还是不多做评价的好吧，书毕竟是给读者们阅读的，这一点还是请你谅解。有一点可以肯定的是，她描写的多是真实的生活情况，且多是从她自己的角度出发的，因而有些观点与我相同，有些又不尽相同，比如说她写我不会过马路，她觉得我拙笨万分，说我'几乎是瞪着眼向疾驶而来的车辆走去'，她总担心我会滚到车轮子下面去。这怎么可能呢？我一个人在国内外过过多少次马路？不都好好的吗？让她一说，好，我一过马路就有自杀的可能，我又没活腻了干吗自杀呀？！哈。"

李冰："您老伴的书稿据说非常让人感动，字里行间都浸透着对家人尤其是对您的关爱。"

王蒙："是，没错。我曾说过一句话：'没有她就没有我。'这句话我一点儿也不隐瞒。别说在新疆的那16年，纵观我生命中的起起落落，正是因为有这么一个相濡以沫的伴侣，我才能够正常、自然地活下来。不错，都说我乐观，可若没有她，我有什么乐观起来的资本？"

李冰："在您夫人还是太原某大学的在校生时，您就不顾一切地向她示爱并展开了锲而不舍的追求，当年您夫人用什么打动了您？"

王蒙："哎呀，要是能解释出来可能就不叫爱情了吧，这种感情的东西不是数学，是推演不出来的，我真说不清楚。但我很庆幸选择了她。"

人生如歌——我幸运总能碰到好人

李冰：“您是个早慧的人，5岁入小学，10岁跳级升中学，14岁入党，15岁参加工作，18岁担任团委干部，19岁写出《青春万岁》……这种早熟与什么有关？”

王蒙：“我的成长经历与社会的巨大变化有关，套用样板戏《红灯记》里一句话叫‘穷人的孩子早当家’。我经过了日本从侵华到投降、国民党统治中国的时期以及新中国的成立，这些诸多的经历本身就是一笔财富吧。”

李冰：“早在21岁写出《组织部新来的年轻人》，这部作品给您的人生带来了大喜和大悲，29岁举家西迁新疆，一待16年；改革开放后，升任文化部部长，浮沉荣辱大半生，您回首往事时，除了一个患难与共的妻子，在外界因素中您最感激的是什么？”

王蒙：“我非常感激，也感到很幸运的是到处都能碰到许多好人，从领导到同行，从师长到新疆的农民，他们中总有那么多善良的人在帮助我，让我从不觉得孤单，即使在最困难的时候也没有感觉到自己的生活环境是漆黑一片。”

“我这人也比较喜欢想到别人的好，即使谁有意无意伤害到我了，我也会更多地想起他的好来，那样的话，怎么会活得痛苦呢？”

李冰：“您在《我的人生哲学》中说人生是一种燃烧，您感觉自己70年的生命历程是否燃烧得很充分？”

王蒙：“还行，但也有遗憾，具体的包括我没能学会一两样拿手的乐器、外语没过关什么的。”

文学挚爱——我只是写作者之一

李冰："众所周知，您在文坛上有一定的影响，您如何评价自己的文学成就？"

王蒙："我只是一名写作者，虽然得到了很多人的厚爱，但要谈文学成就我认为还为时过早，我只是尽最大努力在写作，因为一个人的文学成就不能靠一时一事来判断。比如说我最欣赏的文学著作是《红楼梦》，可在曹雪芹生活的时代，有谁赞赏他表彰过他，相反他过着穷困潦倒的生活，所以一个人的文学成就必须得经过时间的检验。"

李冰："去年又有传闻说您获得了第四次诺贝尔奖提名，对此您怎么看？"

王蒙："对一些朋友和机构的推荐我表示感谢，但诺贝尔文学奖毕竟是瑞典的一个奖项，历史上有不少好作家获得过，也有不少非常出色的作家没有获得。对我来说如果能够得奖，那也是一件幸运的光彩的事，不能得奖也没什么太多遗憾，文学是文学，奖是奖，这是两码事。我常想，一个人如果靠某个奖项而得到荣耀，那他是在透支这个奖项，相反，如果因为他的获奖而使这个奖变得更光荣，那他便为这个奖添了彩。"

"如果说文学是宏伟建筑，诺贝尔文学奖就像这个建筑上漂亮的图饰，它不是文学本身。有句广告语是：新飞广告做得好不如新飞冰箱好，那我套用这句话就可以说，诺贝尔文学奖好，不如文学本身好。"

李冰："评论家王彬彬说您的文学价值达不到诺贝尔奖的标准，您怎么对待这一评价？"

王蒙："人家有权利发表自己的个人见解，我认为无可厚非，更没必要以之为怪。"

创作不辍——我讨厌拿小说不当小说看的人

李冰："小说《青狐》洋洋洒洒35万字，文化圈不少人在议论说其中某某的原型就是生活中的谁谁，您怎么看待这些议论？"

王蒙："不是像别人议论的那样，这只是一部小说化作品，《青狐》是在我全部小说作品中最小说化的一部。俗话说'假做真时真亦假'，这只是部文学作品，如果非要把生活与文学硬拉在一起对号入座，我认为那是非常荒谬的，我讨厌拿小说不当小说看的人。"

李冰："您对古典文学很有研究，这对您的文学写作有什么作用？"

王蒙："大有益处的，古文中的平仄及字斟句酌对我的写作很有用，尤其是遣词造句方面。"

李冰："手头正在做什么工作？今年的写作打算是什么？"

王蒙："事务性的工作仍然很多。今年是不打算写长篇了，但有两件非常重头的事要做，其一就是把'笑而不答'系列做完，其二就是对《红楼梦》评点版再做些增补，前者已写出了200多则吧，到300则的时候结集出来，后者也是个工程不小的事，等做完这两件事，2004年也就打发了。"

葛存壮

世间最令人怀念的“坏蛋”

写这篇字的时候，正好是他去世两周年的日子。

2016年3月4日，著名表演艺术家葛存壮于上午8点33分因脑梗引发心脏衰竭去世，享年87岁。

我正在美国采写新作品，虽然对这个消息并非特别震惊，毕竟已是近九旬的老人，两年前与他儿子葛优在北京吃饭聊天，我问及老爷子，他还用他一贯悠悠的语调说起：“我爸还行。有保姆，身体状况还算平稳。只是这么大岁数了他仍然特别爱操心，躺在床上还就买菜一类的生活琐事有看法。”

葛优是出了名的孝顺，又不缺钱不缺人脉，我当时想老人活到百岁应该不是问题。没想到他还是走了。

上网，很容易地看到了他的追悼会现场，可谓气派、肃穆，不乏悲痛，却令我在万里之隔的大洋这端感觉到了美好。他盖着党旗，在黄白两色花儿的簇拥中，在全部着黑色礼服的众多明星们悲怆的注目下，安详地睡在那儿。夫人施文心显得更加羸弱，她是惟一坐在椅子上的人。儿子葛优仍一如既往挺拔地立在那儿，他孤独而悲戚地望向父亲的目光让人心疼，像当年那个放学后眼巴巴盼着父亲来接他回家的小嘎。他知道，他再也听不到父亲唤他的名字了……“只有小演员没有小角色”，这是父亲笃信的真理，所以演了一辈子小角色的他，成为被人们共同怀念的大人物。

一幅幅照片在眼前闪过，泪水还是不由自主滑落下来。屈指算来已是十五年前了，坐在他那弥漫着浓浓温暖亲情的家里，我们开心的相聚似乎又只是昨天。

“在您二位眼中葛优最大的优点是什么？”我问。

葛老先是一愣，也不看我，自己把问题像背台词儿一样逐字重复一遍后，冲着坐在他身边的老伴儿不急不慌道，“葛优的优点是什么？咱俩一块儿说，来，一二三——”

“老实！”

“善良！”

母亲与父亲几乎同时脱口而出。

他们不仅揭儿子的短儿，还互相揭“老底儿”。

在老伴儿眼中，他这全国家喻户晓的表演艺术家也不过是普通人：在家里（他）也常出笑话，一次有客人来拜访，人家要走了，他站起来送人家。那客人猫在鞋架旁四处找不见自己的鞋，他也帮着找，忙活半天，客人才说：“好像您脚上穿的是我那双！”

回看当年这些对话，我平生第一次感觉自己当年的采访是如此有价值。如果没有这些活生生的记录，我们去哪儿再给自己一次靠近这些美好瞬间的机会？

“他是电影界的一个楷模，一个好人，一个善良的人，一个正直的人。”这是圈内圈外最一致的评价，他的世界里几乎没有敌人。大批影迷也冒着料峭春寒来到八宝山送葛存壮最后一程。有影迷甚至跪送在地上痛哭不止。灵柩离开灵堂时，近千人齐声高呼“一路走好”，场面令人动容。

仅两天前，金鸡百花电影节协会决定，把终身成就奖颁给葛存壮，没想到他那么快就走了。

一年后的清明节，知道葛优也去祭奠老爷子了，我给他发了短信，“我们都要面对这一刻的到来，这是人类的宿命，请节哀。”他回复道谢。得知我新书出版在即，他认真地索要书稿，认真阅读后，为《我在洛杉矶遇见的那个人》写了真挚的推荐语。

有其父，必有其子。这话放在葛氏父子身上最恰当不过。“演员，在荧屏里演的是人，在生活中没有理由不像人。整天趾高气扬、摆谱比阔，实在没必要。老爷子教我八个字——谦虚谨慎，戒骄戒躁。”

“肝胆相照存正气，鞠躬尽瘁壮高风”。挂在灵堂里的这对条幅可谓对老人品性的最佳诠释。

时间

2003年11月19日

地点

葛存壮、施文心夫妇

北影厂宿舍楼家中

昔日重来

他不是影帝
他是老实善良的儿子

其实早在几年前，就不断有做书的朋友嚷嚷着说谁要是能出一本葛优的书一定火。可眼瞅着一大堆影视界的大小星星们都把自己的名字印在了书的封面上，葛优同学仍然没一点儿动静。直到一个月前，从华艺出版社两位编辑那儿得知他们正在编辑一部有关葛优的书稿，书名叫做《都赶上了》，作者并非葛优，而是他七十多岁的母亲，从事了几十年电影文学编辑的施文心女士。

约访很顺利。我把电话打过去，先是一位声音细弱的老人接了，正是葛存壮的老伴儿施女士，她正爽快地答应我第二天的采访，电话那端突然传出一个浑厚的男声："喂，我说……明天你不说要等那谁他们过来吗？"原来是葛存壮先生在电话的分机上"偷听"呢！"没关系，他们可以一起聊。"在达成共识后，葛先生与夫人一起客气地在电话里约明天见。

北影厂大院里一栋普通的居民楼里，一套四室一厅的房子被布置得温暖整洁。一条白色的名为卡拉的博美狗欢快地跑来跑去，鱼缸里的鱼怡然自得地游着。墙上柜子上摆放的照片不多，每幅却都让人眼前一亮：漂亮的有一头浓密黑发的葛优百天照，老葛给小葛在电影节上颁奖的一幕，陈强、陈述、刘江等一帮“坏蛋”与老葛的合影……四室中向南最好的一间住着葛优97岁的姥爷，半储藏室的那间是葛优的“行宫”。老人自豪地说，这房子才搬过来一年多，房款和装修都是儿子出的钱。

说是采访，更像是在与邻居大爷大妈聊家常，葛老与电影上形象差不离，轮到他发言往往切中要害，干脆利索，还带着手势，多么可笑的话题也都绷着脸自己不乐。夫人纤瘦文静，讲话慢条斯理。葛优旅居美国的妹妹曾写过一段话：“二十年前，我的姥爷曾对我说：‘你妈都五十多岁了，眼睛比你的还亮。’我听了还挺不高兴的，姥爷眼里，他的女儿一定是世界上最好的女儿……”

两位老人的随和自然，让我多次在恍惚间淡忘了那位影帝与他们的关联。可随着谈话的继续，你又会在突然间顿悟究竟是什么成就了葛优，那绝非从小在影视圈摸爬滚打那么简单。

尽管有着巨大的事业成就，父母最在意的还是他的为人，最自豪的也是儿子的品行。

母亲说，“我儿子挺实在的，轮到他说话时，他不会像人家似的有点技巧地把话圆过去，可说实话时心里又有点顾虑，他就有些不知所措，找不着词儿了就开始摸脑袋。原因？他这人就是嘴笨。”

父亲说：“其实经常接受采访的人都有自己的套数，他不会，人家一提问他就犯傻。我也教他，就说你实实在在地说，最后怎么写是人家记者和编辑的事，别想那么多，可他就是不行。”

本来预定的一个小时采访，不觉间已到中午，出版社约请大家一起在楼下吃饭。席间，葛老曾有一次悄悄起身离席。等大家酒足饭饱，服务员告之，葛老早就结过账了。“到我家来了，岂有让别人花钱的道理？”他一脸的不容商量，像个倔强的长者，令在场的每个人都心生敬意。他不是爱惜自己形象的公众人物，而是真心替别人着想的前辈。

领导一发话　葛忧成了葛优

相对于葛优那躲在幕后的妈妈，葛爸爸应该是站在明处的，和儿子一样的著名演员。50岁以上的人几乎没人没看过并爱过他演的电影，“马尾巴的功能”就像刘江那句“高，实在是高”一样成了他的经典台词。他一生演的人物几乎全是反面形象：《红旗谱》中的地主恶霸冯兰池，《矿灯》中的日本经理“岛田”、《小二黑结婚》中的“金旺”、《小兵张嘎》中的日军龟田队长、《南征北战》中的蒋军参谋长、《柳暗花明》中的造反派头子……可你在街头如果遇到他，只会把他当成是一个很有主心骨的倔老头，一个一门心思琢磨表演的艺术家，那一圈花白的头发与胡须加上脸颊的一两块老人斑，你只能感到他在沉默与内敛下的慈爱与朴素。

他不想让别人感到压力与不便，就像他执拗地不让我们进屋换鞋一样，说踩脏了地再擦。

还有什么比一个父亲与别人谈论他的儿子更让他快乐的呢？都说女人与别人谈起自己的孩子，就会没有句号地说下去，父亲又何尝不是如此？“怜子如何不丈夫”，鲁迅都不避讳谈亲情呢。

起初听葛老唤儿子为“小嘎”我还以为他在开玩笑，但看他一再以之称呼，便又以为这是葛优的乳名。

问及，原来还真有渊源，这家不仅有小嘎，还有老嘎：

“他这小嘎来源于我叫老嘎。当年我在长影当演员时，去大连码头体验生活，与工人们吃住在一起，他们问我姓什么，我说姓葛，诸葛亮的葛，他们就说，哦，诸‘嘎’亮的‘嘎’，因为当地口音把‘葛’就念成‘嘎’，他们就都叫我‘老嘎’。我的同事们觉得有意思也跟着叫开了。后来我到了北影，从厂长汪洋到所有同事都叫我老葛。而我耳朵里从此灌得都是‘老嘎’，就习惯了，也觉得挺亲切。谁要是再叫‘葛存壮’，我还得反应一下，叫谁呢？”

所以等生了葛优，就理所当然从“老嘎”叫到了“小嘎”。不仅电影厂的叔叔阿姨们现在也还都这么叫他，他自己每次打电话也是说，“爸，我是小嘎。”

不得不承认，葛优这个名字还是相当有水平的，不仅好记，还让人感觉舒服。

“那后来给他取大名叫葛优，是不是希望他成为一个优秀的人啊？”我问。

老爷子一听来了兴致，“说起这名字来，就又有一个典故了。当年他出生前既是早产又是难产，医生让我签字，决定是保大人还是保孩子，我说都要保。他们说不行，如果难产做手术时一定要先决定是要保哪一方。我只能说保大人了，孩子还可以再生嘛。可是说实话真的太难了，谁不愿意当父亲啊。正是那一阵儿，我想如果他活了，就给他起个名字叫‘葛忧’，是忧愁的‘忧’。结果顺利地生下来了，也真就用了‘葛忧’这名字。”

“后来葛优上了北影厂托儿所，当时托儿所都有一个写有名字的木头牌儿。一天厂党委书记去托儿所视察，看见‘葛忧’这名儿，就说这是葛存壮家的孩子吧，为什么叫这么一个不好的名字呢，改了吧！于是那位领导大笔一挥，将‘忧’改成了‘优’。他从‘忧愁’改‘名优’了，我当初起名时没想到。”

我和出版社的编辑听得津津有味。旁边的施文心女士则安静地坐在那儿倾听，不时微笑。

我们家里静悄悄

说到葛优母亲出这本书，这次作为幕后人物的葛存壮在他亲手写的序言中如实道来老伴儿出书的初衷：

十多年来，先后有几家出版社约请我和儿子葛优出书，谈谈我们的艺术人生。开始，葛优不愿写，觉得自己还年轻，没有什么成就，等到成熟了再写吧。我也总觉得自己一生平平淡淡，没有什么跌宕起伏，也没有秘闻艳史，可能书写了也未必卖得出去，撂在书摊上更难看了。所以一再谢绝。我老伴施文心是学文学的，做了一辈子编辑，退休后闲着，几年前她便不征求我们同意，拿起笔来。这中间我们出国探亲，又为搬新家忙得不亦乐乎。她写一写，搁一搁，进展很慢。她在写书的过程中，还犯胃病，吃不下东西，体重降了十来斤。写作对她的身体来说是沉重的负担。我再三阻拦她，让她放弃，她却坚持说，这是她一生中最愿意做的事，也是最适合她做的事。写自己的丈夫和儿子是最幸福的事。那我就支持她吧。为此，儿子还给妈妈买了活性炭氧气罐，送来了他手头的资料。

“我听说为写这本书葛家不仅全家上阵，还因为一些具体细节老两口拌了不少嘴。”我笑着问。

葛老是个唯美主义者，他点头承认，“就我本意来讲不想让她写，她体质不好。写作这么一本对她来说是‘大部头’的书太艰苦了，如今虽然还在改，也是最后冲刺了。”我给她提意见也是希望把书写好，毕竟做了就做到尽量好吧。

她说我把她气坏了，其实我们一家都是支持她写作的。葛优还抱了一堆他自己的照片过来，让我们选。葛佳更是拖儿带女地在美国熬夜写稿，忙得只能全家吃外卖。

为了写这本书我还陪她采访了一些人，比如冯小刚。葛优有一天说，“小刚说他看过书稿后感觉挺真挚。”

1928年出生的葛老20岁开始在长春电影制片厂工作，五十多个春秋也并非只是苦短，他收获了事业与人生的许多精彩，却谦虚地认为自己不够格写回忆录。

“当初也有人找过我，也找过葛优。我认为自己还不够格写，像张瑞芳大姐、陈强大哥都没写书，我不想写自己。葛优也非常低调，说才四十多岁不写什么书。可他母亲要写我倒并不反对，毕竟她是个旁观者。”

关于书名，这里也有故事。

当初书名本想叫《我们一家人》，但担心有模仿杨绛的《我们仨》的嫌疑。葛老曾建议叫《葛家父子》，大家也感觉不妥。老爷子后来又琢磨着叫《我们家里静悄悄》。

“我们家里外人看着挺风光，其实是个安稳和谐的普通之家。北影大院里家家都挂着五好家庭的牌儿，我们家挂着俩，另一个是首都五好文明家庭，市级的，这院儿里只有两户。所以我觉得这个名字涵盖全家，可葛优别看没写，他也有想法。他说别看我平时很少写东西，其实我原来也想过要写本书，书名都想好了，叫《都赶上了》，没别的，就因为我觉得自己当演员挺顺的，还真没什么风风雨雨。

葛优解释是：“为啥叫《都赶上了》？我在《顽主》之前演过4部电影，没什么动静。《顽主》开始有点动静，获得电影家协会金鸡奖提名。可我怎么就上了这戏呢？是米家山找了我。在给《顽主》配音时，张艺谋又找到我，演《代号美洲豹》。后来，滕家骧找我演《黄河谣》中的土匪黑骨头。因此，好多事真是赶上了。我运气好，真是运气好。完了黄蜀芹找我演《围城》，王朔、冯小刚又找我演《编辑部的故事》……我特别顺。”

葛优只是有点自己的风格，不是最好的演员

和所有家长一样，这本书当然是围绕着儿女的成长来写，可当葛妈妈把葛优的成就写出来，老葛又觉得不妥，说别人夸奖行，但作为父母不能太自夸。

我问他在他眼中葛优是不是中国最好的男演员，他毫不犹豫地摇头。

“他算不上最好，人家陈道明、姜文、李保田那才是真正演技派的呢！葛优算不上，他只是有些自己的风格。”

甚至谈到他自己的成就，他不但丝毫没有自得，甚至饱含对这外面世界的感激之情，“我演的角色大部分是反面人物，但从来没受到歧视，大家反而都很关心我。”

这样德艺双馨的艺术家在今日靠脸吃饭的演艺界实在是罕有。

看我多数时间都在和老爷子聊得起劲儿，夫人只偶尔插几句话。我知道她这富裕人家出身的大小姐早年跟着丈夫吃了不少苦头，却从无怨声，反倒自觉甘甜，因为这个男人给她的心带来了踏实的快乐。

甚至在相当困难的年代，为了买相机不惜借钱度日。

老爷子很自豪，说家里现在有差不多两万多张照片，许多都是他早年拍的，当时没钱，多是用过期的相纸自己冲洗的。当时觉得好像不务正业，可现在看来还是有价值的。

“那天葛优说，看来我爸当年买相机还是有用的，要不这么多老相片哪儿来呀。现在生活好了，葛优也给我买过好几架贵的相机，加一起得有8部了，还有2部摄像机。其实我拍的也多是早年拍片子的

现场啊、文艺演出什么的，再就是家里人的生活画面。”

我想到书的插页有一些黑白老照片，其中一张是葛优兄妹俩坐在那儿，四五岁的样子，哥哥小嘎举着一根冰棍正让妹妹咬，而他自己也半张着嘴，眼神专注地盯着在那个年代算得上轻微奢侈品的冰棍，似乎也在跟着妹妹一起用劲儿。那瞬间生动记录下了儿子的厚道。

“他小时候也挺不容易的。曾就伴儿和一个小朋友一同去上学，路上要经过一片玉米地。后来那孩子他爸买了辆自行车，人家坐自行车了，他就一个人背着书包走。有时候我们想想也挺不放心，可也没办法。”如此怜子情深，可说起来，老人脸上仍是波澜不惊。

前不久中央台《艺术人生》栏目邀请葛老出镜，要求自带一个作品，他就用DV拍了一段《我家里的五多》。都是哪五多呢？

“一是相机多，刚才说了；

二是花儿多，上百盆花只有一种，金丝荷叶，现在没这么多了，从做客《艺术人生》回来后，许多人朝我要的，好多送人了。如今还有五六十盆了吧；

三是帽子多，我喜欢买帽子，老伴老说我买重样的，一些也送了人，家里还有几十顶吧；

四是鱼竿多，我是中国名人垂钓协会的，鱼竿也有几十个，最贵的当然是葛优给我买的一个一千多块的；

五多是什么？‘坏蛋’多，你看墙上那张照片了吧，刘江、陈述、陈强、葛存壮、方化，谁家有这么多‘坏蛋’？

你看，这你就能看出我的业余爱好是什么了吧？”

我问那张集合了这么多坏蛋的合影的来历。老人说大约十几年前，中央电视台组织一个晚会，有一个节目是正方反方，“我们一群饰演反面人物的演员是反方，结果演出结束后中国照相馆特意要为我们几个人照张合影，就有了这张照片。”

再度望向那张显然是艺术摆拍却很有味道的合影，陈述、陈强、方化都已去世。他和刘江成了仅存的二位老友。

我们当年的表演太脸谱化

老伴儿动手写书，这段时间他除了当顾问，还参加英达导演的贺岁剧《家和万事兴》其中一部的演出。同时在李成儒作制片人的一部写民国初年的电视剧中演了个掌柜的。

我问他冯小刚他们这一代电影人与他们那代最大的不同是什么，老人道，“我是个老演员，但是还是能够接受新事物。有些人对当今电影有成见，老说五六十年代的老电影怎么样怎么样，其实我比较着看，还是感到我们当时的表演有太多的政治色彩，有些脸谱化，包括我演的反面形象也太过夸张。”

“当然现在的演员也不是尽善尽美，比如葛优的表演，虽然已经形成了朴实的风格，我认为有些地方放得不够，他的面部表情有些单一，应该再有层次感一些。”

我们又回到葛优。我直问，葛优为人良善，性格上有什么毛病您作为父亲希望他改正呢？他对此看来早就有考虑，也并不避讳是否会损害影帝儿子的公众形象，“我感觉葛优为人太肉。当断不断，犹犹豫豫。另外还有一个具体的毛病就是爱迟到。我曾跟他说过多次，你爸爸有很多缺点，但也有个最大的优点，那就是守时，比如说谁7点钟来接我，6:50我准穿好衣服鞋子坐在这儿等着，电话一响马上下楼。在《艺术人生》做客时我也揭发了他这个毛病。”

儿子这种“当断不断”的犹豫性格好在有开明父母的正确牵引。

“他拿到一个剧本一般都让我和他妈先看看，征求一下我们的意见再接。片子拍完了，公映前他一般都会请我们先去看一遍样片，我们便提出一些具体建议，比如那个镜头中他的眼神应该看哪儿，他都听着不反驳，但改不改是他自己的事。要说对他的影响，印象最深的是电影《活着》，他开始拿到剧本时还犹豫要不要接。他母亲事先看过小说，认为余华写得非常感人，一定让他演。张艺谋做导演，巩俐是主演，多么难得的机会呀，为这事他母亲还专门写了封信给他，最后他演了，事实证明是成功的。”

话虽如此，葛老自己也清楚他是多么以这个儿子自豪，他在领奖台上笑着用手撸儿子光头的瞬间定格在那里。多年父子成兄弟。他们不仅是父子、兄弟，还是朋友。

他说自己最大的遗憾，是没能有机会父子同台演出一场好戏。

眼看时间已是正午，我们一起下楼就近在餐厅吃饭。穿着灰色棉衣、戴着大框眼镜的老人与每一个遇到的人打着招呼，就像隔壁老伯。与他同行，你会想到自己是那么小，是那么习惯于别人的照顾。

他不想让服务员为难，炸坏了的饼也照样付钱买下，“人家一个孩子来打工不容易。”他说着，不以为意，他自己夹过来吃。

他又是风趣幽默的，说起笑话来，尽显“坏蛋”本色，艺术家的表演天赋发挥得淋漓尽致。“有人好不容易在人民大会堂有机会见到大领导了。壮着胆儿颤巍巍地上前敬酒。跟领导碰一下杯，豪情壮志地说：‘领导我随意，您干了！’”逗得大家乐不可支。见大伙都乐了，他才放松绷着的脸，跟着笑起来。

对话葛太太

葛优母亲写书　全家指手画脚

葛优的妹妹说有人夸母亲长得像伊丽莎白女王。在我看来，施文心女士的确风度不凡，虽然老伴葛存壮对这种夸赞方式有点反感。

出生于四川大户人家的施女士从小就饱读诗书，从大学毕业后，她被分配到中央电影局剧本创作所编辑部工作。两年后调入北影厂文学部任编辑，编发了《红旗谱》《矿灯》《无名岛》《五彩路》《李四光》《相思女子客店》《如意》等十几部影片以及《史沫特莱》《大匠之门》（兼编剧）等电影文学剧本，培养了不少作者。一个与文字打了一辈子交道的人，写写自己的丈夫和儿子，正如她自己所说，是非常快乐的一件事，虽然这其中波折也不少。

与葛老聊罢，我决定“弃暗投明”，舍弃这个“坏蛋”而扭头搭讪这位斯文秀雅的淑女。

葛优妈妈说书——
一辈子没吵过嘴，写书这一年多他把我气坏了

您退休了很安逸，是怎么突然有念头要写这么一本书了？

——其实十几年来，包括上海、广州、天津和北京有不下十几家出版社找上门来，要我写写葛优和他父亲。我也零零星星地写了一些，但中间常有事被耽搁下来，直到去年夏天，才正式当成写书来做，今年5月份我和华艺出版社订的合同，当时我已经写了一半了。

因为当时冯小刚的《我把青春献给你》出来了，我看做得不错。另外，葛优与华艺这边也比较熟，就把书稿给他们了。都签了合同，还有其他出版社在找我。现在总算写完了，可还有删改，成书可能有15万到18万字吧。

这本书听说是全家上阵了，除了您执笔，远在美国的女儿葛佳也写了部分内容，葛优也看过提出了修改意见，据说葛老还为书稿中的内容与您老拌嘴。

——这本书其实是我们一家人的心血。老葛不写，却总是挑剔得

不得了，你说他连我的标点都不放过，我说那是编辑的事，别太计较了，他就说我不负责。

在内容上更是这样，比如说我想到葛优从小就老实在托儿所就老受气，就写了一章篇名叫《天生胆儿小》，他说我这么写有损孩子的形象。我写葛优好吧，他又说我太自夸了，硬让我改。结婚这么多年来我们也没拌过嘴，反倒为这本书常抬杠。哎呀，气死我了。我老跟女儿告他状。

您是做电影文学编辑的，写这本书应该是轻车熟路吧？

——挺累的，可不像从前了，我现在胃不好，又常失眠。听说人家冯小刚一个月就写完了，我写了一年多。每天上午写两三个小时，下午再写会儿，晚上就不敢写了，怕失眠。

葛氏父子既是电影明星，又是您的丈夫和儿子，在写作过程中一定经过大量筛选，您是怎么选取的？

——从艺术创作方面考虑，我认为他们的优秀作品及拍摄花絮等都尽量收录一些，而生活主要记述了一些比较有趣的小事。出版社不是要做畅销书吗，他们要求写的内容有趣生动。我们本身就是平民家庭，也就是家长里短那些事。

她认为自己应该从一个母亲、妻子的视角，真实地记录父子俩成功的曲折过程，披露一些趣闻逸事。

——虽是母亲写儿子，可还是经过了一番正式的采访。初稿中我曾专门写到了儿子的婚恋、家庭，对这部分葛优改动较大，初恋一节全删了。葛优说，“现在还提这事我怕人说我记仇。有些事也不算谈恋爱，当时人家没在意。现在你行了，再谈当年的事，什么意思？说人家当年没长眼。这不行啊！当年你什么样，现在你反过来说，人家会说你小心眼，所以我不爱说那些事。”

这次出书他从一开始就很支持您。

——这倒是，他说他们父子俩的书就应该我写。北京电影学院一位教授想写有关葛优艺术人生方面的书。后来一聊，那人也想写一些我们家生活方面的内容。葛优说："他这一写，我们写什么？有些事不用来回说，都在我妈脑子里装着。我就让他停下来，因为我知道我妈太想写这本书了。她觉得这事要让别人弄了，就太遗憾了。我一看她那劲头，得，干脆就支持她写吧。"

他知道我累瘦了二十多斤，很心疼。在我看来，这受苦受累都值得。

葛优妈妈说儿子——
这孩子孝顺、实在，就是有点缺心眼儿

如今葛优都长大当明星了，您作为母亲最牵挂他什么？

——健康吧，葛优与妹妹都早产，他体质比较弱，特别是去年夏天拍完《卡拉是条狗》以后，他心脏好像不太好了。当时最热的那几天地面温度都五十多度了，他为了拍戏还得顶着太阳跑，他心脏实在承受不住了，越是不舒服他心理压力也越大，有一阵儿他都是住在积水潭医院里。

葛优小时候头发还挺多的，长得也那么清秀，而现在出现在观众眼前的他都是秃顶的形象，为他的头发家人发愁吗？

——以前葛优头发不错，二十几岁，到了全总文工团时开始脱发，也不知怎么成"丑星"了。哎呀，开始我们也挺急，也想了不少办法。他说，谁要是能治好我的头发，我就免费给他做广告。看过多少次，都没什么效果，他也就放弃了。

听说葛优特别孝顺，所以成名这么多年了，他也没什么绯闻，这与您的家庭教养有关吧？

——是，这孩子很孝顺，他爸爸好几台照相机都是他给买的，光

手机他就给他爸买了俩，他爸丢三落四都丢了。我97岁的父亲，也就是葛优的姥爷如今与我们同住，有时葛优回家来看到姥爷排便了，他就自己拿起便盆倒了去，一点也不嫌。

一次《纽约时报》记者来北京说要采访他，他不接受，说我又不去美国发展，接受什么纽约人采访，我说他目光短浅。人家再找他，他就说没时间，人家说你有什么安排呀，他说“要去大钟寺给姥爷买地板革去”。后来法国一家媒体也想采访他，他也拒绝了，按说他在法国获得的影帝称号，可他仍不冷不热的。在我说呀，这孩子有点缺心眼儿。当然许多事我们并不干涉他太多，他毕竟都是大人了。

葛优常回来看望父母吗?

——我们并不要求他什么，在除夕、中秋节、元旦这些家人团聚的日子他一般都会回来过。他与妹妹关系也非常好，他自己没小孩子，可非常喜欢妹妹家的俩小孩。

最喜欢葛优哪部电影?

——《卡拉是条狗》，无论从故事还是他的演技都不错，就像当年看意大利电影《偷自行车的人》一样，这部反映平民生活的电影很有震撼力，路学长作为导演也导得很好。

许多人都说葛优之所以有他今天的成就，与他善良的本性有关。

——这孩子很喜欢小动物，心眼特别好。插队时，葛优负责喂猪，学会了给猪起圈、打预防针、接生、煮猪食。

他回城后想当演员，可他不帅，也不太有才气，报考北京电影学院、中央戏剧学院等好几个地方都未被录取。他很沮丧，我们也无奈，又觉得很正常。

后来全总文工团话剧团招演员，葛优又去报考。他父亲依据插队的经历帮他辅导了一个小品《喂猪》。这次考试，考官认为他的小品表演很有生活气息。同时，他朗诵的作品内容比较感人，尽管葛佳说她哥一朗诵她看着总想笑。他幸运地被全总文工团录取了。要不是那次机会，他也许就又回去喂猪了。

葛优妈妈说丈夫——

他粗心、不会算计，把钱都添进了相机镜头

1951年，您同时考上两所大学的三个系：北京大学俄语系一年级，插班中文系三年级和中央电影局创办的电影学校编剧班（北京电影学院前身），您选择了电影学校。作为一名大学生，您怎么嫁给了当演员的葛存壮？

——当年我的一个同学给介绍的，我本来对演员不感兴趣，认为他们都比较浮躁，没想到见了一面发现他人很实在，就开始通信。两年后结的婚。当时他在长影工作，我们常通信，他把我写的信给于洋看了，于洋说，这人文笔不错，一定是个才女。后来又见了我本人，他又说“没想到人家长得也不错”，后来他就故意当着老葛的面感慨说，“我真不明白施文心怎么会嫁给了葛存壮”，所以我在这本书里写进了这句话，结果老葛还老大不高兴。说那是年轻时于洋不明白，现在人家早就明白了。

作为一个女人，您有一个艺术家丈夫，还有一个影星儿子，是不是感到非常自豪？

——自豪是有，但他们也是普通人。就说老葛，他除了生活上不懂得计划大手大脚外，还成天闹些笑话，比如说他的粗心吧，我们两人去医院看病，坐在候诊室外，有人跟他搭个话，他就放松警惕信任人家，一眨眼就把盛着手机的包丢了；去开会他要上台颁奖，包没地儿放，他问人家服务员，把包放那儿没事吧？人家说没事，他上台给人发完奖，下来就没了。儿子买给他的俩手机都丢了。

葛老除了演戏，还喜欢摄影，光相机家里就十来部，这些爱好您

都支持他吗?

——他这人特别会磨我，自己花钱一点也没节制。那阵儿我们的女儿还没出生，他非要买台苏联的佐尔相机，260块，可在那个困难时期我们家存款只有200块，磨了半天我们借了60块钱，买下了。刚买下，我们单位发给我一辆自行车票，要180块钱，没钱了，可不买吧，他从小关到小西天每天上班要倒两次车，要有自行车就方便多了。一咬牙又借了180，这就借了240块了。没多久，发现我怀孕了，又借钱，当时就以借钱度日。买了相机可算有了个无底洞，到商场里转悠半天，四毛五的一双袜子舍不得买，进了摄影器材商店就买回一堆相纸胶卷。

听说葛老喜欢逛商场，这对妻子来说不是很好吗?

——是，他除了“强迫”我买些我认为太贵的衣服外，每次他都喜欢给自己买帽子。可每次买回来后才发现和以前的差不多。家里同样的礼帽越来越多，一些都送人了。

葛优妈妈说女儿——因为“面包脸”，没能当上女明星

这本书除了“母亲眼中的儿子、妻子眼中的丈夫”，还有“妹妹眼中的哥哥，女儿眼中的爸爸”，您女儿葛佳也写了一部分。

——我女儿葛佳比葛优小5岁，当年我与老葛下“干校”了，他们兄妹二人虽然也打架吧，但相依为命，彼此都比较了解对方，所以写哥哥葛佳更有发言权。

可她更是较真儿，为了修改书稿电话都不知道打了多少了，她不光折腾她写的那部分，还对我写的也指手画脚。

您的女儿挺漂亮，听说北大哲学系毕业的她后来又学了德语的，

为什么当年没走影视之路?

——如果说她没能走这条路，都得怪他爸爸，她小时候也是想当演员的，可老葛老说她是“面包脸”，不适合上镜。现在说起来女儿还耿耿于怀。

倒是我那在德国公司做工程师的女婿，他长得高大帅气，老是想着让葛优帮他找一个角色演演，尤其是扮演个冷面侦探什么的，别有台词儿，只要站在那儿露一脸就行！他这个愿望到现在也没实现。

廖静文

痴情守候一悲鸿

我十岁的时候，跟母亲和弟弟一起坐了三天两夜的火车，离开河北前去四川投奔在军营里任职的父亲。在那个叫来凤的小镇上度过了我人生中非常特殊的六年时光。军营的生活在外人看来似乎是神秘的，出入都有哨兵，坦克大炮和农民的庄稼一般随处可见甚至可以触摸，但生活在其中却又是单调甚至乏味的。

好在父亲从事宣传工作，不时会带回家一些书籍杂志，《解放军文艺》《大众电影》，这是最让人眼馋的杂志，虽然它们是父亲的，我只是蹭着看，但从前者我学会了朦胧的爱情，从后者则学着欣赏什么是美人帅哥。而某天父亲带回来了一本书——《徐悲鸿一生》，第一次，他那么认真地推荐给我看一本书。“这是一个非常了不起的大艺术家，出身贫寒，却志向远大，又很有骨气，你好好读一下。”

封面是一个男人的脸部特写，徐悲鸿，这个好看的男子正用不快乐的目光打量着我。不到一周时间，我已经狼吞虎咽读完了他的一生。第一次，我也记住了她，廖静文的名字。那个让我羡慕的被这个了不起的艺术家深爱着的女人。那是1982年。

我做梦也想不到，20年后的某一天，我会与她牵手相行，坐在一起听她讲古说今，难过地看她抹去思念的泪水。

以记者为业，采访过数不清的名家大师，廖静文却是最让我牵挂心疼的一位。我曾希望有时间多去看望她，哪怕是在一旁望着她，听候她的召唤做点力所能及的事，或只是安静地一言不发，做一个忠实的听众，帮她在回忆中得到一丝快慰。可是，我终究为生计所累，即使从新街口北大街经过若干回，也从没有停下脚步去敲开那扇由她的家改建而成的徐悲鸿纪念馆。

于我，她不只是一个艺术家的遗孀，更是一位值得敬仰的女性前辈，是一位把自己的生命守候成了一个独特符号的女子。说那是爱情，在现代推崇速食爱情的人眼里似乎有点矫情，但她诠释的爱情是一直被人类反复歌咏的真爱。如同叶芝的诗：

当你老了，头发白了，睡意昏沉，

炉火旁打盹，请取下这部诗歌，
慢慢读，回想你过去眼神的柔和，
回想它们昔日浓重的阴影；
多少人爱你青春欢畅的时辰，
爱慕你的美丽，假意或真心，
只有一个人爱你那朝圣者的灵魂，
爱你衰老了的脸上痛苦的皱纹，
……

不久我又赴美国工作，更是没有机会去看望她，甚至极少有时间想起她。她不是杨绛先生，一举一动都是社会关注的新闻。安静而文雅，名如其人，她只是轻悄悄地守着亡夫的旧物，用心声与他说话聊天。那些画作，在她眼里岂止是艺术品，而是她敬且爱的先生在这世间留下的痕迹，许多，更是他们爱情的信物。比海誓山盟都更有穿透力。

四年后回到北京，前往国家美术馆看一个展览，见到徐悲鸿画的母子图，一个憨态可掬的小狮子偎依在母亲身边，那成年母狮也全无一点凶险之气，而是一脸慈爱。突然想到廖静文，我跟同行的好友，美术馆典藏部主任何琳说，我想去看望一下廖静文老人。

她先是一愣，随即告诉我，“廖静文先生已经去世了。”

我再一次感叹时光无情生命短暂。可是除了空叹，又能奈何？

之后非常偶然的一个机会，得以与徐小阳先生相遇，他是徐悲鸿与蒋碧微的长子徐伯阳所生，也就是说他是悲鸿先生的孙子。

只能回家在电脑里找到这篇旧文，细读为怀念。

时间
2003年9月19日

地点
新街口北大街53号院
徐悲鸿纪念馆

昔日重来

每天我都在怀念着他

那是个初秋的午后，穿过嘈杂的车流，避开往人手里塞楼盘广告的推销员，在新街口北大街53号院徐悲鸿纪念馆，我见到了纤瘦却从容的徐夫人廖静文。尽管在少年时就读过她写的《徐悲鸿一生》，当年亦曾为她优雅朴素的气质所惊叹，没想到眼前已是80岁的她依旧风韵不减。一袭黑色可体的绒面暗花衣裙，内衬红色小格子衬衫，齐颈短发衬着端庄的脸庞，那双当年闪烁着坚定目光的眼睛，如今溢满了慈爱与安详。

50年前的9月26日，一代绘画大师徐悲鸿先生突发脑溢血在京离世，留下年仅三十岁的妻子廖静文和一双幼小的儿女。半个世纪弹指一挥间，岁月无情地打磨着一切，廖静文，这个当年痛失丈夫的女子却用坚忍守候着一份真情，从黑发到白首，在徐悲鸿纪念馆，她默默地守了50年……

握住那双同样纤瘦的手，感觉有些凉意。她患有多种老年病，白内障、关节炎、糖尿病，前年去西安参加画展又摔伤了腰椎。跟随了她18年的陈秘书，是一位也有着极佳风度的中年女性，她担心老人身体，曾多次进屋提醒采访该结束了，庆平（廖的大儿子，人民大学徐悲鸿美术学院院长）要去外地了，他还有话要同母亲讲，老人固执地冲秘书摆手，我们的采访最终由原定的一小时延长到了三个小时。

因老人耳朵有些背，同她讲话需凑近且大声。

“他走了50年了，我都80岁了。只要一息尚存我就要到馆里来，我必须得来，否则对不起悲鸿。这50年，每天我都在怀念着他。”老人背靠椅垫坐在沙发上，一手拿着老花镜和一叠纸巾，一手则拿着我的采访提纲，显然，有些问题她都仔细看过了。

“对于悲鸿的去世，我除了怀念，更多的是追悔。那一天，他连续出席了一整天的会，最后又去参加一个国际文化交流宴会，突发了脑溢血，我接到电话赶过去时他已经被人们扶着躺在了沙发上，看见我，他说：‘孩子们怎么没来？’这是我听到的他的最后一句话。在医院守了三天，他昏迷了，一句话没说就走了……后来忍着悲痛去太平间为他更衣，我摸到他口袋里那块跟随了他三十多年的旧怀表，还有三块水果糖，那是他在宴会上没舍得吃，准备带给两个孩子和我的。那一刻，追随他去那个世界，是我惟一的念头。”

当然，她知道她不能，两个年幼的儿女是她当下惟一活下去的信仰支撑。她不能让悲鸿的骨肉再失去母亲。她也不能刚失去了丈夫，又撒开这一儿一女。

“那您现在最大的心愿是什么？”我问。

“把徐悲鸿纪念馆建好，让更多的人了解悲鸿的绘画理念。”

“今年是悲鸿去世50周年，南京那边要举办艺术研讨活动，当地的徐悲鸿艺术研究会准备在南京他的故居建一座纪念馆，邀我和孩子过去，我得看身体状况再定是否去。”

“悲鸿与蒋碧薇生的两个孩子一个比我小四岁，一个比我小六岁，我们非常要好，他们对我都以‘寄母’相称，不是‘继母’，按悲鸿江苏老家的习俗，‘寄母’指寄养在别人家的孩子对女主人的称呼，我爱悲鸿，就一定会对他的孩子好。当年他女儿见我那么不易地跟着悲鸿过苦日子就非常同情我，因为她母亲一直生活得很阔绰。”

老人声音轻柔，语速适中，是在跟我讲话，也似在跟空中看不到的某个人物诉说。

我知道这门口窄小还有一个公厕当道的徐悲鸿纪念馆已经来之不易，尽管许多前往参观的外国友人都为徐悲鸿叫屈，认为太不合宜，应当扩建。而旁边一块准备拆迁的土地需要八九千万的费用，早在悲鸿去世就把所有藏品都捐献给国家的廖静文，哪有力量与财大气粗的房地产商们一争高下？即便这小小的纪念馆也是当年她奔走呼号给毛泽东主席写信，跑动奔波十余年才在1983年建成的。而那前一年，《徐悲鸿一生》出版。

不敢想中国美术史上没有徐悲鸿

环顾纪念馆的几个陈列室，陈列着徐悲鸿的主要作品数百幅，从素描到油画再到书法不一，许多作品的落款处都题有“爱妻静文保存”字样。

我知道廖静文曾在丈夫去世后把他的画作和藏品两千多幅都毫不犹豫地捐献给了文化和旅游部。作为爱夫深切的妻子，这是多么难得之举。

16岁就被中央美院录取的她有着极好的艺术天赋，长年从事美术事业，也写过许多美术评论文章，我好奇在先生的作品中她最喜欢哪一幅。

“我最喜欢《田横五百士》《愚公移山》《漓江春雨》《群马》等作品，前两幅都寓意了在当时的黑暗统治下，中国人不屈不挠的斗争精神，尤其是1940年创作的《愚公移山》是抗战最艰苦的时候他在印度创作的。”

“《漓江春雨》则打破传统的山水画法，用大量的不同层次的水墨表现烟雨蒙蒙的桂林山水，这在当时绝对是创新，尽管现在成了许多人都会用到的画法。”

“而悲鸿最有名的是画马，他用黑白明暗的不同层次墨块来塑造形体，融进了西方素描的技巧，可以说这种画马的方式在中国是前无古人的。”

年过八旬，仍如此条理分明思路清晰，让我由衷佩服。我想起先生的学生之一杨先让曾著文回忆恩师，说悲鸿不止一次地跟学生表示，别人都说他画马技法高超，但也不是张张都好。其人之谦逊可见一斑。

徐悲鸿和林风眠是挚友，这一批留法艺术家在中国画坛都有着相当高的艺术地位，在妻子这个最了解他和他的作品的人眼中，悲鸿在中国美术史上做出的最大贡献是什么呢?

“有两点最明显，其一他主张用画素描来打基本功，他本人就画过上千张人体素描，在学校也主张如果学生的素描不过关，是不能升级的；其二是洋为中用，主张传统绘画手法的变革。事实证明经过不懈摸索，他这个从农村小河边走出来的人最终走向了世界，在国际上产生了一定影响后又回到中国，全面推行新式绘画教育，对复兴祖国美术事业做出了很大贡献，我不敢想象中国美术史上没有徐悲鸿。”

我脑海中立即再现了电影镜头下的一幕，也是廖静文倾尽心血所写出的那本书《徐悲鸿一生》的开篇。

夕阳收起了它最后的微笑，暮霭轻轻地飘落下来，夜的浓黑的翅膀温柔地覆盖着大地，一切都静悄悄的，只有河水在哗啦哗啦地流着……

河岸上一所小屋里飘出婴儿呱呱坠地的清脆哭声，接着是一串噼噼啪啪的爆竹声，这儿那儿传来一阵狗吠。在小屋的昏暗灯光下，头发斑白的接生婆正在用一把陈旧的剪刀，剪断婴儿的脐带。

年轻产妇苍白的脸上，漾起一丝疲乏的微笑，她用温顺而欢喜的眼光默默地望着襁褓中的婴儿："这是我的儿子，他长得多么像他的父亲。"她幸福地想，"愿他将来也像他的父亲一样，成为一个画家。"

这是一八九五年七月十九日深夜，徐悲鸿诞生在这个滨河的小镇上。

结婚不足八载，丈夫突然撒手人寰。对于挚爱他的妻子来说，那绝望是如何让她窒息啊。好在有两个孩子相依为命，让她得以延续表达为人妻为人母的温情与希望。

《徐悲鸿一生》不仅是丈夫的生平回顾，也是他们爱情的轨迹与见证，处处闪耀着人性的光芒。

谁相信享誉中外的艺术大师徐悲鸿曾差点投黄浦江自尽？

至今我仍记得当年读到的那一段：当年到上海闯荡的悲鸿终于在绝望中找到一线希望，经人推荐他终于谋到一个为商务印书馆配中小学生教材插图的差事，兴奋地回到小旅店给母亲写信报喜，好让家人勿念，甚至也写信感谢举荐他的人，投进邮筒没多久，风雨之中听到敲门声，他的画被退还并被告知，"事情绝望了！"因为某个权威认为"徐悲鸿的画不合用"。

这一幕幕经廖静文之笔冷静又生动地描摹出来，令人动容。

看似一部并非大部头的书，却让她倾尽了心血。

悲鸿去世后，为了写出一个真实的他，30岁的廖静文毅然决定回到北京大学中文系插班学习，并利用学校假期到徐悲鸿的故乡江苏宜兴探访，祭扫公婆坟墓，会见许多亲友，搜集许多有关徐悲鸿的生平资料。可这辛苦累积起来的一切，都在"文化大革命"中被抄家掠走，甚至悲鸿的墓碑也被砸烂。廖静文本人更是三次被打得昏迷不醒，直到被泼一桶凉水，甚至不得不注射强心针和人工呼吸才有知觉。被关押起来的她总是遍体鳞伤，三更半夜受审受辱，是那个叫悲鸿的男子在另一个旁人看不见的世界支撑着她，再没有尊严也要活下去，为那个疼爱他的男子，为他们的骨肉而活下去。

直到1973年，周恩来总理派人看望她，并亲笔写信与她洽商恢复徐悲鸿纪念馆的有关事宜。1976年，在徐悲鸿墓碑得以修复、纪念馆得以重建的时刻，她执笔重撰徐悲鸿传记，终于在1982年完稿出版。

我少年时期读到的正是这部作品的初版，经过若干次的重印再版和译介，目前这本书已经发行超过五十多万册。

他有憔悴却轮廓优美的脸，厚道不自私的心

我发现展厅的许多画上都写有“爱妻静文保存”字样，这是当初有意为之吗？

老人告诉我这不得不提当年旧事。

“1944年，我与他订婚了。早年一同与他私奔到法国去的蒋碧薇当时已带着两个孩子离开了他，而成为张道藩的情妇，听说我们订婚，她便为难悲鸿说要办离婚，其实他们二人一开始并未办结婚证明。她向悲鸿索要一百万元现款、一百张悲鸿的画和四十张悲鸿收藏的古画。”

“尽管悲鸿当时月收入才三千元，一向忍让的他还是答应了，可她竟又将二十八幅悲鸿的作品退回要求重画，甚至想自己到画室随意挑选。悲鸿无奈，只得先在许多画上题上了那些字，表明是送给我的，实在是怕她拿走。”

本是令世人仰视的大艺术家，谁可想象在生活上竟也有如此之多

的苦楚与无奈。再回首，历尽沧桑的当事人已然很平静，像在述说别人的故事。

仅仅相濡以沫了七个年头就阴阳两隔，过去的情感生活是否不能触及？毕竟那些光阴里除了快乐，生死别离本身就是一个伤疤。

“当年您与悲鸿的感情生活是怎样的？”当我小心试探着问到这些时，老人专注地看着我的眼神移开了，脸上竟浮现出了一丝害羞的笑容。

“我第一次见到先生是在1942年。本来我在长沙有名的周南女中读书，高二时还是学生会主席，我的理想是考大学，像居里夫人一样从事化学研究，虽然当年以第一名的成绩考上了湖南商学院，可我不想去上，而是想到广西去上学。没想到因为战乱，等我到了广西才发现错过了报名期，只好在‘抗战文艺演出团’找了份唱歌的工作，因为不满他们把几个从沦陷区来的姐妹裁掉，我打抱不平未果后执意要离开。”

“一天看报上登了一则广告说重庆的中国美术学院招图书管理员，便报了名，后来得知要从四十个人里面招一个，便觉得没什么希望了，谁知参加完笔试后不久便得到面试的通知，第一次，我见到了当时已有相当大名气的徐悲鸿先生，他已47岁了，两鬓有些花白，有一张苍白憔悴却轮廓优美的脸。他问我为什么想去重庆，我就实话说想去那儿上大学，说完便后悔，谁愿意要一个不安心工作的人呢？没想到先生还鼓励我说‘人要有大志向，很好’，我一下觉得他这人很大度，一点也不自私。”

“他这么优秀可当时许多人并不主张你与他相爱，除了年龄差距还为什么？”我追问。

“他比我大28岁，这是一个比较大的差距，另外就是他生活状况非常差，除了蒋碧薇同他要的巨款外，为人厚道的他把大部分收入都拿来资助穷学生和收藏书画作品，个人生活非常艰苦。后来我们结婚时连一床新被子都没有。”说到此，老人脸上亦浮现着微笑，那是如此甜蜜的微笑。

“还不到二十岁的我就这样被聘用了，跟着悲鸿到了重庆。当时学院图书馆的书并不多，我有闲了就帮先生整理画案，也看他画画。好多次看他自己洗衣服甚至钉纽扣，便很替他难过，我知道他妻子爱上了别人离开他了。有一段我们经常一起到嘉陵江边散步，人们都说柔情似水，天长日久，我们互相依恋，感觉离不开对方了。不久也在重庆的社会教育学院教书的蒋碧薇得知此事，便给我父亲与姐姐各自写信，说她尚未与悲鸿离婚，我破坏了他们家庭云云。很快我便接到了家里来的信，我父亲大发雷霆，说单就28岁的年龄差距也不可能同意我们的婚事，何况还有冒着破坏别人家庭的罪名。”

“在这么大的压力下，我哭着给悲鸿写了封信一个人走了，在嘉陵江边等轮渡的我正暗自伤心，一只大手拍在我的肩上。悲鸿往常是上完课中午才回住处，那天他心神不定，只上了两节课便回去了，发现我写的字条便疯了似的追来。他说，‘我与蒋碧薇没有任何干系了，她要什么我都满足她，只要能跟你在一起。’于是我们俩又分不开了。所以在我眼中悲鸿是个敢于承担责任的人。”

我知道真实的故事比这还富有波折冲突。蒋碧微不甘心被“取代”，悄悄给这位年轻女“情敌”的父亲写信，说廖破坏她的婚姻。惹得廖全家人反对二人的恋爱，直到悲鸿舟车劳顿，从重庆去贵阳当面向廖的姐姐坦陈真情与真相。好不容易得到家人许可得以订婚，突然卧床不起的徐悲鸿又不明真相地失去了经济收入，有人拿着他领工资的私章把他的薪水悉数支取后给了蒋碧微。廖静文只能悄悄借贷度日，以偿还爱人的住院费和生活费。

我尽管相信这一幕在《徐悲鸿一生》中已有所描述，但听到女主人公当面自述，更觉得“此情只能电影中有”，悲情又浪漫，辛酸又美好。

“您怎么看与他的相遇相识？”我不知道她是否相信宿命。

“人生像个谜，不知道未来会是什么样，与他的相遇，改变了我的一生。”

“虽然他那么早就离开我们而去了，我感觉命运对我和孩子都太不公平，但我仍感觉自己是幸运的，因为他是中国如此杰出的一个人物，遇见他、陪伴他、为他生下两个孩子，这对平凡的我来说真是意外的幸运，尤其是每当我想起他生前那么钟情于我，都忍不住要流泪。”

说到此，老人用纸巾频频擦着眼角，目光中满是眷恋无奈。我也湿了眼睛。对话一度中断。窗外，开始暗淡的光线越发映衬人生的凄惶。

悲鸿与蒋碧薇气质完全不同

对丈夫如此深爱，她又如何看那个把她视为情敌的女人呢？

都知道悲鸿屡次遭到蒋碧薇的为难，导致劳累过度病危住院，而蒋碧微却养尊处优过着任意挥霍的生活，连她自己的亲生女儿都看不下去，作为妻子的廖静文是最直接的“受害者”，不恨她似乎也不容易。

“为了偿清她索要的画债，悲鸿当时日夜作画，他习惯站着作画，不久就高血压与肾炎并发，病危住院了，我睡在地板上照顾了他四个月才出院。但我并不恨她，甚至我还同悲鸿说不要离开她了，我宁愿不要名分地照顾他一辈子。悲鸿却说我傻，他说‘要结婚才有社会地位，你太年轻，你不懂’，在他眼中我就是白纸一张。”

有着如此重情重义的丈夫呵护，廖静文反而更不在乎名分，只要丈夫不用点灯熬油地作画赎自由。

有一次在重庆的一个画展上，蒋碧薇也去了。“她穿一身合体的旗袍，浓妆艳抹，像没卸装的女演员，两条大辫子在耳侧梳成两个发髻，我从未见成人梳过这种孩子式的发型。她满面笑容，据说当天是其父亲去世一百天整，因为许多当时的政府要员都参加了葬礼而极尽哀荣。她傲慢地从头到脚打量了我一番，从包里拿出一盒美式香烟点着抽了起来。我突然间理解了悲鸿为什么会与她分手，他们两人气质本不相同。”

我突然想起那个“弄假成真”的学生孙多慈，是在蒋碧微与廖静文之间出现的女学生，曾令徐悲鸿动心动情的女子，也是他认为自己对不起的人，因为是他在各方压力下斩断情丝，以至对方不得不嫁为他人妇。孙多慈的才华当年是那么令悲鸿激赏，曾发表文章称，除吴作人的油画之外，孙多慈之《木工》以贫民生活为题材，“得相当成功”，其欣赏之情溢于言表。

我问廖静文，“在所有学生中悲鸿最欣赏谁？”

她答：“吴作人和蒋兆和。”是刻意回避那个给悲鸿寄上相思红豆和绣着“慈悲”二字手帕的女子吗？我不想多碰触，我知道她的生命之树浸泡在苦痛的河流中已经太久。

“三十岁，一个人未来的人生道路还很漫长，失去悲鸿后您没打算再续一段姻缘吗？”这个问题纯粹是出于好奇，太私人，我甚至没抱希望她会回答。

可是老人并不避讳，仍是不急不缓悠悠道来。

“为了转移失去他的痛苦，我到北大中文系去上课，准备学写作将悲鸿的人生记录下来，也就是说写一本悲鸿的传记，将我的耳闻目睹、我们之间的爱情和生活都真实地记录下来。我的好友问我是否会再组家庭，我坚决拒绝了，我说我这一辈子只会爱悲鸿一个人。谁知有一个人却偏偏进入了我的生命。”

“那是一次旅行途中，我带孩子去大连的姐姐家，一位在金州服役的姓黄的军官碰巧同行，我的孩子们非常喜欢他，于是就有了来往。他后来又到大连和北京去看我们。并多次写信向我表白，说他非常敬重悲鸿，想分担我的责任，我都拒绝了。我明确告诉他我心中容不下另一个男人，可他并不死心。”

“一年国庆节前夕，他又到北京来，孩子们高兴地跟他去天安门和公园玩，我从来不带他们去公园，因为怕勾起当年悲鸿与我们同在时的回忆，几天很快过去了，他要走了，小女儿芳芳有些失落地说：妈妈，要是黄叔叔总能同我们在一起多好啊。这句话真让我难过啊，孩子们渴望父爱是正常的……后来又通过组织说服，我们接受了他加入这个家庭里。”

我正为那位幸运者庆幸，事情又出现了转折。

“事实证明，我们是不相容的，因为我的工作、生活中的一切都是围绕悲鸿而存在的，包括家里的摆设，孩子们与我交谈的内容，他永远感觉到自己是个外人。这个家的男主人其实还是悲鸿，任何人都无法替代。曾经沧海难为水，我想，我这一辈子，为悲鸿而活才踏实，他是个大海，已经融入我生命的最深处，我至死也不会遗忘他。”

正说到此，一位很有学者风度的中年男子走进来。老人介绍说这是她儿子徐庆平，大学里的教授。

于是我们互相点头打招呼，他也捡了个位子坐下，听我们聊。

“您提这些干什么呀？”听到老人正在讲述那段短暂的再婚史，做儿子的有些不悦。但老人仍然把话题讲完，仍然不急不躁。

离开纪念馆已是薄暮时分，走出不多远，老人让秘书打来电话给我，说无论时间多么急她也一定要看下见报前的稿子，否则不放心。

虽然第二天是星期六，馆里的人都休息，老人还是坚持要亲自到单位来等稿子。

“我儿子昨天同我生气了，说不该再谈那些老事了，以后我真的不会再提了，我要尊重自己孩子的建议，他们太爱自己的父亲。”若悲鸿大师地下有知，有妻如斯，该是多么欣慰！

英儿

活在顾城情咒里的女人

英儿死了。

四年后的今天，我才从她当年在《诗刊》的同事邹静之先生那里得到确认。邹发给我的信息就几个字：李英去世了。

与她，我真说不上熟悉，甚至连认识都算勉强，2003年的某天，我们俩有过一次面对面的访谈。我仍然清晰记得，她率真的目光与风度。她说，从小家里人就说她愣。

“我们看不见最初的日子。最初只有爱情。”这是《英儿》里的道白，似乎也是那三个人宿命的根源。如果非要归结为宿命的话。

当然，我们聊的话题离不开那个让李英成为著名的英儿的男人。

顾城，这个名字无论读起来，还是看起来，都如此别致，富有韵味，而再琢磨又透着距离感，散发着自闭气息。如他对自己的清醒旁观：他像羊一样老实，写天使的诗。戴帽子的前额宽阔，面色憔悴，眉宇间带着锋芒和孩子气……他是个伪装得很好的疯子。

这个名字亦是他的性格符号。他似乎不经意地把它纹在文字的战袍上，外层与内衬有着不同的纹路，一面是温和一面是狂野。

我告诉英儿，我们这个年纪的女性但凡读过诗歌，没有人不知道顾城，没有人不曾叹服他的才情。顶不济也会背那“黑夜给了我黑色的眼睛，我却用它寻找光明”。她微笑，不接话。浓黑的眉毛下一双眼睛认真地回望着我。让我想起顾城对这个女人的迷恋，“在我离去的时候，回头看她，她眉色漆黑，她依然是一个让人怜惜的陌生女孩。”

正是顾城的文字，让包括我在内的许多人都不无好奇，那个掀起了许多人生命风暴的女人，究竟是什么样的一个人？

她谈不上漂亮，甚至说不上有风情。走在街头，与我擦身而过，我未必会多看她一眼。可就是她，让顾城的太太谢烨直言相告，“你如果离开，他会死。”也正是她，让顾城破碎灰暗的生命有了色彩。他写道，“生下来有些事让人高兴，有些事让人心动，女孩子在一起的时候，空气是动人的……爱我，我是感激的，我希望她爱我心里温和的冰雪，我不太希望她把我当男人去爱，我想相互照耀使阴影消退。我只能发疯一样修我的墙，我的城，我天国世界的边界。我喜欢好女孩和好女孩在一起，过去不知为什么，现在我知道了，那是我惟一实现爱的可能。”虽然李英一再强调，书中的那个英儿并非她的生命写真。“我虽然身在国外，可尽量不与华人打交道，凡是听闻了所谓血染三角恋剧情的人们，打量我的眼神都好可怕，我有一种被剥光了衣服的羞耻感。”

顾城20世纪80年代离开中国前往新西兰那小岛时，我们还在读高中，所以即使后来辗转成为北漂媒体人，也终没有机会与他谋面。因为早在1993年，他和夫人谢烨已经双双埋葬于地下。惟有偶然读到他的作品，尤其是《英儿》，让我总相信他们这对逝者并未安息，那温和而狂野的灵魂仍在四处游走，没有任何边界可挡。

2003年，非常意外地得到一个机会采访李英，所谓当年顾城的情人，所谓《英儿》的原型。“请叫我麦琪。”这是她的自我介绍，口气不容置疑。

那次谈话之后一切归于寂静，她当时从澳洲飞回来是为宣传新书。之后就又像一阵风没了踪影，我几乎也忘了她和那场对话。只记得陪同她前往采访现场的刘湛秋小声跟我嘀咕，提醒我不要暴露太多他们二人的情感细节，理由很善意：毕竟双方的家人包括他的前妻都还生活在北京。

梳理这部纪念逝去者的作品集，我根本没有想到，作为我的同代人的她已经有资格被收录进来。

非常偶然的某天，大学同学的太太来家里喝茶，带过来庆山的《月童渡河》。尽管安妮宝贝（庆山以前的笔名）的书十来年陆续读了不少，一直喜欢她那自语式的生命觉醒断章，虽然不乏女性的自我感觉良好与矫情。在她的某个篇章中，居然获知一个意外的消息：顾城的英儿早已经去世了。

赶紧上网，果然有不多的几条报道，且多滞后事实达半年之久。

——2014年1月8日，刚过50岁的麦琪，在悉尼的一间医院去世，死讯鲜少人知。她的骨灰安葬在悉尼东面近海的陵园，墓碑上的碑文为英文。译为：

LIYING麦琪/中国诗人、作家/刘湛秋的爱妻/一个美丽、快乐的心灵之旅已经结束。/一个带着所有的理解和认知飞向来世的自由的灵魂。/你是如此地为人所爱。/于2014年1月8日幸福地平静地离世，享年五十岁。

生死事大，担心与事实不符，我向忘年交邹静之先生求证，他的回复让我真正相信，那个风一样来去的女子真的走了。

“有人盼着我死，那样他们才会满意，似乎那才是故事圆满的结局。”那次访谈，英儿就说过这话。

死者长已矣，存者且偷生。果然吗？

我请教邹先生他对英儿的看法。他的回答是沉默。

谁还会对死者去指手画脚？谁有资格去盖棺定论？

时间
2003年9月26日

地点
前门饭店

昔日重来

年轻时幻想的一切与现实无关

一早，冒着大雨，我在前门饭店见到了头天晚上刚刚从悉尼飞回北京的麦琪（英儿）。10月3日上午，她将前往地坛书市签售她的散文集《倾情人生》。

十年前，1993年10月8日，在新西兰北部一个只有两千人的小岛上，诗人顾城杀妻后自缢于一棵大树之上，这就是震惊世界的“顾城事件”。弹指一挥间，刹那芳华。当一切都像风暴归于平静的时候，李英，这个当年被炒得沸沸扬扬的“当事人”现在是一种什么样的生活状态？

她的本名叫李英，也写诗著文，可她的名声似乎更以私生活而闻名，顾城的小说《英儿》一书的出版，更让她被人们记住。顾城叫她英儿，她的另一个情人兼后来的丈夫、著名诗人刘湛秋则叫她英子。她给自己起了个中英文兼顾的名字叫麦琪。但习惯上，人们还是喜欢称这个自小在北京胡同长大的女人为“英儿”，尽管她极力反对把书中那个“靠色相盈利”的女人与自己画等号。

看我犹豫着不知如何称呼，她主动开口。“你是《信报》的记者？我感觉好亲切，因为它的前身是《戏剧电影报》，1986年我大学刚毕业时曾在那儿实习过。”她显然是想传递友善，几句交谈之后本有几分戒备的脸上露出了开朗的笑容，一双明亮的眼睛在浓黑的眉毛下闪着光，她那么直率坦然地看着我，让我想象不到近在咫尺的，就是那个十年来在无数人眼里有着传奇经历的神秘女子。

她说她是个“挣了钱就花掉的人”，没什么金钱观念，就连飞回来看望刘湛秋，也是连续上几个夜班挣足机票钱了才回来，“我不会做金钱的奴隶”。眼前的麦琪穿一件普通的麻质衬衣，未施粉脂的脸细腻有光泽，让人丝毫不难想象初遇著名诗人刘湛秋时，23岁的她有着怎样的美丽容颜，刘湛秋当时与刘再复、刘心武被合称为“劲松三刘”，被不少女性所热爱和崇拜着。

也正是那一年，李英在一个诗会上偶然得遇30岁的顾城。“我从一开始认识顾城，就陷入唯美主义的幻想里，非常理想化。顾城出国前，我只见过他4次面，都是和朋友一起去的，没有单独见过。每次像进殿堂朝圣一样，我的精神世界被他的光环所笼罩。”在我的想象中，当年的女诗人就像一只柔软的水母，在充满生机的世界里伸展着情感的触角。哪个内心世界丰盈敏感的女孩，能对长相斯文好看的天才诗人不动心呢？

尽管早在1989年，年仅26岁的李英就出版了个人诗集《天边梦边》，但并未引起太多反响，引起人们对她写作关注的是“顾城事件”后创作的《魂断激流岛》（1995年）、《爱情伊妹儿》（2002年出版），前者写的是她与顾城的纠葛，后者写的是她与刘湛秋的爱情。

《爱情伊妹儿》一书的内容大概是这样的：她与刘湛秋在一场舞会上相识，对他一见钟情。后来，受顾城的帮助出国，在新西兰激流岛与顾城夫妇生活了一年半时间。在顾城夫妇暂离岛旅德后，她和当地教人练气功的F离岛到澳洲结婚。9个月后，岛上便发生了顾城夫妇双双死亡的悲剧。她情绪极端低落，因为几乎所有的人都认为悲剧与李英有关，心中惟一牵念的还是从不曾忘却的刘湛秋。终于在刘湛秋的鼓励下写了澄清真相的《魂断激流岛》，并离了婚，与早已离婚的刘湛秋再续前缘……

尽管网上到处都贴着有关三人的旧事，谢了顶仍不乏儒雅之气的刘湛秋在我采访前还是诚恳交待：李冰，请七分谈文学，三分谈生活。

我欣然同意，我本来就好奇，在悉尼一家经营建材的外国公司有一份收入不错的工作，写作对她来说意味着什么。

尊重她的要求，我一直叫她麦琪。

她说写作不是她的职业，甚至也不是业余爱好，“就像一个人无比热爱的一样东西，不管你把它看成是什么，它永远在你的感觉里存在着，永远不会走远。公司的工作是为了吃饭、穿衣、付房租和买机票看望亲人”。

那件事情都已经过去十年了，你为什么还要在澳大利亚漂着而不回北京来呢？毕竟这儿有你的亲人和爱人。我又问，这一下子又扯到了生活。

我们坐在饭店大堂的茶点区，点了一壶上好的茶，且喝且聊。

她呷一口茶，很干脆地说：“女人的一生是个不断寻找自己的一生，经过那么多的创伤，我才发现年轻时幻想的一切都与现实无关。这三年来我埋头写作，写作让我彻底打破了过去，从过去的影子里走出来，我明白了生活无所谓对错。而悉尼是个宁静的、适合写作与读书的城市，它的生活节奏也比较稳。”

而当年的新西兰那个小岛也是宁静的，一个年轻女子与所崇敬的诗人夫妻同居在一个屋檐下，却不可能尽兴享受那自然的赐予。顾城自诩“我愿意干活，我不愿意谋生。”两个女人要养鸡、卖蛋、挣钱、种菜、修房子，甚至要靠领政府救济来活下去。

尽管顾城曾写道：“英儿，你跟我天生就是一模一样的，谢烨不一样，她是我造就的。”然而，三个人的生活对两个女人都是折磨，那场景更像是两个女人在哄着一个大男孩过家家。都心知肚明这样下去惟有死路一条，所以在惟一的机会来临时，妻子说服顾城一起动身去德国，希望英儿也离开那令人窒息的小岛。

不久，李英同在岛上教她英语的英国移民约翰结婚，婚后就去了悉尼。这一切尽管来得有些迟了，但似乎正在把一切推向正常轨道，没想到李英的离岛让顾城彻底崩溃。母性强大的谢烨安抚顾城，建议他写一部忏悔录，然而《英儿》的创作却完全背离了她的想象，顾城用近似呓语的独白回忆了他与李英的感情，也终于让谢烨不再留恋这段婚姻。顾城曾说他写《英儿》就是为了“解释一些想解释却无法解释清楚的事”。

没有人能够知道究竟1993年的10月8日发生了什么，让这位“童话诗人”选择最极端的方式将爱人和自己都引向了生命的尽头。

有人把一切归结于李英，说她是罪孽深重的小三。有人认为是诗人的神经质与疯魔毁了他的世界。这个事件本身就像一首让人参不透的诗，是诗人最后的作品，尽管过于血腥和悲惨，令人唏嘘。

这一生的渴望就是爱他

这是她继《魂断激流岛》后的另一本书《爱情伊妹儿》中的文字：

想你。以为你在身边的时候太多，于是总是发现自己在路上自言自语，危险！

看电视的时候最不忘看的是北京的《天气预报》，北京很冷了。

最想你的时候是傍晚，因为那正是我们一日不见以后的热烈时刻，现在，打开门却看不到你的影子。

当然，这是写给一直相伴相依为她疗伤的刘湛秋的。

望着她，我忍不住问，“麦琪，目前你最大的愿望是什么？”纯粹像问一个姐妹。

她有些不好意思地笑笑：“能有更多时间与湛秋在一起。”那笑容让人看了心里柔软。一个会爱敢爱能爱的女子，走到哪儿，心里都是有底气的，就像老鹰乐队唱的，LOVE KEEPS US ALIVE（是爱，让我们活着）。

1995年，李英发表了小说《魂断激流岛》，从她的角度讲述她在岛上和顾城夫妇的生活。没想到遭到颇多非议，被指“拍卖隐私”。虽然她一直声明，写这部书只是想陈述一个简单的事实，她当初去新西兰，不是为了去破坏一个家庭，而是一次获得生命自由和独立的可能，是因为她和刘湛秋的关系。并不讳言，“1986年的9月，我已经成了湛秋的情人。”

从23岁开始，经历了如此惊心动魄的生命风暴，曾被深不可测的黑洞无情吞噬，有什么样的爱情在支撑他们坚持二十年未分开？虽然她刚前往那个小岛投奔顾城夫妇时，曾一度被“洗脑”而与刘湛秋绝交，并烧毁了他所有的情书。那时她一度认为，如果顾城认为她的爱情是世俗的，那么她的爱情就是毫无意义的，应该被摒弃的。她甚至不敢让顾城知道她与刘湛秋的恋情。

麦琪说她绝对相信一见钟情，“对我来说，如果不是第一眼就产生了从血液里就梦想拥有他的感觉，那就说明我并没爱上他。因为许多所谓的爱情是建立在别人认为的好坏基础上的。爱情对我来说非常重要，只有有爱情的生活才有意义。”

“爱上他时，我甚至没读过他的诗，连他最有名的普希金译作我也没读过。当时在大学，我最迷恋的是哲学书籍。他最吸引我的是他总能给我新鲜感，每次我去机场接他，都有第一次相见时的感觉。我爱他这个孩子与成人的混合体，他是激情与智慧并存的一个男人。我不能想象我没有湛秋，因为我已经无法爱上别的什么人。”

“当初是我先爱上的他，我只是让他知道我爱他就够了，我从不纠缠他一定要怎样。”

看我听得投入，又一脸好奇，她也忍不住笑了起来，那眼角眉梢的快乐根本无法掩饰。再恨她的人看到那一幕也不得不承认，她是如此心无旁骛地爱着那个最好的年华已远去的老诗人。

“他后来与朋友说他是一点点陷入情网的。他说我的善解人意最让他迷恋，另外他这个南方人也欣赏我身上北京人的幽默。”我们相视一笑，举杯喝茶。

气氛轻松得出乎预料。

我早把老诗人“三分写作七分生活”的叮嘱丢在了脑后，问她，“你与湛秋的爱情有没有遗憾？这部散文集《倾情人生》中好几篇你都写到孩子，虽然你从未做过母亲。”

在国外生活的人都知道这是相当隐私的话题，可麦琪并没显出忌讳，坦言几年前她曾为他怀过一个孩子，后来还是没要。

“孩子意味着生命的延续，如果我是一个彻底的对生命非常乐观的人，那么这种延续就是一种天大的快乐，可是我不是。我的渴望，这一生的渴望就是爱他（湛秋），然后死去。一切都是不可知的，我知道的只有他，他的爱情像是我身边的空气，我已经太习惯了，不想有任何变化。”

这一席话让我想起顾城，他和谢烨的孩子寄居在朋友家中。他不喜欢孩子，他觉得孩子是入侵者，他在自己的精神王国里根本没有设置“孩子”这样一个位置。

反传统当然早已不足以解释顾城李英的思想。他们眼里伦理道德也不过是无力的稻草。

“当年你明知他有妻女，你还是爱上了湛秋；后来在新西兰，顾城也有谢烨和儿子，爱情的发生对你来说好像是没有障碍和底线的，你是如何看待传统规范的？”我问。

麦琪敛容正色道：“这个世界上一些人是用心在生活，一些人则是用观念在生存。我对所谓规范是持一种蔑视态度的，伦理道德在我眼里有些滑稽，在我眼里人要活出本性来才是美丽的，相反就是丑陋的。”她承认当年爱上有妇之夫的压力之大让人窒息，躲进公园的幽会，出入一个单位后的暗号，怕被熟人撞见的担忧……大她二十岁的刘湛秋甚至直言相告：即使离了婚也不会娶你。二人都为这众叛亲离的爱情而甜蜜地忧愁着。

过多谈顾城是对我的亵渎

诗人往往具有浪漫的情怀，不为外界世俗所羁绊，那被大众在意的名誉二字只存在于他们字典的犄角旮旯。

也许是聊得尽兴，麦琪不待我多问就接口道：“对于一个女人来说，名誉是这样的东西，一旦她的隐私由于任何原因、出于什么背景而成为公众的‘消遣’，那么名誉是任什么也夺不回来的了。《英儿》让我一夜之间成了新闻人物，媒体、读者甚至半熟不熟的朋友都非要把书中的英儿同我画上等号才罢休，我就是罪魁祸首。我当时真崩溃了，有口难言，我真应该去说话的人已经不在了。那些天，可以说那些年，我有一种深深的自责，有许多假设在折磨着我，倒不是为自己的什么名誉，你知道吗？每天清醒过来，压力特别大，不知道如何面对这世界和已经发生的一切。”

采访之前我曾做过些功课，关于李英，几乎没有看到正面的评价。即使以前的同事，也认为这是个“心机很深的女人”。让人联想到成功改变命运的邓文迪，“用完年轻人用老年人，用完老年人用外国人，是一个坏女人。”只不过前者比她更接近俗世的成功，人们对邓是羡慕嫉妒恨，而《英儿》的读者或相关的一些人，如李英自己都心知肚明的，“都希望我死掉，这样才是完美的结局。”

“这种生活观念是受家庭影响吗？”

“我的父母都是非常传统的人，他们一辈子都在按常人的步骤生活着，我想除了继承了父母纯朴自然的个性，所谓叛逆更多的可能是骨子里与生俱来的。”麦琪显然并非没有自知之明的人。“在80年代就爱上一个有妇之夫，后来又以一个尴尬的身份在孤岛上与这对诗人夫妇生活了1年多……我有什么错？我想不清楚。我常说，所谓生活，就是你经过了一些人，经历了一些事。”“一个事情到了最后的地步，那个核就会露了出来。这是我们在所有的生活中间没有想到的，在一起或者不在一起所没有想到的。”这是顾城在《英儿》一书中的回顾。十年前的10月8日也许已经好遥远了，但那惨烈的一幕在人们的记忆中仍那么清晰，作为当事人之一，是否有勇气再回望？

有人来为茶续水，等她走开，麦琪才接口说话。她的声音没有什么特点，却听着舒服。“前边七年对我来说可以用‘可怕’来形容，我甚至没有倾诉的欲望。痛苦是一个盒子，那里面有伤心和失望，有怨恨和委屈，有自责和忏悔，是碎玻璃一样破碎的精神，你只能用或悲观或乐观的态度来面对，但我运气不佳，我很难让自己走出去。”

“顾城的墓地在哪里？每年这一天对你来说还是一个特殊的日子吗？”我问。

麦琪似乎有些不悦于这样的话题了：“他的墓地在哪儿我不知道，也不想知道。如果你查一下别的资料也许能获知。我不想像祥林嫂一样总谈他，我也不是‘英儿’，过多地谈他是对我的亵渎。”

“你是否很忌讳谈顾城和过去？时间能改变一切吗？”

“也不是忌讳。人的生命有限，还是应该往前看。我是个不按计划生存的人，抓住一样喜欢的东西就会非常珍惜。”

“时间并不能改变一切，假设自己只是个旁观者更不现实。”

刘湛秋这时走了进来，一直绅士风度地给我们谈话空间的他似乎认为时间已到，他安静地拣了张椅子坐下，并不打扰我们。

我有些不知如何继续话题，有些担心是否我伤害到了他人的情感，毕竟当年的一切已经让许多东西都已破碎得无法收场。

麦琪却说她已经感觉不到那是伤害了，“我的心里早就形成了一个保护层，外界的刀子是扎不进来的。但那件事对我生命造成的影响确实非常大，发生在任何人身上都是一样的，不可能当没发生一样。”说这话时，她那率真略带戒备的眼神似乎暗淡了些，那声音也变得空蒙，像窗外雨中的天地。

如果一切可以重来，命运之手改变方向……这似乎是最无厘头的假设。

她却并不轻易接受命运一说，“人生中发生的一切事情都是在特定时刻、特定人物、特定环境下必然发生的，你不可能像抽掉一块砖一样只改变其中一部分而指望有什么不同的事会发生。”

“有人说我命真不好，居然那么惊天动地的事都与我有关，有人说我命好，能够活得那么自我。要我来说，我认为自己的命挺好。”

“你怎么看待你自己？”

一手轻抚一下漆黑的头发，她略一思忖，说：“用我父母的话，我是个有点愣的人，我理解其实也就是简单，这种简单可能给我带来了很大的麻烦，但我更觉得这种简单也救了我，因为我活的是自己的人生，这是任何代价都换不来的。我不喜欢成熟这个字眼，事实证明，许多优秀的人一生都也不成熟，这样的人才会有旺盛的生命力，单纯地生活才不会背包袱。”

“我不喜欢所谓天长地久，一点也不惧怕死亡。我没有什么宗教信仰，但我相信世间有某些我们未知的神秘的东西存在，那是我从内心敬畏的。”

黎锦扬

永远消逝的花鼓歌

1

2018年感恩节后的第一个上班日，一大早就接到Angela的英文短信，告知我她的爸爸C.Y.Lee去世了。

“不要太悲伤，他下个月就满103岁了，而且，他拥有一个漫长的快乐人生呢。”与我的哀痛相比，她倒显得平静，反而劝我节哀。

数月来接连几位离开的人物都让我心绪难宁。李咏，从未相识，可所有人眼中的人生赢家，就那么悄无声息地去世火化在了异国的土地上。年方五十。人生，有什么是必得必追的呢？

金庸，功成名就的一代文人，谈笑间羽化登仙。看着《射雕英雄传》长大的我们，其心痛不亚于美国失去超人制造者Stan Lee。我床头蒙灰的金庸全集，是时候拿出来除尘了，我知道再读，心头感觉已不似当年。

萧逸，与金齐名的武侠小说作家，他题字的《甘十九妹》仍静静地立在书架上，我甚至几天前还去了我们曾一起吃饭的中餐馆，甚至有意坐在那张桌子上，几天前他也如得了轻功的高手，飞离人间了。两周前我还打算去跟他做个对话，被告知他住院了，肺癌晚期，没想到，那么快，就看到了他去世的讣告。透过那个俊朗的名字，我却分明看到他那炯炯如侠客的眼神，听到那兴致勃勃谈述父亲当年如何摆兵布阵的洪亮声音……

然后，就是今天早上的黎锦扬先生离开的消息。年过百岁，寿终正寝，在中国算喜丧，生者确实不应该过于意外或悲伤。可是我却有心愿未了：本打算忙过这一阵去给他拍一段视频的，他却等不及了。想起他上个月还在给我打电话，殷殷地问：“你什么时候来看我呀？”隔着电话我都能真切地看到他眼巴巴的神色。

打开电脑，他在屏幕上现身。长满老年斑的瘦脸，金丝眼镜，稀疏却总是服帖地梳理好的灰白头发，当然，还有那温和的微笑和温和的眼神。

对他，我真的又爱又怕。爱是因为他的才情，怕是因为他有些

“缠人”，在我在洛城工作的最后一年里，总有些怕见他。虽然近百岁的他足不出户，但电话不时会打到我的手机上。“你来做我的经纪人，把我的书都改编成电影或电视剧。我看好冯小刚，他是个有想法的导演。王健林是不是可以投资呢？你认识他吧？他很有经济实力，买下了美国的院线AMC……对了，你什么时候有空来看我？我们出去吃饭……”一旦接听了，我就得高声大气地跟他一起，和他已经非常弱的听力做斗争。在办公室，也就罢了，我关起门来，最多也就干扰一下左右的近邻，可是，如果是在街上，就有些不妙。一次正大声嚷着跟他解释说我最近有些忙，不能去看他，一位西装革履的年轻人正经过，那灰蓝的眼珠子瞪着我，疾步走过去的时候，我似乎听到他轻蔑的鼻孔“哼”了一声。

曾经写过他，《花鼓歌余音》收录在我去年出版的散文集《我在洛杉矶遇见的那个人》里。再见他已是三年后，仍是在他离好莱坞很近的家里，略作犹豫，我没有带书给他。和其他所有我在那本书里写到的主人公一样，他甚至并不知道这篇文字的存在。我写他们，只想记录下那些发生在我和他们之间的事，那些令我难忘的瞬间，他们读到与否，他们喜欢与否，又有什么关系呢？如果某人碰巧读到了，将每个细节和表达方式用了放大镜去琢磨，怪我没有把他们写成完美的人，那样的结局，是我不想要的。

2017年秋天，我再度到LA，给C.Y.Lee打电话，让我惊讶的是，他居然很快接听了。听出是我，声音变得很热切。

“你什么时候过来呀？”约定第二天上午我去看他。至于是11点，还是1点到，他几次都弄混，最后他干脆说：“11点到1点之间都行吧。”

堵车，50英里的路花了一个半小时才到达，那个漂亮的犹太社区。屋后就是小埃塞俄比亚一条街。几年前我和他曾去一家餐馆吃午饭，特色是像墨西哥人的玉米软饼，可以选择包裹在里面的肉或者菜，卷起来吃味道还不错。

“你到了吗？”正要敲门，他居然给我打手机了。“你在我家门口啦？那进来吧。门没锁。”我很欣慰他不仅没忘记我的造访，还已经好好地端坐在那儿等着我了。

那本是原来的餐厅，如今仍有餐桌，可是四面白墙上却都贴满了有关他的旧照、报道、获奖证书、他过百岁生日时众人在一个大大的寿字书法上的签名等等，而一张长沙发上，半边堆着杂物，半边坐着这年过百岁的老人。

他显然是特意收拾过，穿戴不仅整齐，还很得体。红灰黑格子棉衬衣，外面罩着灰夹克，虽然那夹克左上侧的胸袋底部被没盖笔帽的圆珠笔染上了蓝色斑点，右下方的衣襟也因多次洗涤开了一条口子。

仍戴着那老式的金属边的眼镜，头发并未全白，而是灰白相间，稀疏，却梳理得一丝不乱，显然打过发胶。

他仍然是比上次我见他又老迈了些。

“我的头发？是护理员给梳的。呵呵。有两个妇女轮换着看护我，24小时，她们一个有丈夫，一个有男朋友，都住在这里。”他说话仍是慢腾腾的，声音是没有底气的轻飘，却清晰有条理。

一个黑壮的年轻女子怀里夹抱着一个婴儿突然从内室走过来。让我着实吃了一惊，这家里怎么如此人丁兴旺呢？

“她是安珀，是看护的女儿。她妈今天有事出去了，她临时替一下。现在保姆都跟我住在一个卧室，以免有事情发生他们听不到。”想到那共处一室的三个成年人，我感觉有些怪异。想当年那个美女簇拥鲜花环绕的百老汇红编剧，无论如何也不会想象到今天的这一幕吧？人老了，为了活命，是没有余地过多考虑尊严的了。

“你的家里变化很大呀，这个餐厅现在变成客厅了。以前的客厅就闲置不用了？”我大声问。

“你以前来过这里吗？对，你来过的，那个铁铸的仙鹤是咱俩一起去古董店淘到的，你帮我开车拉回来的。你送我的书法还挂在我床头呢。”脸上的微笑让我看出他真的很高兴。

来之前我花了半天时间，细细读完了再版的他的简单自传《跃登百老汇》，尽管校对马虎错别字连篇，我仍读得津津有味。他和他那个时代，生动地跃然眼前，我眼前似乎看见不同时期的他，在历史的长河里随着水流奔向我：

自小顽劣，总悄悄溜进厨房与下人们吃饭的八少爷，不喜欢正襟危坐大气不能出的家规，享受吃着鸡脚内脏随便打嗝嘬牙的自在。

去北京投奔大哥一家接受新式教育的湖南乡下少年，不会说北京话，与保姆只能写字条或比画交流；总见一位穿灰布长衫的年轻人来跟大哥请教学问，“他的烟很勤”。临走大哥把从院里树上摘下来的红枣送他，“我们都不吃，因为上面有虫子”。后来他知道这个年轻人叫毛泽东，距离自己湖南的老家很近。

总盼望着与父亲去拜访功成名就的齐白石，这位曾为他家做家具的木匠竟然成了大画家，每次临走，画家都要塞给这位八少爷一个红包，里面有两块银元。

我似乎也看见他因为跟同学淘气被学校开除后一脸的窘相，似乎听到他在山东读大学后南下云南听老舍讲课时的窃笑。

我似乎看到跑去云南边陲给土司当秘书的他，青灯寒壁为自己煮一锅放满辣椒和大蒜的无名美味，引得土司都来蹭饭。看到带着打印机、相机和吉他逃避战乱的他奔到重庆，得到卖东西所提的一大口袋纸币又到黑市换成美金后冒死登上战机前往印度的他，坐在轮船上漂向永远望不见的那名叫美利坚的土地，无聊无助，他跟着一脸坏笑的美国水手学俚语。

没丢了性命，幸运抵美，在耶鲁读书摸不着头脑的他只怪自己太笨，碰巧与几个中国学生闻到一个古董店的中国饭菜香，他们没钱买古董，倒交钱入伙有了食堂。鸡脚仍是主菜，便宜，且那是店主的擅长。

毕业面临被遣返回国，天上掉了金币不是馅饼，他的一篇小说获奖了！从此衣食无忧还拿到了在美国居留的身份。

此后的他一路开挂，风生水起。先是创作的剧本在百老汇热映不衰，再是剧本被改编成电影获奥斯卡奖。

娶漂亮的洋老婆，尽管对方离过婚，但前夫家名声显赫，黎也不觉丢人。何况人家也热爱文学，又为他添了一儿一女。

少有人再呼其名黎锦扬，倒是C（Chin）. Y（Yang）. Lee成了他的符号象征。

七十多岁失去夫人，此后三十多年形影相吊，他过了气，写书也不再畅销。

美国人忘了他，中国人不知道他。

……

这一切，让我唏嘘叹息。

一个人有如此丰富的一生，死又何所憾?

2

一个月后我又去看他。上次听他说想吃中国饭菜，而两个保姆一个是黑人一个是墨西哥人，都不懂一点中餐。我专门去韩国超市买了饺子和海带丝给他。

仍是如同上次一样见面，坐在沙发上的他仍端正地坐着等我。一个面相并不友善的妇女闻声出来警惕地看了我一眼，也并不打招呼，走开了。

我们仍是像上次并肩坐在那沙发上，他安静地扭脸望着我，那温顺的眼神像旧时代的妇女。我们说着闲话。一会儿，他把手放在我后背上，轻轻地抚摸着。几年前来看望他，有时他也会有这种近乎亲热的举止，我都借故走开。明知他不能如何，毕竟是个异性，我还是本能地反感。

可此时，我甚至有一点庆幸。庆幸他还对女性的身体有感觉，至少，这表明他还没老到麻木的地步，至少，还有生命的欲望，还可以多活几年。

所以，我宁愿把这举动解读为生命力。

我笑笑，任他在我穿着毛衣的后背和肩上摸索着。

我提议我们一起开始从事一项更重大的工程，把堆放在餐桌和沙发上的一堆打印稿进行排列梳理。舞台剧，短篇小说，剧本。中文的，英文的。哪些授权给别人了，哪些根本没人动过。不理便罢，一理才发现越理越乱，他根本已经记不清楚。

正在这时，他女儿Angela走了过来。“我听保姆说你们在整理东西呢，下楼来看看。”她后来告诉我是她请保姆们监督一下来客，别带走父亲的东西。“我连一套父亲的书都没有了。原来放了一套在我的办公室，他都拿出来了，有人来要他就送给人家。”

Angela比以前发福了。那个几年前每周都开着黄色的mini Cooper去旧金山会男朋友的美丽女子已经成了大妈。

我和Angela聊得热闹。老人只坐在沙发上干坐着，没戴耳机，他完全听不到。像个安静的孩子，任由大人说话，他不吵不闹。

“你有个好女儿。”我冲他耳朵大声嚷道。

“Not bad（还不坏）。”他似乎并不买账，面上表情也不和悦，甚至有几分斗气。

我不想冷落他，便提议给他煮些饺子。Angela说她去安排，便进了厨房，不一会儿，那保姆端出来一个西式大白瓷盘子，中间放着海带丝沙拉，边上一排饺子，看上去有些干，原来她用微波炉的烹饪功能烤熟的。

“你为什么不煮呢？这样太干。”老人嘴上轻声抱怨着，却听话地吃起来，似乎不想让我以为他不喜欢这带给他的食物。一边还不忘了让我，“你也吃。”

他一共吃了三个饺子，几口海带丝。保姆端上了茶，一个瓷杯子里，不错的绿茶。可是刚冲进去，那茶叶也就刚湿润，那女人就将它们倒出去，端给老人喝那只能算洗了一下茶叶的水。

“我有一篇稿子，需要打出来，是最近我用中文写的。叫亮儿的故事，你来帮我打成电子版好吗？我付费给你。”他又像个志得意满的作家了。

“不用，打稿子对我来说很容易，我不要钱。”我笑道。

“那不行。还是要给钱的。”他坚持。

那手稿有一部分是打印后裁下来的，一大部分是手写的，且分好几种笔迹。我提议我带走一份复印件，原稿他留着。

“你认得出来我写的字吗？能不能在这里打呀？”老人又问。

“我是没问题。Angela，你觉得呢？”我扭头问。

“我电脑里没有中文录入法，不行啊。”她抬脸道。

“那你能不能给我念一遍？”老人又问，“省得你回家打字时看到不认识。我现在写的白字太多，记不住了。”我想起来他给我签名时，“冰”字还得让我写在纸上才想得起。

谁又能苛求呢，毕竟是百岁老人了。

我逐字念了一遍，遇到他写错的字，在纸上标注改过来。

不念还好，念完了只在心里叫苦。这哪能发表啊，谁会用这陈芝麻烂谷子呢？一个受虐待的女孩遇到好心老师救助，学了钢琴被学校录取了。如此而已。

但我什么也不能说。看他眼含期待，我惟一能做的就是拿回家打出来发给他女儿的邮箱。

“您别生气啊，黎先生，我想告诉您一件事。”我说。

“什么事？你说。”他好奇地问。尽管他没戴耳机，只要我大声嚷，离得近，他还是能听到。

“我来的路上就想，如果有一天，您不在了，我知道，我会非常难过的。”我坦诚地告诉他，趁他还在面前，我想让他知道，有人在乎他。

“哦，人都是要走的。没办法的事啊。”他似乎松了口气，有些无奈又无助地说道。

“我想让你知道，我会伤心的。”我再次说。

“我毕竟都105岁了……”他像在自言自语。

“没有那么老，您才103岁！”我笑。

我们一起看他女儿从她房间找出来的几本他的书。

“出版社们还常给你汇来版税吗？”我好奇地问。

“没有了。我以前的经纪人登天（去世）了。如果有，出版社会直接寄给我。不过我不靠这些谋生。我在两家银行都有理财，一家二十多万，另一家几百万，他们拿我的钱去投资，我不用管。”他很自豪地说，他女儿和儿子因为收入不稳定，也常靠他接济呢。

儿女都半百年岁，至今都未婚，以中国人的传统观念，无后代是否也是缺憾？他却想得很开明，“无所谓。即使他们有后代又怎么样？你看我儿子，跟我这当父亲的那么隔膜，有没有后代真没什么关系……”

眼看两点钟了，我问他是否饿了，我可以给他蒸一些我带来的包子，做一个他女儿说他最爱吃的麻婆豆腐。他却说如果我饿了就做，他可以跟着吃一点。“我们一起吃嘛。”他一直认为来了客人不一起吃饭是失礼。Angela说他一般三点半吃午饭。我当然不想分吃本来就带得不多的食物，起身告诉他，我该走了。下周末回国，等回来再看他。

“你把这稿子打印好了发过来，越快越好。我好给他们看，也许可以卖钱呢。将来有人买，我不会亏待你的……”他又重拾旧话，又开始像个精明的湖南人。

3

半年后再到洛杉矶，电话黎先生，听到我的声音，仍是一如既往地高兴，只是已经不记得我们前边所有的约定和经历，一味地大声问我是否不在领事馆工作了。

我跟他汇报我的北京之行，“得到了十本黄山书社几年前出版的《跃登百老汇》，我给你带回来了几本。黎锦扬中文全集的出版有些变故，以前答应出版的那个出版社变卦了，说选题会没通过。但我仍会努力再找机会。”只能跟他说大概的这些。我没说他的自传早就在市场上买不到了，我一个朋友正好认识出版该书的集团老总，一个电话过去，人家清库存才找到这些。我也没说本来出版社老总的朋友一周前还跟我说出版没问题，没几天后就一个短信翻手为云覆手为雨说不出了。

电话那端的他似乎有些失望，仍像往常追问我何时去看他。我开玩笑说我得先干点活，否则怎么养活自己呀。他说他仍需要我帮助他整理手稿，但他不能付工资给我，因为财务大权在女儿手里。

还没糊涂，好兆头。我暗笑。

周末去拜访黎先生。约了Steve同往，这个花了二十年时间和无数金钱去探明了洪都拉斯原始丛林中那几千年古城堡的家伙，也是获过艾美奖的专业摄像师。听说我想给黎拍些影像作为最后的存留，他欣然同意前往。“我小时候家里经常播放《花鼓歌》，真没想到半个世纪后，我能亲眼见到这位作家。”他刚看了我转发的《洛杉矶时报》在黎锦扬百岁时的报道，更充满好奇和向往。

堵车迟到了近二十分钟，Steve已经候在黎家大门外的路边了。

“我敲门了，没人吭声。”他道。

“不用敲，直接进就好了。”我说着轻手推那红色的门，果然。

大声叫着黎先生，边往里走，没有人应。直到了由餐厅改成的会客厅，才看到那熟悉的身影正伏案在读着几页打印出来的中文手稿。

直到我走近轻拍他的肩膀，他才徐徐扭过身来看我们。

绿灰格子衬衣，深灰棉质开衫，头发梳理得纹丝不乱。他仍是整洁干净得像刚精心打扮完毕的。握着他在仲夏时节也冰凉的手，看着上面那紫青色的血管纹路，我不由得轻叹一声。与其说他是在意自己，更不如说是在意别人。年过百岁，尚如此自尊，这世间能有几人?

“中文和英文，哪个对你来说更容易?”Steve学着我凑近老人耳边大声问。

“The same（一样）。”他清晰答道。

“你获得了许多奖项啊，墙上都贴满了。”Steve露出一脸的钦佩。

“那个是布什总统颁发的，旁边的是你们的romantic governor施瓦辛格发的……”说到浪漫州长，老人嘴角浮现出几分揶揄。

“您以前想过自己能活到一百岁吗?”

“没有啊。”

更多的时候，他静静地坐在那儿看着我们，目光柔和淡定。听我说要给他拍些照片，他点头说好啊，并温存有礼地问我们：“看这边吗？”耐心地任我用那一直压箱底的莱卡“刺啦刺啦”地对焦摁快门。Steve不愧是专业摄像师，他问清电灯开关，毫不犹豫地上前关掉，只任一道日光从窗口投射在老人身上，虽然他只用苹果手机，却拍出来质感很好的人像。看我不停地鼓捣相机，几张特写都因对焦不实而模糊发虚，他微笑着说：“我可以试试吗？”

我们正跪着趴着对着老人拍照，Angela洪亮的女中音飘过来，她仍在和谁通着电话。做着一档并不挣钱的关注体重超标人群的长跑接力纪录片，作为制片人和导演，她风风火火地全美到处跑。

听我提及一周前接到的莫名其妙的一个电话，她把声音提高两三个调门，“爹，那几个陌生人趁我没在和你签的合约在哪儿？”她很快在书桌上拾起来递给我看。

“黎锦扬百老汇之夜……分成比例，本公司90%，黎某10%……他人不能再使用这个名字……如果作者身故，利益继承人为空白。”听我大意翻译出来，Angela脸上并没明显不悦，只是不住口地说：“MY GOD，这些人怎么可以这样？”她说已经见识过太多的人走马灯似地来来往往，都来打她爹的主意，现在家里连一套成套的黎锦扬出版作品的样书都没有了，都被人索要走了，连带签名。是啊，亚马逊上一部精装本五十年代出版的黎氏小说要卖到一千多美元一本呢。

“这就是人类贪婪的本性。”Steve坐在沙发上微笑道，他很满意所拍的照片，当即把黎氏父女与我看以前旧照片的那张发送给了Angela。

“我要play hard（扮厉害）了。听着：兹特告知，我是C.Y.Lee的女儿，曾与律师立契约为证，黎年事已高，签所有协议都必须由我同意，你挟其所签合约无效。请告知我具体地址，好书面送达律师函。”她一字一顿念给我们听。

“They deserve it（他们值得这样对待）。”Steve说。我亦点头表示认可。

当事人黎先生则像个无助的孩子，悠然地坐在那儿，戴着那已经没有多少电量的助听器，显然他不知道我们在说什么。我凑近他，大声跟他解释，他茫然道，“我不记得签了什么合约啊？有人来让我签字，说如何帮我推广，我总以为人家是好意……”

他眼巴巴地望着我，殷殷地说：“你住在这儿好不好？有地方的，二楼我儿子的房间隔壁有一间空房。”

我说不用，我会常来看望他。

“有多远啊，开车很久吗？”他不放心，生怕我做不到。

我笑着翻译给Angela说她爹居然想让我住这儿。

“她不可以的，她要回北京工作呢。”Angela早就习惯了把爹当孩子，“我最不愿意做的事情就是让我父亲不高兴。即使我知道他许多做法都对他自己非常不利，可我不想跟他争执，惹他生气干什么？他都103岁了……”一头黑发可能是她惟一从老爹身上继承来的亚裔特征，头发剪到了齐耳，只有耳后一绺染成了灰绿色。着运动短裤背心，两条晒成淡咖色的腿极为健美结实，俨然是长跑健将。她说她最长的连续游泳纪录是96分钟。

“把你带来的水饺煮一些，大家都在这儿吃午饭吧？”老人轻声却坚决地提议，他随时记得自己应该尽主人之宜招待好客人。

“他们还有事要去别的地方。”女儿解释。她自然知道我们不会留下吃饭。

我突然想起水饺应该放进冰箱，遂起身到厨房。“PLEASE DO NOT EAT C.Y.LEE' S FOOD”（请不要吃黎锦扬的食物）。白纸黑字的大写字母赫然贴在冰箱上。我知道两个看护都带着老公或男友住在这里，可想而知这里的杂乱。

每次来，他都想挽留吃饭。如果没有吃，他就很难为情，认为自己招待不周失礼了。这旧式中国家庭的友善体贴，让我的大脑不时闪回到他自传中的岁月，那个在云南边陲小城为土司当秘书的年轻人，独自守着煤球炉灶煮湖南菜，尽管只有一饭一菜，却香辣诱人，引得土司大人都悄悄上门讨上一餐。

当年的他，做梦也不会想到，自己会活过百岁，在美国洛杉矶的一个犹太社区度过生命最后的时光。

"This is amazing." Steve再次感叹神奇。我们相约，过些天再来，到时为老人录像。

可万没想到，那次见面，居然是永别。

我们都是要死的。这话，不知多少次，我在心中重复，尤其是想念已经走了三年的父亲时，它便成了最有用的心理安慰。

可是，那并不能阻止生者对死者的怀念。

这本书已经交付出版社了。当时曾有一个念头滑过：此书面世之前，谁又会化作烟雾离开人间而加入这亡者的阵营？

黎先生，走好。那天我曾告诉你，这一天来临时，我会难过地怀念你。但愿你记得那一刻。

时间
2011—2014年

地点
洛杉矶
黎锦扬家

昔日重来

他永远穿着整齐，每次出现，却像是从故人堆里爬出来的，那领子尖尖的牙黄衬衫，那贴在瘦腿上的裤子，贴在耳朵上像两块失水的牛肉般赭红的助听器，都显得古怪异常。

那是典型的犹太人的洋楼，闹中取静地坐落在离好莱坞不远的富人街区。他家在一个小十字路口的把角，不大的门面，却因为被漆成了中国红，且门口有棵极粗壮的棕榈树，找起来并不难。可那天那大门却不像往日一样开着，同行的美国教授J敲了几次门仍不得入，他耸耸肩望着我摊开手，我便打他手机。他大声嚷着应答，随即悄无声息地来开门。这位97岁的老人，清瘦，老迈，仿佛一阵洛杉矶的小风就能把他吹倒。

时光真是把无情剑，愣是把一个风流倜傥的俊逸男子黎锦扬雕刻成了如此形销骨立的一个老者。C.Y.Lee，这是他名噪百老汇的大名。他书房兼客厅墙上装饰不多，却无不与他的成就相关，《花鼓歌》的舞台剧照，因20世纪50年代的美国找不到好的中国演员，那妩媚的女主角是日本人；电影获奥斯卡的新闻剪报；他犹太后裔太太的黑白照，气质与美貌丝毫不输英格利·褒曼的耶鲁大学才女；他家八兄弟“黎氏八骏”的气宇轩昂的合影。

在洛杉矶的华裔文人中，要数在美国主流社会的成就，他可谓首屈一指，11部英文小说畅销美国多年，他的文学成就丝毫不输林语堂，一部《花鼓歌》曾改编成歌剧在百老汇连续上演15年，与《音乐之声》《国王与我》等齐列十大歌剧之一。后由好莱坞改编为电影，获三项奥斯卡金像奖。可因为几乎没有一本翻译成中文出版，所以中国人知其者并不多。

见面前，我曾读过黎锦扬的演讲英文稿，文采与口才俱佳，一眼就能感知真是聪明人所作。这是个自小在北京宏庙小学读书的少爷式的人物，毕业于镜湖中学和西南联大，曾给缅中交界处一个土司当英文秘书，并陪他的缅甸女人打球练英文，日本打到缅甸时他跑到重庆，从那儿坐飞虎队飞机到印度，再坐船漂到加州，就读东部哥伦比亚大学比较文学系，不久退学转至耶鲁读戏剧。《花鼓歌》在百老汇上演引起轰动，并被改拍为电影获奥斯卡五项提名三项金奖……娶了漂亮的美国太太，出入上流社会，至今在美七十多年！已经年过95岁的他却称只过79岁生日。

黎家八位兄弟皆有着过人之处，被称为“黎氏八骏”。

大哥黎锦熙是国学大师，与钱玄同一起发明了汉语拼音；作为北京师范大学文学院院长，毛泽东是他的学生之一。

二哥黎锦晖是音乐家，创作了著名的《毛毛雨》《桃花江》等白话流行歌曲，他办了明月剧社，聂耳、周璇都师从其下。

三哥黎锦曜是矿冶勘探学家，为煤矿金属探测四处奔走患胃病去世。

四哥黎锦纾是农业学家，与邓小平同为留学德国的室友，回国后推广科学种田在当时的社会环境下未受重视。

五哥黎锦炯，铁路桥梁专家。

六哥黎锦明，20世纪30年代左派作家，著有《尘影》《烈火》等畅销小说，曾与郁达夫、茅盾为挚友，被鲁迅称为“湘中作家”。

七哥黎锦光，音乐家，有歌王之称，一生创作一百多首流行歌曲，包括《夜来香》《采槟榔》《美丽的香格里拉》等，因唱《夜来香》而成名的李香兰视其为自己的幸运之神。在日本，黎锦光被当做国宾招待。

至今仍记得第一次见面的经历。

1

我已经记不得季节了，因为洛杉矶的艳阳与蓝天，12个月几乎没太多季节改变。只记得中午12点半到达老先生家，敲门无人应答，便掏出手机来拨，正打着，见一长发至肩的脸上有雀斑的男子牵着狗从外面过来，他长得很帅，有些像布拉德·皮特，他疑惑地看着我，我猜这是C.Y.Lee的儿子，便说我要拜访他父亲，他说他Dad通常在后院，便开门让我进去，而老人正慢慢从里屋迎出来。

他的汉语说得非常地道，带一丝湖南口音，毕竟在中国受了从私塾到大学的多年教育。不像一般老者车轱辘话来回倒，他的头脑非常清晰，镜片后的目光甚至是犀利的、审视的。为证明自己不老，他给我展示了他当天的劳动：整理得很清楚的旧稿、书信（我看到痖弦写给他的信）、发表在发黄的旧报上的小文，都分门别类地整理好了，封在不同的文件夹里。

我夸赞他有条理。他高兴地笑了，“走，我请你去吃饭。我已经多年没出门和漂亮小姐吃饭了。”

先去他说的古巴餐厅，却没有车位。“别着急，如果迷路了，我太太当年教我的秘诀是，往右转，往右转，因为往右比往左转安全。

我的车开得不好，都是我太太开车。你知道找美国太太最大的好处是什么？她从不跟你记仇。我这个湖南人倔脾气，跟她吵架就往死里吵，可她却不计较，一会儿就端过咖啡来，主动要求和好。”他坐在后排座位，不急不慌地回顾这些旧事，对我来说都是新闻。听着也不感觉非要急着去餐厅吃饭了。边走边找，只是我后面的公交车多次催促地“嘀”我。找到一家看起来不错的餐馆，停车很贵，15分钟2美元！停进去，把车钥匙交给那热情的保安，在他微笑注目下，我扶着老人慢慢走向那写字楼，穿过去，到了街上，隔门看那布置很豪华的餐厅，被告知今天休息。“这条街上的好餐馆一般周一都休息。”他很懂得这些规矩。“我们今天就碰运气，运气好就吃好点，差就凑合点。和你在一起，吃什么我都开心。”他握着我的手，像终于出来放风的犯人，满是开心的笑。我笑笑说他当年一定很讨女孩子喜欢。“才不是，我当年是个穷小子，很自卑内向，英语也不好。写了诗参加诗会，自己不敢读，一个美国女孩子站起来，说她来帮我朗诵。后来，她成了我太太。美国女孩子就是这样，喜欢你就很主动很直接表达。”

那值班的酒保善意地说往前走一条长街，左拐，有一家意大利菜馆，不错，不用开车……他说着看了看我身边的老人，似乎有些犹豫了。

我忙说我们就在近处找一家餐厅好了。紧挨着那写字楼大门台阶上挂着餐馆字样的牌子。结果拉着他上了台阶，推门进去，才发现比麦当劳还差，只点外卖，且只有汉堡和三明治。于是离开，决定回他家附近吃印度菜。

我们又一老一小手牵手又挪回停车场。被告知收2美元。他赶紧掏出钱包付账，很绅士风度的做派。

那收费员告知我旁边也有一家不错的餐馆，可以吃牛排，但没有车位，车只能停这儿走过去。我谢绝。决定从车上翻出的一个地址去碰运气。EVA夏娃，那是不久前我和朋友去吃过一次的餐厅，结果还真找到了，只有2英里远。结果，人家不大的小红门也上着锁！无论如何不能再换地方了，因为我们刚才把车停路边的咪表时已经投了币，可以停56分钟。于是问路边一个店铺正干活的小伙子，他指着红绿灯方向说过一条街有一个很好的餐馆，他确定是周一营业的，但怀疑是素食餐馆。我们不管什么菜了，决定过马路去试运气。

结果还真可以吃饭。他点了一个豆腐蔬菜沙拉。“长寿的秘诀就是要吃清淡。我太太七十多岁就走了。我跟她说过不要吃太油腻的东西，可她偏喜欢吃牛排，而且爱吃那种带点肥的，不健康。”他很想说话。我也很乐意听。毕竟，面前这位可以做我祖父的老人本身就是一个传奇。我点了一个虾球炒饭，与其说吃得津津有味，不如说听得有滋有味。

他很会讲故事，一段一段，有趣而新鲜。“我的女儿和儿子不会说一句中国话，他们也不知道我的价值。姐弟俩倒有不少共同点：都从事影视产业，都没稳定收入，都单身。我女儿曾经结婚，她离婚了，并说下不为例，不会再婚，如今有个男友周末会来。她说第一次婚姻吃亏就是看了我的小说，里面的爱尔兰男人太帅又完美，她年轻时真遇上了一位就迫不及待地嫁了，后来发现根本不是那么回事……”拿女儿说事仍然很大声，反正即使她在也听不懂一句中文。“我为了写中国人的故事，专门跑到圣盖伯那一带租房子，每天看到的是中国人，吃中国菜，听中国话，进门回家和太太也说起了中国话，她直笑我，后来我的英语也有了中国腔调……我儿子？从没结婚，有一个同居多年差不多了，非要他买大钻戒不可，我说她是嫁你的钻戒还是嫁你？没成。”

这顿饭一共花了26元，我用免税卡免了税，正要付账，他从洗手间出来，抢过去他刷卡，连小费付了32块。出来又过马路取车。等红绿灯的男子在车里看到我们过马路一搀一扶，欣赏地笑着看着等着。灯已经绿了，他还在耐心地等我们过。我注意到那人自己的头发也白了。我已经习惯了啊，所到之处，看到我们的人没有不微笑以对的，一半是对长者的尊敬，一半是对我这年轻者的“善举”的首肯？

路过街边一个卖艺术品的小店，我进去看，“你喜欢这些东西啊，我有许多藏品啊，还有玉器，以后我都送给你。”我赶紧说不用，我只是喜欢老旧的有味道的东西，不见得一定拥有，看到就好。

回到他家楼下，已经三点。我不敢再耽误，说要去接孩子。“把他接来玩吧，你要走了，多来看我啊。”他的话让人心酸，好可怜的老人！想起他路上闲聊时问起我未来的打算，说我如果将来想过来读书，他会想办法……唉，无论多么风流得意的人，到老了，还是最怕孤独。我吃饭时问他需要什么东西没有，我回国帮他捎回来，他望着我，幽幽地说，“什么都不需要了，只需要爱。”我问，“老伴走了二十多年，没想过再找一个？”因为我想就他的才情与多情，不难找到一个女人。“不是没有女人找上门来，可我搞不清有多少是冲着想办绿卡来的。You know？”

2

再次见面，我约了一位华裔投资人Jack前往，听说C.Y.Lee如此传奇，Jack想试试运气看自己是否可以淘宝成功，说不定做医疗和地产投资的他可以上演一出娱乐投资大戏。

那次应门者是那一脸皱纹和无奈眼神的沙皮狗阿里，旁边是黎的混血女儿，她和弟弟一样，一张脸完全看不到丝毫中国血统。比她更热情地招呼我们的是那狗，一个劲儿地闻着蹭着来客的腿。

这次再仔细打量，才发现这二层小楼，上面是儿女住，下面是老人的客厅兼卧室等。尤其让人喜欢的是那个客厅侧门外的小院，长着四株极粗壮高大的树，一些绿植点缀其间，沙发椅和小石桌上都有落叶婆娑坠下，树下的绿丛中，有观音佛祖石像透出东方的味道。

Jack先被老人清晰的头脑所折服，动不动就夸张地冲我们做鬼脸，句句带惊叹号，“哎呀真了不得！到他这年纪我说不定在哪儿呢？”摸出相机要求合影，并说要回去给八十多岁的老父亲看照片当楷模。结果他也是个马大哈，只拍第二张相机就没电了。所幸他手下两位女士都带了相机，在老板授意下还把墙上所有的荣誉照片等都拍回去。

聊了会儿，看到桌上有盖着盖子的两瓶干果，也没水喝。我去叫他女儿备茶，同时开玩笑地说：“黎老，这干果是让吃的吗？”边打开那瓶子，他和众人一起大笑。

Jack一表人才，长相俊朗，说话靠谱，经济有实力，握着大把有钱人想投资，黎高兴坏了，明白我终于为他请来了真神。“这狗是个母狗，喜欢帅男人。”看到阿里几次摇着胖身子进来，直奔Jack打量，黎不忘了变相夸奖这可能的财神爷。他今天发挥得还真不错，凡有点的地方都在我的提醒下精彩地抖着包袱，甚至说到他故去的妻子也不忘幽默，“我太太是个杂种，身上有英国德国等许多血统……”大家哈哈笑着，让他更来劲儿。

“如今国内动不动就派演出团来歌舞表演，什么也留不住，倒不如上演话剧，有情节有故事，糖衣包住message，才能被别人接受，我们不能直接说自己好，得让别人说才行……”甚至他知道前些天来的某省的演出团。

《开路先锋》是他的一个剧本，写华工为美国修铁路所做的贡献，他很想能有人搬上舞台。他的成名作《花鼓歌》曾在百老汇上演数年，又拍成电影，获奥斯卡五项提名三项金奖。曾经的辉煌像一盏明灯，让他不甘心就让自己和那些文字在黑暗中无声无息滑入生命的终结。

临别合影时，他非常解风情地左拥右抱着几位笑靥如花的女士。一张苍黄的脸泛出了喜悦的光泽，似乎回到了五十年前的鲜花与掌声中。

那次会见的结果是派拉蒙电影公司来人与他签了一个授权，支付他1000美金，保有他一部书稿一年的改编权，如果小说改拍了电影，要付他5万美金。

他第一时间打来电话给我报喜。我大声嚷着祝贺，他可能没戴助听器，我使足了劲喊得几乎整层办公楼都听得见。

3

我是真心想让这株原产中国、移嫁美国的老树开新花，不久，我跟一家洛杉矶当地的文化公司老板约翰说及C.Y.Lee，他兴致勃勃地要见面，说如果有价值，他们可以在《洛杉矶时报》等刊物上宣传他，说不定就有人愿意投资拍片。我准备了个采访提纲，打算有条理地采访他。后来发现，他根本没有一次按我的思路往下走。他自己总结出的成功经验：小说一定要写得抓人，要有爱情，有政治，有人性。而文艺一定要与商业结合才有真正的出路。他当年的成功，正是因为有经纪人，市场运作得好。他认为美国迪士尼等之所以成功就是因为由企业家懂得市场包装运作，将旗下数百上千的文艺家养得很好。

几个月不见，穿着蓝衫的他似乎又老迈了不少，头发也长了，像葛大爷演的黎叔。仍是那摆着满满中式家具的客厅，错落有致的院落和房间，或高大或逶迤的树木花草，有很和煦的阳光照耀进来，是因为居住的人过于老迈吗？我却总感觉有些阴冷。

他让座，让我和约翰坐一张沙发，他坐另一张。说为了能听到我们两个人说话。当然，助听器，那块红褐色如一块牛肉的小塑料块是一定要塞进耳朵里的。巧的是，约翰的好友麦克·凯利，居然是最早帮黎锦扬打造《花鼓歌》的音乐总监、百老汇巨星金·凯利的侄子！正越说越近乎，黎的女儿也牵着狗回来了，进来一起聊。她可能最近也发现了父亲的商业价值，于是不同于以往事不关己的样子了，大有大权在握之势，“你们只能等我这边的进展再决定是否让麦克介入……”

“我一定要和你合作，因为你是冰介绍来的，她的朋友我都信任。”初尝甜头的他挺会给我面子。

约翰带来两本硬壳的旧版书，一本《金山姑娘》，也曾在六十年前畅销一时，黎笑说那封面上的女郎不够漂亮。这是约翰从图书馆借出来的，“精装本已经卖到一千美元了呢。他的书在市图书馆也不过只有3本，我借出来2本。”

一本打印出来的剧本，是黎最近刚修改完成的。

我们夸他勤奋，虽然这是根据以前的旧本子改的，但仍是要一笔笔写出来才行啊。

“我的时间不多了，不像你们。”人老了，没了底气，那声音就有些不男不女。

“我打算请*LA TIMES*的记者来采访你，如果你有兴趣的话，这样，就可以得到更多人的关注，包括投资人，会对你的这些剧本有好处。”约翰说他有朋友在*LA TIMES*当记者。

“好啊，当然欢迎。但有一点，不要让我自己promote（推销）我自己，最好是你们说话，你不仅是领馆雇员，本身就是作家，又是文化部的官员，讲话比我有分量。”约翰冲我直挤眼睛，说黎一点也不糊涂啊。

我说还是要让他讲述为主，他的一生那么传奇，包括家中12个子女（最小的姐姐15岁时死于肺病），个个都很不一般。约翰连说是啊。“一父一母所生的12个孩子的大家庭，真是难以想象，即使在那个时代。你父亲为什么没有纳妾？”这是约翰的问题，“我父亲是个henpecked男人，我母亲很强势，他不敢纳呀……henpeck，就是hen母鸡在不断地peck啄，公鸡躲藏，就成了怕老婆的专用词。”他笑着解释。

让我吃惊的是年过九旬的他仍到处去看戏，还问我下周就有一场，要不要陪他去。讲到他最近看的一场香港人投资的音乐剧，讲江青的故事，还上下两部。说非常不好，一切都很低俗，不知道为什么他们要让这些剧进来，观众席一千二百多座，都坐满了，但几乎全是赠票，“我为什么去看？有朋友请我去，说那票价标明90美元一张呢，呵。结果很差劲。”

看表，不知不觉已经六点多。约翰悄声问我他是否会累了。我用中文问他，他摆手说不累。“我要请你们吃晚餐。”他说这次一定要去吃那家古巴菜。

“上次她都impatient（不耐烦）了，她一摊手说，我回去了，不吃了，呵，很有小姐派头呢。”黎笑呵呵地跟约翰讲那一幕，我奇怪他记得真清楚。

那个餐馆约翰说很有名，他五年前曾去吃过。

黎体贴地又拿出那张handicap（残障人）专用的停车卡，说万一没车位了，可以用这个停在少有人停的残疾车位上。

他自己安静缓慢地坐在后排座。开始还指挥交通，在他肯定地说左拐之后，发现走错路了，我们只好又拐回来。我几次扭头跟他说话，都无法进行，他打岔太厉害。我问：“你中午吃饭了没有啊？”他伸着脖子边猜边望着我，说：“对天气真是热啊。”我再问他：“你女儿去圣地亚哥几时回来？”他茫然又紧张地赶紧说：“这个餐馆我也好久没去了。”

到达并不太费周折，因为并不太远。

进去，并不很大的餐厅，已经有不少客人在吃着东西，盘中多是大块鸡肉牛排配米饭薯条之类，很相似的餐食，而食客也一眼就被我发现共同点，都极肥硕大块，无论男女。

我一看就有些心凉，但听约翰说味道不错，尝一尝吧。

黎点了鸡，足有半只那么大，油腻地放在自助餐式的托盘里，米饭和黑豆单放在盘子和碗里。我点的牛尾，味道还行，只是量太大，吃不了。里面的小香蕉，极黄极甜腻，像红薯，也吃不下几口。约翰点了牛排，却是手撕过的一般成丝状。

边吃边聊。我因为第二天要出差去图桑，便问他年轻时曾否去过。“俄勒冈？我没去过。”后来约翰大声跟他隔桌嚷，他才明白，没想到引出一段故事。

“我当然去过图桑了。那是五十年前。我一个朋友在那里开农场，让我去玩。我当时还没结婚，就去了。看到那里种植着大量的大葱，人烟也少，物价便宜。在朋友的游说下就动了也买办一些田产的念头，你知道我小时出生在湖南，那是中国最穷的省份，有田产一直是一个男人的梦想。于是就看报上的地产广告，找到一个中介去谈。接待我的一位小姐是个美国妞，很漂亮。一来二去，我们就互相喜欢上了。开始交往。我买了20英亩地，还没有什么进一步的计划，就出了事。那位小姐原来是有老公的，她先生的爸爸还是一位当地有势力的老板，让律师找我谈话，根据当时的法律，不仅没收了我的20亩地，还让我交罚金，理由是破坏了他儿子的婚姻……我后来想，这可能就是一个scheme阴谋，但有什么办法，谁让在人家地盘上呢。只好照办了……”

我和约翰听得都直瞪大眼睛不敢相信，这老爷子处处都是故事。包括他的家人。“我三哥喜欢上了一个叫徐来的女人，是个演员，非常美。后来不幸被一个副省长看中她了，就被抢去，说如果不从就报复我三哥，她只好从了。跟了那人。我三哥就贫病交加住院了，遇到一个十九岁的女孩同情他照顾他，于是两年后，他们结婚了，过得还挺好……”这，都是随口就流淌出来的故事，比小说还精彩。当然，当事人的爱恨苦痛，远不是这几句轻描淡写如漱口水一般就能吐掉的。

我要了热水。壮硕的男侍者很客气地端上来，一瓷杯水，上面赫然有一粒黄豆大小的粉艳，那显然是口红印记。示意给黎看，他招手让侍者换掉，“要是我用这杯子就不用换了，哈哈。”他瘪着嘴乐。

中间，黎起身去洗手间，看他瘦弱的一步步穿过几排桌椅和就餐的人，依侍者所指往那儿挪去，感觉真无奈，“我不想活那么久，像他这样。”我说，约翰也打量着他的背影，说别这么说，老年也有活得很健康的。

回来继续吃和聊，他俩说到女人时往往都会笑，“我喜欢丰满点的女人，现在时装书里的女孩我不喜欢，那么细瘦的腿，像马腿一样，不好。我当然也不喜欢太胖的，carve，要有线条凹凸……我太太就属于比较丰满型的。”95岁的男人，谈起女人，好像他仍只有59岁。约翰冲我坏笑，不答话，只逗引黎说得津津有味。他的牙都退化成半截了，黑褐色，嚼着饭食，仍是瘪瘪的嘴。看得我难受，许是牛尾太腻，真没食欲了。

送他回家，下了车。他说：“你要不要去拿一本我的自传，看了这个，你就明白我是多么不好的一个人了，别不理我啊。所有的一切都写进去了，包括刚才讲到的图桑之事。”我跟他进去，约翰主动说在外面等。于是等他从卧室的柜子里拿了，坐在写字桌前签了名，“这书你别让你的同事们看啊……我可以抱抱你吗？你好久不来看我呀……”我站在那儿，任他抱住了几秒，赶紧不顾一切地说我走了。扭头就走，连看都不想给他个机会了。知道他无助地站在那儿望着我，心里真替他难过。

4

工作一忙，便许久没有与他联系，直到接到他给我办公室的电话留言。回过去，却说最近仍在写作，有新成果想让我看。“不写作就老得太快了，我又在写一个新的剧本……北京有本杂志叫《中国作家》，一个女作家和她在美国的丈夫来看我，说想把我的书出版，全由他们出钱……我最看重的不是这些书的出版了，太久了。等不及了。而是希望看到一些舞台或影视剧的制作完成，那要快一些。你介绍的那个老外，能不能请他过来一起再谈谈？今天周一，还行，二三不行，我有事安排了……周六你跟我去看一个舞台朗诵吗，我的一个舞台剧本，他们有人改编了来舞台上读。我的小舅子陪我去，你要去我就告诉他。”

他很兴奋又看到我们到了。颤巍巍地找眼镜与耳机，我们分别帮他从沙发与茶几上找到它们，他武装上，与约翰一起坐定在靠墙的那长沙发上，我坐另一个，开始聊他新改编的一个剧本，*AMERICAN ADVISOR*（美国顾问）。

黎又开始聊起他最近看过的电影，“张艺谋的《金陵十三钗》？太恐怖了，也太血腥。《雪花秘扇》你没看？在我看来就是一对女同性恋，没什么意思，美国人看不明白里面中国人的生活。许多人半截就走掉了。好本子太重要了，他们应该用我的本子。”

又聊到他自得的小说《情人角》，说到独身女人对男人的渴望，他们二人大声笑，很会心的样子。

之后三人去吃饭。黎明显特别钟爱谈女人与性的话题，说那个刚去世的有争议的名女人Helen Gurley Brown，*SEX AND THE SINGLE GIRL*（性与单身女人）一书让她一举成名，说他们夫妇当年都是他的好友，“我以前就一直奇怪，这个比你还瘦小的女人大谈单身女孩也可以得到性福，却找了一个男人结婚，且一呆就是五十年，前几天去世，九十多岁了。她确实非常有魅力。”

餐馆是约翰推荐的，所以他付了餐费。再掏停车费时，黎赶紧说，这次我来吧，拿出一张10块钱的旧票子。约翰跑回餐厅去拿停车券盖章，回来刷一下，显示6.5美元，黎付了，约翰没跟他争，只微笑地站在旁边看着这位快一百岁的老人倚老卖老地把手搭在我肩上，“我占用你的肩膀了，”他还不忘自嘲。他真是老了啊，进餐厅时，我看到他没了我的肩膀，居然走不动了半靠在过道的墙上停歇着，那一幕又好可怜，我真担心他等不到一部剧的登台了。“我等不及了，已经这么老了，快要上去或下去了。”在他家里聊天时他曾笑着对我们说。约翰大笑，似乎那是非常好笑的话，边笑还边看我，其实我知道，那是一个不忍心说谎的人面对这种谈话时的无措吧。

黎说还要找邮局寄他的书稿，请人打印出来，我奇怪既然有纸质的了，一定要电子版，为何还要找人费事呢？但看他已经装好并写好信封了，不再多问。从餐厅出来四处找他说的Pico一带的邮局，好不容易才找到那漆成红色门脸的很不起眼的post office，开过了好几个路口，左拐右绕，弄得后面的车不停朝我打量。所幸有约翰坐在副驾驶上，边看边指挥我如何开。那老者坐在后面，像个无辜的囚犯，任人拉着四处东西。

寄了东西，出来，甚至他找不到家在哪儿，又是约翰带路找到。

没想到很快C.Y.Lee就对约翰有了芥蒂。“你介绍的这个朋友我看还是不要交往了。我把剧本给他，希望他帮我做推广宣传，可他说要收费。怎么这么短见呢？等将来找到投资人，有了收益我们可以分账嘛，现在就让我出钱做广告，我不这么傻。请你通知他把我上次给他的剧本还给我。”这一个电话让我无言以对。赶紧电话约翰，他却也一肚子怨气，“他再是名人，现在已经没有多少电影人知道他了，当然需要宣传，可我们做公司也不能免费出人力啊。他以为像上次一样，你帮他牵个线，他白挣了一千块，就希望所有人都这样义务帮忙，不现实啊。”

于是，那次拉着他去邮局的经历，就成了这二人最后的会面。

“美国人就是这样，只看到眼前的小钱。如果你说这有件事，你做的话一年后可以赚一万块，他们不要，宁可要当下赚一百块。这一点，远不如欧洲人绅士……这样好了，你来和我一起改编我的小说《情人角》吧，冯小刚是个不错的导演，我看过他的电影，他有想法，可是剧本不行，你请他来导我的本子吧。王健林，我看报上说是中国首富，你能找到他让他投资吗？这样，我们就可以快点操作了。我不想再版我的书了，没有意义。我只想看到某个电影或舞台剧用上我的本子。你快点帮我联系他们好不好？”电话那头，可能戴着助听器，他讲话很有条理。看我没答应，他又说，“你明天有空没有？可不可以过来看我？我特别想吃牛排，我们去找最好的牛排馆……”我知道他是在找借口，便说等我有空了联系他，挂断。

在两次华裔作家的聚会上，我看到他，身边总有一个长相富泰、年届六旬的华人女士相陪。他每次都主动介绍说，“她是我年轻时就认识的朋友，开车带我来。”

期间他不时打来电话催促，要求见面。我刚好接到国内一个刊物约稿，让写写美国华裔名家。便想到C.Y.Lee无论如何应该位列其中的，尤其是已经这把年纪，再不写就恐怕没有机会了。于是约了某个中午下班后去接他吃午餐。为了方便，干脆就在他家不远处的一家快餐店。这家店很红火，店内的餐位都坐满了不说，连街边的露天座位都没空余。排长队点餐，然后就找地方等着看哪桌有离开的去补缺。我们点了两份三明治，两份橙汁。刚好看到靠窗那排吧台桌有两个空位，我赶紧过去，把点餐时给的号码和饮料放上去。再去把站在人堆中的老者搀扶过去。他却不情愿，说不想坐那儿，他希望找个靠里面的火车座。我解释说我一会儿还得回去上班，不可能有太多时间等位。他不听，自顾自蹒跚着往大厅里面挪，许多穿梭其中的年轻人都收了腿为他让路。等侍者送上我们的三明治，我只好端着饮料去找他。在最里面的角落，他还真找到个座位，与另三个年轻人共享一张桌子。我看得出，他非常不高兴，大概是嫌我没有随他一起找座儿。第一次，他没有聊天，沉默着吃完了半份三明治，那半份让我要了餐盒打包。我找话说，他也不搭腔。

访谈更成了泡影。我们走出去，过街，我先开驾驶座这边的车门，正要伸手去摁后排车门的摁钮，听到一个女人大声呼救，“Help，My God（救命，我的天哪）！”扭头的瞬间，发现三个男人急速朝我的车奔来，“他绊倒了，快！”我快速走到车的另一端，才发现几个人手里连抱带架着他瘦成一把骨头的身子。“你是他孙女儿吧？以后先开门把他扶上车你再上车，他上台阶时绊倒了，我看见了。”一个大个子黑人男子友善地跟我说着，一面还拍打着老人裤腿上的土。除了一个劲儿道谢，我浑身一下全是冷汗。天哪，如果他发生什么意外，我如何交代啊。

送他回家。问他是否不适，他摇头说没事，自己能走进去，脸上仍是负气的表情。

我让他约医生去做个体检，以防万一。便惊魂未定地离开。

此后几天电话他，都无人接听。心一下子提到了嗓子眼儿，他不会是发生意外了吧？再打，手机留言已满，没办法留言。我后悔没有他女儿的电话。

如果真的走了，报纸该不会悄无声息吧。毕竟他大小是个人物。我开始在网上报上搜讣告。庆幸的是没有他的大名。

大概过了一个月，突然接到他电话。声音清晰，心情很好，“我去医院住了两周，没什么大事。后来就回家了，我女儿和儿子，都不在家，是护士小姐每天过来看我。她很会照顾人。我还有个厨师每天来做一餐饭。比我女儿做得好，我女儿就会西洋人的吃法，我不爱吃。你什么时候过来看我？我女儿要去外地几个月做一个项目。儿子几乎看不见影儿。你过来吧！”

从那次起，我再也没有见过他。我实在是不敢。

后来又接到他一个电话，问候我，然后说何时去看他，我是否喜欢吃韩餐，他要带我去。他建议我翻译一本他的剧本，这样搬上舞台或屏幕，作为partner我就有收入了……其情可怜啊！这样的一位世纪老人了，我还能如何当正常人去计较一切？喜欢上了一个人，便为她千方百计着想，从吃饭到成名再到赚取生计，年龄多大都是如此吗？有些小小的感动。

再过了几个月，接到一个女士电话，问我是否要出席C.Y.Lee先生生日party，我回复说看情况再定。约翰早就忘掉了他二人之间的芥蒂，听说了劝我去，“他还有几个这样的生日聚会？还是去吧。”可是，犹豫再三，我还是没去。

我不知道自己是否太冷漠了。直到要回北京了，我都没有给他打一个告别的电话。但不止一次地想到这位老者，如同怀想一位家族中的老爷子，真心祈愿他平静安康。

凡间草木

在时间的沙尘中起舞

1

在山谷里幽居，却并不感觉时光怠慢。这南加州虽少雨，四季的更替却也鲜明。这不，几声春雷滚过，雨水以云朵为花洒，让山谷里的一切生灵冲了个痛快澡。一夜之间，春天不期而至了。

廊前的风车茉莉蛇吐信子一般把廊柱从头到脚攀缠得严实，枝条上嫩黄的叶芽比刚泡好的明前龙井还诱人，花没开，似乎香气已经四溢。街对面邻居家那株百岁樱花一扫冬日枯干面目，花团如雪似霞，在春风中起舞，累了倦了也不对兄弟姐妹牵肠挂肚，径直撒手坠落去亲近大地母亲。有些中途变卦，结伴飘落到主人的车上。第二天，城市里就多了一辆载着一车顶粉白花瓣的小红车，引得许多人驻足侧目。“我看见春天了！”一个踩着轮滑的少年说。

Jay刚起早贪黑地结束了一个历时四个月的项目，决定休假去春游。我不知道是否世界上所有的“程序猿”都如此拼命，他有时早上五点就起床赶火车奔公司，周末加班更是家常。金钱是玩儿命工作的永动机吗？他某天兴奋地报告好消息，“猜猜我的奖金是多少？ 1.92万！因为我的年终考评是为数不多的outstanding（优异）。”我的高兴劲儿还没过去，就听到他下班回来说，拿到了工资单，我一看，只有8500美元，还以为只发了一半。“这是全部啊，扣完七七八八的税、保险等等，到手就这些。”他一脸的坦然知足，让我由衷感叹资本主义的罪恶剥削实在是不人道。要在我大中国，政府怎么也不会如此欺诈百姓血汗钱。

无论如何，惟有春光不能辜负。在美利坚大地上，来一场说走就走的自驾游，也着实让人向往。

“你最想去看什么？”Jay总是好脾气地让我做主。虽然我已经到过美国的10个州，他这土生土长的美国人只到过6个。

“园林、教堂、公园，一切老的东西。”许是年岁渐长，我越来越痴迷于被时间之手打下烙印的东西。

“北加？”

“Why not?”

不知道为什么，身在洛杉矶，一说出行，我总会自然而然地选择北上，而不是南下。虽然加州北部的优胜美地、太浩湖、红杉林、约书亚树等几个国家公园早就去过了。除了壮观独特的自然风光，北加浓郁的人文、艺术气息也更浓郁，历史悠久的旧金山，清幽宜居的首府圣克拉门托，硅谷中心圣何塞……开上一号公路，用轮胎和双眼丈量太平洋海岸线，右侧是山，左侧是海，触手可及。厌倦了，拐个弯往内陆扎半小时，就是古树参天、不知日月的原始森林。旷野里氧气吸足了，开始思念人间烟火，那就和漫山繁花道别，半小时后钻出山林就是文明世界，倾慕奢华，威斯汀、希尔顿等星级酒店随时入住，世界大牌店铺鳞次栉比，享受低调亲民，可住进陌生人温馨好客的家里，静谧安逸的小区B&B（breakfast and bed，早餐和床），一草一木、一壶一盏，让你身在旅途，却感觉踏实。

这个春天，我们决定不走101号、5号、1号公路，而选择沿99号公路向东北进军。开两个半小时到Fresno，那里距离优胜美地只有一小时车程。中午到达，我想参观那里110岁的私人地下公园Forestiere underground Park，意外地吃了闭门羹，人家修葺临时关闭。隔着栅栏跟一位正在埋头松土的老兄搭话，“真抱歉，你们知道，上个月接连几场大雨，露天博物馆不能开放，所以要关门几天，周末才恢复……大门上有监控录像，要不我就放你们进来了。”我满眼的失望让他很过意不去，走近来，他一边抹着脖子上的汗，一边憨厚地笑望着我说。

说话间，有一对年轻男女也过来参观。好在人家是本地人，大不了过几天再来。

“这里还有什么可以去参观的去处啊？”Jay这位理工男一向很现实。

“有一个日本花园，离这里不远。再就是动物园了，那里的植物种类也不少。”

道谢离开，决定改道前往动物园。

“这位园丁并不是墨西哥人，倒像是意大利那边来的。”Jay边开车边道。

对西方人种我向来分不清爽，就像美国人分不清韩国、日本和中国人一样。

他还真可能说对了，因为这个园子的主人Forestiere先生就是来自意大利的西西里移民。1906年，移民到美国的这位种植橘子的农夫并不满足于种果树，浪漫的血统让他梦想着在这人烟稀少的美国西海岸鼓捣点什么。

在一片废弃的土地上，为避开这个山谷里夏天的酷热，抡铁锹、挥镐头，完全靠地里干农活的工具，自1906年开始，他开始跟这块土地较劲，带着家人花了整整40年，修建起了这个25英尺深、10英亩大的罗马风格的地下家园。房屋、天井、院落、菜园、灌木、树林、葡萄园……他欣喜地拥有了一个魂牵梦萦的故乡。把一生都献给这片土地的Forestiere尽管爱做梦，庄园从没对外开放过，更不可能梦想在他百年之后世界各地的人们会慕名而来，连最伟大的建筑学家都叹为观止，不仅一切建筑仍然实用，许多果树和葡萄至今仍在结出甘美果实。这个黑白照片上瘦小坚定的意大利男人说过一句伟大的话，和他的庄园一起留给了每一位他永不可能谋面的陌生人："To make something with a lot of money, that is easy; but to make something out of nothing – now that is something." 意为，用许多钱去做成件事，那容易；白手起家做成件事，才真是件事。

我把这故事说给Jay听，他微笑称赞，并抱歉来前只在谷歌上查了开放时间，没想到并不准确。

好在动物园（Fresno Chaffee Zoo）也很让人尽兴，兼具野生趣味、人性管理，非洲大象、孟加拉老虎、坦桑尼亚的狮子都大大方方地让你盯着瞧个够，而不像有些动物园要么空着没动物，要么动物躲起来不见人。多付四块钱门票，生平第一次有机会喂了长颈鹿生菜叶子，惊叹这长脖子老弟的舌头居然是紫色的。在一个水池子里，还伸手摸了被剪掉"电源"的鳗鱼。

2

第二天奔赴优胜美地，和多数到此一游者一样，停车赏巨石、穿林观飞瀑，手机留影，走人。虽然这个全美第一个被联邦政府命名的国家公园非常雄奇壮观，值得住下细品，我们还是驱车直奔旧金山南部小城MILLBRAE，去完成我们此行的重要任务之一，看望Jay的姑姥姥，100岁的Elsie。

到达酒店已是黄昏，Jay电话过去，老人先是很吃惊孙侄来访，虽然头天晚上Jay已经电话告知过她。她柔声细语地说感觉不太舒服，让明天傍晚过去，到时候一起吃晚饭。

第二天吃过早餐，我迫不及待地催Jay上路，我的心早飞向了那个核桃溪多肉植物园。那里不仅是闻名的私家Dry Garden（旱地公园），园主露丝老人Ruth Bancroft已经109岁了，仍仙居在园中与她亲手栽种的沙漠植物朝夕相伴。

网络似一张能量充足的巨手，把地球真正变成了小小的弹丸之地。我身在加州，离这旧金山北侧的核桃溪也不过500英里的距离，把露丝介绍给我的人却在地球另一侧，远在河北小县城的儿时伙伴，一位同我一样坠入肉坑的“难友”在微信上推送给我的。

“60岁开始想造个园子，70岁才知道多肉，40年的摸索试验，这片3.5英亩的多肉植物园，现在已经有2000多种植物了，被称为美国西海岸最具意义的私人花园。你有机会一定要去替我看看！”

穿过湾区大桥，驶过奥克兰，40分钟后，我们已经拐进Bancroft街，显然是以露丝家的姓氏命名。一抬眼，Ruth Bancroft Succulents Garden，露丝·班克罗夫特多肉花园就在眼前。

核桃溪，多么有田园诗意的名字，虽然没有看到一株核桃树。只是开车驶过，轻易就感觉到这个小城人们是受上帝眷顾的一群。蓝天白云下，一层或两层的独居院落掩映在绿树红花中，生活安逸、物质丰沛，放松享受却透着涵养和自律，与暴富奢华无关。

只是一大早，小小的停车场已经没几个空位。只容纳一人的小亭子是售票口，旁边就是供游客自选购物的苗圃店，一棵碗口大小的龙舌兰标价47美元，居然有一对夫妻一连搬了俩到购物车上，还直嚷不贵。我上周刚在洛杉矶的露天集市花20美元买到两盆。本来打算捎几盆没有的多肉回洛杉矶的打算，在我转了一圈之后被打消了。

门票10美元一张，比那个闭门未进的地下花园便宜7美元。被告知10分钟后就有一个导游带团参观。春寒料峭，穿着短袖的我手脚冰凉，却仍是不肯罢手边呵气边围着入口处的龙舌兰拍照。这分明是成了精的怪物，它四仰八叉地卧在一株树下，毫无顾忌地舒展着边缘带有尖硬针刺的四肢。又似披着粉蓝战袍的将军，金戈铁马征战经年，告老还乡化身为植物不问世间纷争。其巨大让我惊叹连连。“OMG，我家整个后院只能放进去一棵，还得捡小型的。”一个灰头发的中年女子边感慨边捂住嘴。

一位着绿T恤的小个子日本人趿着凉拖鞋走过来，他就是我们这个六人组的临时导游T先生。

“不小的一个团啊！”他上来就打趣，说声抱歉，走到一边吐掉口香糖清清嗓子开讲。

“这个园子有3.5英亩，要知道最初Bancroft先生家的农场有400英亩，以盛产核桃和梨而闻名。在20世纪30年代，农场连续8年被授予梨王的美名，繁忙季节，在这片地里忙着干活儿的工人就有两百多。甜美多汁的梨被源源不断地运送到东海岸，甚至远销英国。60年代初，因为核桃溪市要扩建，这片土地几乎全部卖给了开发商。1971年，随着最后一块核桃园出售，Philip Bancroft先生把仅剩的这块土地交给太太Ruth打理，因为她自小爱植物爱田园劳作。”挪动脚步之前，先讲解历史。

“我好奇Bancroft家族最早靠什么发家的呀？淘金吗？”灰发女士也表达了我的好奇。

“这片农场最初的拥有者是Hubert Bancroft先生。他是位富裕的出版商，也是位历史学家，收藏拥有海量的珍贵典藏，以美国西部文化为主题。1880年前后，加州大学购买了他的藏书，在此基础上建立Bancroft图书馆。”别看T先生其貌不扬，讲解起来却很有条理。

“那是Ruth女士的最爱，蓝石莲。也是她买到的第一盆多肉。”

看到我蹲在地上拍一丛爆盆的石莲花，他说。“她生于1908年，现在还住在这园子里。一会儿你们要是听到怀旧的乡村音乐，那一定是她在听歌。”

露丝可谓加州土著。出生于伯克利，大学就读于UC伯克利建筑学。因为经济大萧条，担心毕业即失业的她转学教育。毕业后在离家不远的小城Merced从事家政教育工作，偶然地去参加一个派对，与英俊富有的Philip Bancroft一见钟情。两人结婚并定居在核桃溪祖辈留下的农场，从此再也没离开过。

“很遗憾见不到Ruth女士。我好敬仰她！”一位穿凉鞋配粉红袜子的瘦小老太太插话。

“看网上啊，有她接受采访的视频。我刚打开呢。”一位大胡子大肚子的大叔举着手机让大家分享。

九旬的露丝衣着朴素，她一头灰白短发，面目和善、温柔又不乏力量，很有贵族气，像极黑白电影中典雅的嘉宝。时而坐着娓娓道来，时而推着小车拎着水壶在栽种、浇水。谁敢想象已经91岁的她当时仍是园里最主要的园丁！

“我妈说我刚会走路就爱追花惹草。自从有了这个园子，几乎天天在这里忙活。开始没目标，种玫瑰、鸢尾、绿植、灌木，有时光蹲着拔草就是一连几个小时。我七十岁的时候去一户处理二手货的人家里转悠，那女主人说她还有几盆花我要不要看看，于是，我买到了人生中第一盆多肉。1972年，一场恶劣的极端天气无情摧毁了三分之二的植物……我请了园艺专家来设计，庆幸的是，他不懂多肉，多肉的选取和布局就由我说了算。园子有许多小路可漫步穿行，没有一道栅栏，就是为了让大家像在家里一样随处走动，感觉放松。我不按园林规矩来，植物选择也是感觉赏心悦目就好。有人说我该退休歇着了，可我不这么想，我感觉在园子里干活很有意思。”

T先生知趣地住了嘴，微笑望着我们这群粉丝盯着露丝这种传奇人物眼都不想眨。

“你们知道吗？ Ruth女士可不只是痴迷园艺。她还是个烹饪高手，她手写的菜肴和烘焙食谱就有几大箱子，还有大量食谱剪报。有些已经被拍照直接放在网站上了，供大家继续享用美食。要想把这档案彻底整理一遍，怎么也得花上几年。她总说自己并不特别擅长做点心，可她先生每天都要溜进厨房扫荡几次点心盒子。”T先生讲的这些小插曲让我对这位老奶奶更加尊敬有加，相见恨晚。在手机上搜索，果然看到字迹娟秀的各类食谱，从杏仁奶酪到火鸡油烤肉，旁边还有X表示其美味程度，X越多则越受她热推。

如果说长寿是人人求之却不得的礼物，那么露丝，这个把生命的光与热都倾注给了深爱的植物和生活的女人，是否又得到了这些不会说话的生灵们最真心的反哺和命运的善待？得以109岁高龄仍享受着多肉王国的陪伴。

许多人都做了岁月的奴，忘记当初自己想要的是什么。这岂止是林徽因的感慨？

两分钟的视频短若两秒。意犹未尽，好在可以在她的王国徜徉。

多肉、芦荟、龙舌兰，像一个沙漠植物的军团，不是成群恣意地铺展成一片，就是高大威武直指天宇，似乎株株都接到天命，要尽力回报主人的照顾呵护。

“Ruth和她先生都很单纯，从没考虑过商业模式。几十年来自掏腰包在自己的地里做着喜欢的事。直到有一个致力自然资源保护的公益组织找上门来，劝说他们一定要建立完善的资金循环机制，以便花园世代延续下去。才有了几家募集基金的参与，才有了你们看到的苗圃店和花园派对租用。”

“你再也不会责怪我养的多肉太多了吧？爱植物可以延年益寿呢。”我抓住机会打趣Jay。

“是啊，想象一下，如果她先生不是有钱人，她再爱园艺爱植物，能不能活这么久应该是个问题吧？”他永远现实得一针见血。

“嫁入豪门的女人不少，可有几个活了一百多岁？就算高寿，也不过白骨成灰，又有几个能为世人留下片经得起风吹雨打的园子？”这下，他妥协了，笑道，“好吧我的猪人，以后你想买什么植物都随你。”他分不清汉语的声调，总把主人说成猪人。

3

Jay 99岁的姑姥姥，是他外公惟一的姐姐，住在离旧金山不远一个叫Santa Rosa的小城。由于丈夫活到70岁就去世了，又没有孩子，十几年前，她把自己的房子卖了，住进了养老院。

Jay曾带我开车6个小时专程去看望过她两次。这两次探访给我印象完全不同。同样是那个老年公寓，第一次我满心快慰，为高龄的这位老人老有所依感到开心。是啊，公寓地处花园，她自己住着两室一厅，还带个小阳台，窗外就是绿树红花的风景。手扶轮椅，坐电梯下到一楼大厅，就是自助与单点都随意的餐厅。定期体检，有服务人员陪同购物、理发，甚至近距离的出游。在中国有多少幸运的老人能够如此安享晚年呢？

尤其令我吃惊的是年过九旬的老人居然那么精力充沛，满面笑容地跟我们聊天叙旧，还请我们两次共进午餐。在一楼那个宽敞明亮全是白发老人的餐厅，蒸鱼、香煎牛排、西兰花、芹菜、生菜，自助餐看起来就让人有胃口，居然还有烤红薯和南瓜。桌上亮闪闪的餐具和擦得锃亮的玻璃酒杯、干净得像熨烫过的暗红口布，贸然闯入者还会以为这是一家高档西餐厅。

“我想尝尝今天菜单上的蒜煎三文鱼，再来一份豌豆汤。你们两位随意，想吃什么就点啊！”她言谈举止非常得体周到，始终微笑专注地看着我们。看我不吃饭后甜点，扭脸关切地望着我问为什么，我解释说父母都有糖尿病，所以我要注意少摄入糖分。“What a pity（真遗憾）！”她小口品尝着一份巧克力慕斯，吩咐过来加冰块的侍者把账单记到她名下。

她惟一的问题就是记忆力。她一遍一遍地复述年轻时的经历，每次都认真而投入，全然不记得她两分钟前已经说过。Jay早叮嘱过我，所以我也不奇怪，倒是和Jay安静地吃着，不时还问些问题，以便让她更有兴趣和快乐。

“我们那时上舞厅去认识年轻人。那时的舞厅可不像现在这么乱，真的都是体面人去交朋友的地方。我妈既希望我去，又担心我的安全。因为白天上班，周六晚上才和朋友结伴去舞厅。你知道旧金山全是坡地，从我家住的山上要往下翻过两个小山丘再走很长一段路才能到，我和邻居家的女孩穿上礼服和高跟鞋，一路走过去，一口气都不用歇。我想肯定我们有很健壮的腿脚，呵呵。当时也不知道穿双平底鞋走路，到舞厅再换上，就那么傻傻地穿着高跟鞋爬高下低。当然我的鞋跟坏过几次，没钱买新鞋就去找鞋匠修……

我记得好几次回到家，我妈都拉开灯，站在楼梯口望着我，眼里满是担心和期待。她担心我出事，又期待我交到个好男人。我很幸运，没去几次就认识了我后来的先生……那时真快乐啊，平时上班、做家务，特别盼望周末，通常周六晚上去舞厅，周日去烧烤、看露天电影，我们坐在车里，后排是女友和她男友，啊他们俩是否真的在看电影我就不知道了，哈哈……

后来结婚了，我们太热爱旅游，先是在国内到处玩儿，一次还从阿拉斯加坐游轮去了加拿大，后来就开始出国游，买回来许多被我朋友们叫做垃圾的纪念品。从我搬到养老院来，许多东西都送人了，但我真舍不得那几本相册。这对陌生人来说就是垃圾，可对我们来说是一辈子的快乐和记忆……跟你们说，趁年轻，一定要多出去走走，看看这个世界是什么样的，那是什么都带不走的美好记忆。”

她讲话语速不急不缓，语调也适中，甚至不需要戴任何助听器。她喜欢烹饪，讲到在家里时煮一大锅意大利面，放进冰箱吃三天都不感觉腻烦，“太好吃了！”她让我开始怀疑自己一向坚持的不吃剩饭不吃糖的健康理论是否正确。

她仍爱美，这么大年纪居然还定期染头发，柔软的稀疏的棕褐色卷发，衬着她白皙的皮肤，让她显得比周围的七八十的老人还年轻。

她娘家姓Horrer（和英语Horror相近，惊恐之意）。Jay好奇地问她是否被人打趣这个姓氏，“当然了，我读书时同学不时会把脑袋伸过来，大叫着说想看看Miss. Horror到底多可怕……”

那次和姑姥姥的会面几乎可以和快乐画等号，甚至让我天真地相信日子一直会静好如满月。

一年后，当我再次从中国回来，再次和Jay开了六个小时车去看她，我的眼里心里只是辛酸。

尽管去之前已经打过三次电话给她，包括见面的头一天晚上，“你们还是明天来吧，我现在感觉不太舒服呢……”可第二天一早，当披着睡衣的她看到我们进门，仍是吃惊地问怎么就突然来看她了。

“我最近身体不太好，这样子让你们见笑了。你们知道，上岁数的人是由不得自己的，我平时也不是这样的……”坐在沙发上，她不住嘴地解释，显然是不愿意让我们感到她邋遢。

尽力跟我们聊天，可一会儿就不得不歪在沙发上叹口气，说她感觉头晕，“我只想躺下待着不动。”

有人敲门，却是餐厅来送了午饭给她。

“你们去楼下吃点饭吧，我打电话给餐厅，记在我的账上就行了。”她仍清晰地知道要招待这远道来的客人。“很抱歉我不能跟你们一起去。”

Jay把电话拿过去递给她，“我是Elsie啊，我有两个客人下楼去吃饭，麻烦招待一下。”

我们起身准备去吃饭，她又不放心地问：“我打过电话给餐厅了吗？”我们说打过了，别担心了。她说好吧，想扶着轮椅站起来，可试了两次都失败了。Jay赶紧过去扶她坐好，并从纸袋里帮她取出午饭在桌上摆好，一小片蒸鱼、一片面包、一杯奶、一杯咖啡。

看她那么虚弱，我们赶紧和她道别出来拉上门。

站在门外，空无一人的楼道里，安静得像个超大的豪华墓穴，泪水止不住地从我眼里流出来。那扇门里的她，于我们，似乎已经是另一个世界里的了。

“我不知道还有没有机会再看到她了……她那么弱。”我自己都奇怪为什么这位仅见过一面的老人让我如此悲哀。是由于童年的悲伤记忆吗？我的姥爷、奶奶、爷爷，三位比父母更让我亲近的人，离开人世时我都没在他们身边。

Jay沉默着，用手握住我冰凉的手，看得出他也在极力压抑着难过。我知道，这位姑姥姥是他和母亲家族惟一的维系，血缘的，更是亲情的维系。他每年都要自驾来探望她，往返近2000公里，工作再忙也不错过。

“你好，我是Elsie，我打电话给你，是因为有两个我的亲戚来看我，要下去吃午餐……我刚刚打过电话了？哦对不起我忘了。”隔着门，我仍听到她大声的叮嘱。她又在给餐厅打电话，生怕因为她的疏忽，让这两个远道来的孩子挨饿。

泪水就那么止不住地流。我甚至为自己的脆弱感到羞愧。

楼道左右是一扇扇被漆成暗红色的门，墙上有每个入住者的名字，大写的金色字母。门的左右墙上各镶有一个木板，用以放些装饰物。有的摆着迷你圣母像、十字架，细小的花瓶与开始干枯的花儿，有的摆着三两个半躺着的布娃娃。还有的摆着孩童稚嫩的画儿，料是出自偶尔来探视的孙辈之手。

Elsie的门口什么也没摆，只有一张打印的通知，白纸黑字，关于下个月的特殊服务和费用清单。

我们俩奔波500多英里赶来坐在这儿的机会恐怕不多了。泪水再次流下来，她比这些在座的人们都更不如。99岁，她是最老的了吗？“不一定，在另一个园区，是需要近距离重点服侍的人群，他们的状况可能都不太好。姑姥姥还坚持住在独立生活区，她不肯搬去那个区。”Jay像个无助的孩子，一脸黯然。

等约摸四点左右，我们再回到房间，她似乎明显精神了一些。仍是穿着那道袍一样的棕色睡衣，客气地请我们坐下。仍是像上次一样聊起她当年与丈夫的出游，聊起周六晚上的舞会，她脸上那快乐的微笑让我相信，那是她一生中最闪烁着快乐火花的记忆。

担心打扰太久，拥抱亲吻她，我们道别离开，承诺九月份她生日再来看望。

晚上六点左右Jay再打电话，看她是否好些。

“你们在哪儿呢？哦很抱歉我不能看到你们，我最近身体不好……”她已经完全不记得我们几小时前还在一起。

半年前一个她从小看大的同事的女儿Gerry帮Elsie搬到了她所在的小城Millbrae，虽然规模小些，但有专人看护。

敲门，没人应。我们径直推门进去。一眼看到半躺靠在沙发上的老人，一条长长的塑料管从卧室蛇行入客厅，一端插在她鼻子里，她已经离不开氧气。

“这花真漂亮啊！很抱歉让你们看到我这个样子。你们知道，人老了，好些时候不由自己了。”她穿着一件腰间系带子的白色棉浴袍，细软的头发已经长过肩膀，没像以前染成棕褐色，一头雪白。仍戴着那副黑框眼镜，左眼因看到亲人而放射出慈爱的光彩，右眼似乎永远闭着。我留意到她右颊还贴着一块创可贴。问她怎么受伤了？她也不知究竟。

打开路上去COSTCO买的费列罗巧克力盒子，我拿出一粒，剥开递给她。她让我放在面前的小餐桌上，上面有几块苏打饼干，一块蛋糕，还有一杯仍封着塑料膜的橙汁，显然是午餐剩下的。

“你知道他是谁吗？”我指指Jay笑着问她，我已经不寄希望于她记得我了。

“知道，Jay。你父亲和弟弟都好吗？”她望向Jay，“光线太暗了，你能把灯打开吗？”其实阳光正从窗口透进来，一室光明。但Jay依然起身把屋内三盏灯都打开。

随着敲门声，进来一位粗壮的亚裔男护工，手里拎着一篮子医疗器具。

“Elsie阿姨，该吃药啦！”他冲我们客气地点头微笑，先递给老人几片药，她接了药听话地吃了。再一种，又顺从地服下。然后他把一截带有药液的塑料管子递给老人，摁动小茶几上一个像小变压器的盒子上的电源，轰隆声中，老人自动把那管子含在嘴里，吸烟一样吸着。

“这些都是治疗什么的药啊？”我好奇地问。

“都是老年人呼吸系统、神经系统常有的那些病。你知道人和机器一样，老了总有各种毛病。她毕竟都100岁了。”他嘱咐我们过十五分钟把电源关掉。

“Elsie，你很棒！”大声鼓励着老人，他起身继续去照顾别的患者，告诉我们这里有一百六十个老人需要看护，却只有六个护理人员。每天来三趟，也够忙的。

“把灯打开好吗？屋里光线太暗了。”Elsie再次要求。Jay笑笑说已经打开了。

“你们吃饭了吗？打电话订餐吧，记到我账上就行了。我已经很久不下楼去餐厅吃饭了。”我注意到她手臂上大块的老年斑，因皮肤白皙而分外明显。

Jay依言订了餐，继续跟Elsie闲聊。

“你说我怎么就一百岁了呢？这个家族还没人活到过这年纪。我也搞不清为什么我就能活这么久，我的生活习惯和其他人没什么不同啊。要说也就是我喜欢旅游……我小时候住在旧金山的一个坡上，后院有一棵桃树，结得桃子可甜了。吃不了我就把它们切成块放进罐头瓶里。我从不随意地乱丢进去，而是码放得整齐漂亮，摆一窗台，我妈总夸我……对了，你把灯打开一下吧，怎么那么黑呢，我都看不清你们的脸……”

饭送来了，是最没盐淡酱的蒸鱼、煮西兰花，就一小片面包、一杯说不清内容的汤和一角甜点。Jay把他那份全部吞下肚子，我每样尝了一点，Elsie只吃了半块甜腻的奶油夹苹果馅蛋糕。

我突然想起那乐此不疲地烘焙甜点、手抄食谱的Ruth，她也热衷于吃甜食。这是否是高寿的一大秘诀呢？远在北京的好友D的父母都年近九旬了，仍硬朗矍铄，听她说也是像孩子一样特别热爱糖果和糕点。

“我们今天去参观了一个植物园，那个老人都109岁了，跟她比，你还只是个Baby。”我迫不及待地告诉Elsie。尽管身体衰弱明显，可她仍不用戴助听器。视力严重下降，尚存的听力可谓是上天给她留下的一扇窗。

她并没有如我期待的那么兴奋地接受这个信息，“109岁？好啊。”她甚至没有愿望了解更多。

“蜗居在世，没有太多生之喜悦，失去了所有故友亲人，只等着那个终点抵达。如此看来长寿也未必总是幸事。”走出养老院的大门，我不由感叹。

阶前粉色、大红的山茶花在春光中开得正浓烈。我知道，Elsie没机会赏到，尽管只有几步之遥。

4

打道回府，惟一想去满足的好奇心也躲在覆盖着光阴青苔的城堡里。Winchester Mystery house，温砌思特神秘屋。

这个散发着阴气、据传被鬼魂驱使而建的百年老宅，却坐落在阳光明媚的硅谷小城圣荷赛。这一戏剧色彩的对比，本身就有些荒谬吊诡。

自1884年起，人不歇手，马不停蹄，且不分昼夜，这个神秘屋一盖就是38年！虽然这维多利亚风格的宅邸已经有160间房，40间卧室，40个楼梯476个台阶，13个洗手间，3部电梯。因为，一旦停工，被Winchester连发步枪毙命的成千上万阴魂们就要来索一位美妇的命。

听说这样的一个故事，谁的好奇心不会被吊起来想一看究竟？

这被称为圣荷赛最吸引人的“must see”（必看景点）非常好找，从旧金山湾区南下四十分钟后，出280高速，拐一个弯就见黄瓦红墙，施施然映入眼帘，在2017年的世界，它像一枚镶在明晃晃玻璃板下的旧邮票，再唯美精致，因过期作废了，黏滞在这土地上，无处投递。

停车场足有上百辆车了。好在免费。泊车走到铁栅栏围绕着的院落侧门，那里有一个售票亭，却只有收费指示牌，大意是花32美元看园子，36美元看屋子。购票请往前走去礼品商店。

既然慕名而来，就是冲着这闹鬼的屋子来的，Jay毫不犹豫地掏出信用卡，虽然我心说有点贵，要知道我故宫博物院才不过10美元！

被告知要在院落里等20分钟，才可以跟一个十五个左右的团同游鬼宅。像中国的四合院，长方形的院子不小，错落着十几棵摇曳着鹅黄、嫩绿新叶的树，株株都像教养良好的美国少女，安静纯洁，一身清雅。看它们，本身就是一种享受。

“我不喜欢这树干上缠着的电线和彩灯泡。”坐在树下的石条椅上，Jay突然道出了我的心声。不知道如此美好的树，为什么无端被披上这塑料和电线的束缚。

多是携朋唤友前来的美国人。轮到的可走过那小铁栅栏检票，步入宅子前可在拉起的一幅绿布前端着摄影师提供的两只步枪留影。

终于听广播里叫我们这组的序号。持枪和Jay做对峙状照了相，一位蓄着浓密络腮胡子的年轻人过来迎候我们。他是我们的导游Tom。他个头不高，身形敦实，眼睛却很有神，和他的黑色高顶礼帽、灰色燕尾服一起散发着绅士风度。

从一个侧门进入楼里，原地站住。“欢迎各位和我一起进宅寻鬼迹。胆小的人现在放弃还为时不晚。不怕就来试试你的胆子是否有这宅子的主人Sarah Winchester女士大，她可是只有4英尺10英寸（1.47米）高，一个真正的袖珍女子！”他的手突然一抖，手中一个纸卷“啪”的一声就变成了一个手杖。夸张地迈着外八字步，他逼近一个十来岁的小女孩，盯着她，发着颤音一字一顿地说，“Sarah应该和你身形差不多。”女孩笑着尖叫着躲在她母亲身后。

“除了我们进来的这门，你们谁看到了哪里还有扇门可以打开？就在这儿……”他示意我往前走一步，用手一推墙面，一扇门开了，探头进去，却只有容得一人站立的空间。

“谁敢走进去？”

一个印第安模样的女孩不信邪地一步跨进去，Tom作势关门，那女孩被鬼驱赶着一般退回来。“太恐怖！”她大叫。

一个白人女孩是这群人中惟一的独行者，众目睽睽之下她抬脚迈了进去。

“推一下你身后的墙。”Tom话音未落，这窄小的一席之地立即变成了一个通道，另一扇门悠然开了。

踩着吱吱响的木地板，沿着窄得只容独个身形苗条的人通过的楼梯，我们开始了神秘之旅。

有的房间没有一扇窗，阴森气扑鼻；有的房间四壁全是玻璃门和窗，你在三楼可以把在天井里干活的女仆监视得一清二楚；有的屋子只有一个入口，却有三个出口，其中一个通向壁橱，衣柜后隐藏着另一间密室，另一个出口在地板上，脚一踩门洞开，人可以滑进楼下的厨房；有的楼梯通向天花板，有的柱子头朝下，有的烟囱支撑起四层楼…… 一切设计都是怪异的极端，像恶作剧一般挑逗人的神经和想象力。

“我在这里工作多年了，脑子里和你们一样，都写满了问号，为什么？随着这位手中攥着二千多万美元的寡妇1922年去世，这一切成了千古之谜。她从未接受过采访，也没有留下片言只字的日记。惟一的女儿夭折、丈夫也英年早逝。惟一的猜测或者说是传闻就是Sarah听信了一位通灵人士的建议，说她之所以富有却丧夫失女，是因为她手中的钱来路所致。要知道她的公公是温彻思特来复枪的制造商，这连发步枪的发明与制造、销售让他家暴富。可是多少性命正是倒毙于这枪口之下。那些死去的人们都化成了鬼魂来索命。只有不停地建造一个迷宫一样的住宅，才能迷惑鬼魂摆脱纠缠。于是从1884年至1922年直到Sarah去世，这里就没停止过施工……” Tom早就告知大家，所有人都不允许拍照。在一间会客室的墙上，我们看到了惟一的一幅Sarah的黑白照。苗条轻灵的她一脸贵妇人的养尊处优，头披蕾丝纱巾雍容地坐在一驾马车上微笑着，全然与这荒诞的建筑风格无关。

整个建筑是水泥结构，从里到外粘贴了装饰板材，产地从印度、日本到英国，无所不用其精。这一百多年前仍是油灯的时代，Sarah就为自己的避鬼宅装上了电梯、冷热水管道、冲水马桶、煤气灯，房间多不怕，随手按铃、按钮，仆人随叫随到、穿行自如。

“1906年春天，著名的旧金山地震暴发了，7.8级震毁了多少建筑？数不清的人无家可归。Sarah这昼夜叮当施工的家也没能幸免，早晨5点12分，她一个人正在咱们站的这间房里。仆人们顾不得自己的性命，上来营救她。你们看，这门上方的墙至今仍是倾斜的。”我猜测丧夫失女的Sarah在这次地震中不仅损失了银子，将六层楼房改建成四层，也许还更让她坚信Karma（报应）这一说。

尽管处处怪异，她的卧室却相当宽敞明亮。方方正正，窗是窗门是门。一幅她先生的照片挂在墙上，目光有些郁郁的年轻人，他曾是康涅狄格州副州长，继承了大笔银钱，却没有享受几天生活就去了另一个世界，留下娇小的太太花掉550万美元来盖房子。

“Sarah做事看似不守规矩，对仆人们却极友善。不仅加倍发薪，还免费提供食宿，甚至下人们的孩子都请专人统一照顾看护。这些忠诚的仆人们也很知足厚道，即使Sarah去世后多年，也没有任何人对外界讹传她的私生活和宅邸内情。”我们甚至看到一张仆人们端端正正在一起的黑白合影，男人表情肃穆、女人目光虔诚，他们可能从没想过近百年过去了，他们会和这老宅一起，成为游人观瞻的对象。

除了房子本身，珍贵物件并不多见。Sarah的侄女继承了所有的家具。“这间房子里收藏着所有的水晶装饰，应该是最贵重的藏品了。看到那些成扇的彩饰玻璃了吗？都是蒂芙妮的。当时这样一块玻璃就值1500美元，而普通一块玻璃的价值当时是多少？我买得起，2美元！”

Tom是个不错的向导，一个小时零五分钟，带我们走走停停，穿越参观了对外开放的110间房。偶尔透过窗子望见街道上衣着现代的行人和穿梭车辆，真似穿越了时光隧道分不清今夕何夕。

“现在这宅子归谁拥有？是Sarah的亲戚吗？”Jay问道。

“好问题。在Sarah死后，这宅邸被完全不相干的人买下了，先是放置没用，后来就被开发成旅游用途了。”Tom脱帽鞠躬向我们道别。

“他真的是英国人吗？”我问Jay。

“不是吧。他只不过是打扮成维多利亚时代男人的样子，在打工挣钱，我怀疑他仍是个大学生。”Jay说道。

楼内昏暗阴晦、逼仄窒息，宅外却花红柳绿、美如仙境，一架紫藤在木廊柱上铺陈开来，香气扑鼻。丁香、虞美人、雏菊、海棠点缀着碧绿的草坪。几树茶花更是在楼的几侧都开成了粉红的海洋，直抵二楼的窗台。

再富有的存在，都抵不过活生生的现世。但至少，在他们的现世，他们尽情尽兴地活过，就像Sarah。孤单一人，跟看不见摸不着的灵魂斗智斗勇。在那缺医少药的时代，没有爱情，没有亲人，竟然也活了82岁。她靠的是什么？

一路向南，打马回洛杉矶，不由得想到此行所遇所闻，以百年为界，一镐一锹挖出地下家园的意大利移民Forestiere，一坑一盆种出多肉花园的Ruth，一砖一瓦搭起避鬼豪宅的Sarah，他们在时间的洪流中，不过是细小的一朵浪花或一道波纹。肉身都将会离化羽化成灰，但他们在世间的所作所为，至少留下了生命的痕迹。那归因于他们自己的努力，或任性，也得益于命运造化的成全。

我们大多数人都不过是一时一刻都在等待上帝召唤的Elsie，没有可圈可点的佳作奖杯，踏踏实实地按照自己的活法，无惊无惧，走完或长或短的一辈子，也没什么不好。

因为，最终，每个人，连带他留下的那点印迹，都不过是时间的尘埃。

再读此文已是一年后，将近110岁的Ruth老人在植物仙子的护佑下升天了。姑姥姥 Elsie也在睡梦中故去，十天之后，就是她100岁的生日。

来生，让我更温柔地爱你

1

五月又至。鲜花和小草都毛茸茸地随春风起舞，大地是地球的皮肤，它们则是遍布其上的毛细血管，在阳光的柔指轻拂下，它们欢畅地呼一口气，从冬日复苏了。

这真是个令人伤怀的季节。“明年，我不知道能不能再看到这些花开了……”父亲曾站在春天的桃树下，看那粉嫩的骨朵无助地叹息。

历尽折磨，他挨到了下一个春天。可是当母亲让他去窗边看一看外面怒放的紫玉兰时，他却已经挪不动脚步，也没了一丝心气儿欣赏美。他的生命之树几乎彻底枯萎了。

“不对！有人把摄影叫成‘镊’影，那是错误的。”弟弟刚睡迷糊，被吓得手足无措，已经昏迷整日的父亲半夜三更突然坐起，瞪大眼睛高声对陪床的儿子谈错别字。病房外雷雨交加，闪电照亮的瞬间，弟弟和父亲对望着。“对，那个字不能读‘镊’。”弟弟附和道，明白父亲这个靠文字吃饭的人，是如此在意他的看家本事，在生命垂危之际，脑子里还装着这个。父亲瘦成一把骨头走了，甚至没有留下遗嘱。

可他又何曾真的离开了？他总时时出现在我的脑海里，我的梦里，甚至活生生的日子里。

在北京的家，我下楼买菜，经过那排整齐修剪过的如小哨兵似的灌木丛，本是灰褐色的枯枝已经焕发了生机，绿中带紫的叶苞顶在头上，像雏鸟噘起的小嘴，到了秋天，他们明绿的叶子会幻化成紫色。“你知道这叫什么？女贞。多好听的名字。”这，是父亲的声音。我们俩曾在这排女贞相伴的小径上散步。我记得，他注视着它们的目光是那么温柔，像注视着他的儿孙们。

我在美国教邻居包饺子。切面剂子的时候，右手执刀切，左手则一左一右翻动那条面棍儿，我问退休律师Garry知道为什么要一左一右地切吗？“为了不让它们粘连在一起。”在他思考的脸上我分明看到了父亲的微笑。儿时正是父亲教我做这些家务，并考问我为什么要这么切，我给出了正确答案，他好脾气地笑着说对啊，即使没有夸奖我，那一幕却如烙印终生不褪。

我去森林公园走路，前面一个男人走路的姿势那么像父亲，甚至略往右侧歪着一点的脖颈，退在袖口里的手，都那么像他。我快走几步，近了，再打量他，这不是父亲是谁？那头发稀疏的平头也是花白的，侧脸圆润，牙齿偶尔无故咬合一下，颌骨上面的肌肉就跟着略微突起一下。心跳加快，我再加快脚步，跟他走平行了，侧过脸我看着他。那分明是别人，不是父亲。

梦里，他的脸永远是一种表情，平静，略带无助，期待，又显忧戚。有时候一切似乎都正常，我们仍是生活在一起的一家人。有时候，知道他是在病中的，甚至他知道他要死了，用那无辜而痛苦的目光看着我，直到我哭着醒来……

一直想写写父亲。未提笔，已感觉其难。我恍然发现，我和父亲竟没有一次交心的谈话。相比较于那些与我对话过的文化名家们，曾经朝夕相处于一个屋檐下的父亲，竟让我不知从何说起。作为他一直自豪为作家的我，作为他自小钟爱的惟一的女儿，我何曾真正走进过父亲的内心？更不要说认真梳理一下他的生平经历，郑重其事地列出一系列问题与他有个深入一点的对话。

这可能是中国人的通病，越是亲近的人，越要刻意保持距离甚至隔膜。

我承认，自小我是有恋父情结的。

儿时的父亲远在重庆的军营，而我跟爷爷奶奶在河北老家相依为命至10岁。期间他偶尔会回来探亲，那些短暂的日子就是我的天堂。装在漂亮结实的大玻璃瓶子里的麦乳精，舀一勺放进搪瓷缸，开水冲化后巧克力色的一杯冒着香气，整个低矮的土屋都飘荡着奢侈气息。一咬就掉渣的酥软香甜的面包像一方方小枕头，小心翼翼地吃上一小块再去睡觉，能让那晚的梦都变成彩色的。如果说那些美食还是我与弟弟分享，那么，粉红色的塑料发卡，小鱼形状的小梳子则是我的独有特权……美好的日子总如彩虹一般短暂，很快，探亲假结束，他走了。我不时会握着那个军绿色搪瓷缸子的把手，默默回味，似乎想体会他的手温。那是他的喝水杯。

与村里小伙伴们的父亲相比，他实在是太好看了，一点不亚于当时的电影明星王心刚和达式常。他的眉毛浓黑而不鲁莽，眼睛秀美而不女人气，鼻子正直挺拔，唇形也极周正。在我贫乏的词汇里我找不到能跟他匹配的字眼。只知道他实在是太文雅干净了，让我这做女儿的自惭形秽。他是自美而不自知的高贵的王子，我则是土里土气没有一点儿吸引力的丑小鸭。

终于等到我们去随军了。没想到那竟成了我噩梦的开端。

像一棵北方的小枣树苗，硬生生被拔起来，重新栽种在江南的橘树林里。我受到了生平最强烈的地域排斥。我不会说重庆话，在学校像个傻子一般无法跟任何人交流。穿着母亲新缝制的粉色条绒裤子和怕磨鞋底而特意钉着鞋掌的小猪皮鞋，招致班上一个霸气女生的极度讨厌。她动员全班所有女生都不跟我玩儿，放学排队也不让我加入队列。学校，成了我最惧怕的所在。

我们即将搬进的军人家属住宅仍未腾清，一家四口暂时挤住在一间供单身军官使用的单间儿里，屋子窄小，仅放下一大一小两张床。6岁的弟弟与父母住一张，靠窗的行军床则是我的角落。

父亲支了一张小桌子在门外，周日黄昏，我通常端一个小方凳，坐在那里写作业。想到那刑罚一般的星期一近在眼前，我常对着不远处的橘树林和西沉的太阳抹眼泪。尽管军营与我生活了十年的小村子相比要阔气得多，大朵大朵常年开放着的月季玫瑰吐着香气，像不真实的梦境。可这一切更增添了我的乡愁，我是那么思念故乡的一切。永远和蔼的爷爷奶奶，一起走路去另一个村子看电影的伙伴。

我不想让我一向骄傲的父亲为我担忧，从未跟他提及我的苦恼。“她很懂事，就是太内向，不爱说话。”当别人夸赞我，他总是如是回答，看着我的眼神充满自豪。

终于，某天父亲发现了我的隐秘痛苦。他并没多说什么，第二天，他早早跑操回来，点燃那烧煤油的小炉子的灯芯，煮了两碗面，倒上点酱油，抹上一筷子炼好的猪油，我们稀里呼噜吃完，一起步行去学校。那一个早晨，那一路，我从不曾记得我们俩说过什么话。只记得公路两边那成片的橘树林开着洁白的花朵，密密浓浓的香味扑打在我们身上，像压抑着许多的秘密。

我们直奔校长室，那位面容慈祥的校长好像很抱歉，说他会跟我的班主任打招呼，制止这种学生间的欺凌事件发生。两年后校长得肝硬化去世，我着实伤心了一通，他是我在黑暗岁月中那乌云上镶着的金边儿。我现在已经不记得他的名字，只记得欧阳是他的姓。

我固执地拒绝父亲的降级建议，坚决要继续读五年级。刚从师范学校毕业的年轻班主任曹龙教语文，也是温和优雅的一位好看男子，他尽其所能为我这新生营造一个友善的学习环境，遇到我，他总用那担心的眼神温柔地望过来。在他眼里，我一定是个怪异敏感的小刺猬。无辜又无知，想反抗又不知所措，想找依靠却又不懂得融入。甚至我的作业本上都把所在的五一班写成五二班，是他，不动声色地给我改正过来。

小学毕业，我和班上另一位男生是惟一考入当地重点中学的两个人。已经开始用一口重庆话流利交流的我突然变成了另一个人，喜欢与众不同，喜欢被人注视，喜欢小小的恶作剧。父亲看在眼里，似乎并不感觉不妥。他一向是温和的，我想可能跟他从小不缺父母的爱有关。他是爷爷奶奶惟一的孩子长达11年，下面三个弟弟妹妹都夭折了。

村里有人说是他长得太好看，尤其是眼眉漆黑如画，那是克手足的征兆。“妈，你把我的眉毛剪剪吧，我不想让我的弟弟妹妹们死……”懂事的他多次哀求。

爷爷奶奶都是新中国成立前就参加革命的老党员，先是在河北易县的小县城做干部，后来也不知出于什么原因，选择回到离县城四公里之遥的村子当农民，爷爷当支书，奶奶是妇联会主任。自我有记忆起，那个三间房的北屋就是村人不断的流动聚点儿。扫得发亮的炕席，上面总摆着四方的炕桌，围坐着下棋或观战的男人用乡音说着话，声音出自本能，像动物的叫声，没有任何节制，震得窗棂上那层薄纸直打颤。扔满了自卷纸烟蒂的凹凸地面，不时有痰与鼻涕飞落上去，需要用煤灰洒上去才能清理掉。一口积满了褐色茶垢的搪瓷缸子，由不同的手握着缸子把儿，把那黄棕色的劣质茶水，倒进早已不透明的玻璃杯中，咕嘟咕嘟喝下肚去。

父亲自小被送到县城去读书，与那些父母是吃官饭的孩子识字算数。

“有一回你爷带我去赶集，我看上一个小皮球。看我稀罕那东西，他没舍得买烟叶，拉着我的手，折回去给我买了那小皮球。我现在仍记得，那皮球真白呀。我好长时间就捏在手里，根本舍不得踢。”他的名字济民，也是爷爷请私塾先生给起的，济世救民。比起富贵、旺财等乡间名字，父亲最早接受的心理暗示似乎就已不同。

我读初一时，学校召开表彰大会兼家长会，所有老师、学生与家长依次分三层都坐在操场的条凳上。一向以父亲自豪的我突然开始了不自在，我居然不想请他出席家长会，理由有些可笑，因为他太好看了，我怕喜欢我的男生们自惭形秽，以后没人搭理我了。便不经意地说可去可不去。但父亲终是去了，母亲还给我穿上了新赶制出来的红底带白圆点上衣。

我没敢往后看，不知道坐在一群农民家长中间的父亲是什么样子。散场后也没跟他打招呼，而是做贼一般溜回教室和几个女生打趣一阵才走。“我以为我女儿怎么也会得个进步奖之类的，颁奖从头到尾我都竖着耳朵听着念名字……”晚饭时，他笑着跟我们说。我听了也只是一笑，没有感到丝毫负担。我知道为人父母，都希望儿女出人头地，父亲却从不愿让我和弟弟有太多压力。他的开明，让我的青春期出人预料的轻松。

学业没有太多长进，我的食量却一度惊人。父亲才吃一碗米饭，有时我要吃两碗。我13岁的夏天，一下子长高了将近3厘米。父亲看在眼里，也是高兴的，“长个儿也算是进步。”他说，好看的大眼睛望着我。那一刻，我突然感觉，21岁就当父亲的他，不像个父亲，倒像个兄长。

2

父亲从来就不是一个擅长人际关系的人。当兵前已经在乡里做文秘工作，参军后仍很少在基层，而是在机关做宣传工作。曾一度被从团部借调到师里为一位首长写回忆录。他喜欢读书，有个小小的带锁的书架，里面有些古今名著。也不时把《解放军文艺》《大众电影》等一些杂志带回家，那便和《故事会》《少年文艺》等一并成了我的文学启蒙读物。

我读高一那年，父亲托一位探亲的战友把奶奶接到了重庆以尽孝道。奶奶极力劝父亲转业回河北。尽管父亲后来有了三个妹妹，但在奶奶眼里儿子才是依靠和归宿。父亲便跟领导打了报告要求转业，不顾重庆几个文化机构的邀请回到了河北这个贫困小县的宣传部做干事。那年他才37岁。

母亲对父亲这一不求上进的行为很不满意。就像当年父亲有一个去南京进修读大学的机会，因为我和弟弟尚小，全家刚聚在一起，父亲就放弃了。

我和弟弟后来长大了，也都学母亲的口吻，世俗地认为父亲没出息。可我们心底都清楚，如果父亲当年去了，我们所有人后来的生活轨迹都会彻底改变。孰好孰坏？很难下定论。

回到地方工作的父亲并不如意。他卖力地写作、报道新闻，从地方党报到《光明日报》《人民日报》都发表了他的“豆腐块”，为地方政治经济文化歌功颂德，无奈身边不学无术却会溜须拍马之人太多，让他多数时间隐忍，偶尔忍不住爆发，却都无济于事。提拔机会是别人的，干活吃亏是他的。但他极少在家里说及单位的种种事端，仍是和气出入，不急不慌。

因为我不会骑车，又即将面临高考，我和那些农村来的学生们一起挤住在学校的通铺上，十六七个人一排。

父亲每个月会到学校找我一次，给我一点饭票钱。大家都是清苦的，也没什么可抱怨。饭票分粗细粮，我总是很快吃完橘黄色塑料材质的细粮票，手里剩一把棕色纸质粗粮票，前者用来打馒头、米饭，后者则是窝头、玉米渣儿粥。

“你妈说不行就去你二姨家吃几顿吧。”父亲怕我吃不了苦，临走望着我说。他那温和又无力的眼神让我想到曹龙老师。

二姨家也住在临时的房子里，就在学校对门的县粮食局院里。我去蹭过两次饭，之后再也不去了，因为我受不了大姨姐刀子一样的眼神。看了进屋，她总鼻翼鼓胀两下，丝毫不掩饰不屑，斜睨我一眼，听见我打招呼也不吭声。她的两个妹妹一个默不作声，一个难为情地笑一下，似乎为我受到冷遇感到难堪。

其实也不能怪大姨姐，当时所有家庭都在挣扎，尤其是他们家已经有四个孩子。谁愿多加一张嘴，即使每次吃的都是一样东西，白水煮面条，加一把味精，一把盐。

终于熬到快毕业了，秉烛读书至半夜，许多学生紧张得白发骤增。平淡沉闷的生活惟一的亮色是那次西陵之行。上面有某报记者来采访，父亲仍是陪同者的身份。看我周末回家温书，父亲邀请我同行前去西陵散心解压。看那清朝皇家陵园风光的感觉早浑然忘记，我只记得那个前来的年轻男记者穿的袜子已破，露出了脚后跟。父亲也发现了，还跟人家开了句玩笑。一路都是父亲请人讲解景点，招呼记者用饭上车。我何曾想过父亲何以能够终日做这些鞍前马后迎来送往的琐事，一个人为全家端着饭碗，即使再不喜欢也不肯轻易表达出来？

回到家，是母亲突然发现，父亲居然脚上穿着两只不同的凉鞋。他是色盲，却对自己无视到了鞋的质地样式不同也不觉的地步。那个年轻好看的男子，在现实面前自甘低微到尘土中。他仍是微笑着，在母亲的数落声中，换上相同的鞋子，去后院劈柴。我知道，童年那个王子般的父亲已经不在了。

1988年，我考上了大学，那可能是他，也是我们这个家为数不多的扬眉吐气之事。当时我们尚无自己的住所，而是临时租住在防疫站院内一处早该拆迁的民居里，那是整个院子最低洼的一处。两户合住，中间有个通用的走廊，后面一个“屁股大”的小院，小院紧偎靠着一堵高大残破的黄土泥墙，那是易县有着3000年历史的城墙遗迹。住在后院配房的是一对很有礼貌的年轻夫妇，他们是房东的侄子侄媳，对我父母以哥嫂相称。男的叫宝辰，也是从部队复员回来，没正经工作，偶尔用谷壳泥巴做点松花蛋去卖。一个黄昏，突然听到正在低矮厨房做饭的母亲大叫，正在写作业的我奔过去，顿时心跳手软，原来在城墙下的草丛里，赫然看到黄褐色花纹的一条大蛇，粗壮如小孩子手臂。宝辰闻声推门出来，看到那蛇却不胆怯，顺手抄起一把铁锹。好奇心驱使，我也跟着他走近那一动不动的蛇。才发现更恶心的一幕，原来它正吞食另一条蛇！

“我说我的鸡蛋怎么不时少了呢？这兔崽子！”宝辰毫不犹豫，上前举起铁锹就朝那蛇的七寸处剁去。我吓得立时跑回屋去。

父亲下班回来，听我和母亲讲起这惊魂未定的一幕，父亲并没多说什么，望着那残破的城墙发了一会儿呆，似乎面有愧色。是愧疚于让自己的家人身住陋室担惊受怕吗？

高考前一个月，为了我更好地安静学习。父亲让我搬离宿舍，去住在他单位临时用着的一间宿舍里。一日三餐，我可以去县委大院的食堂打饭。那室内仅有一桌一椅和一张小单人木床。有时早晨我离开前父亲已经到单位上班，除了问我一两句学习之事，我们仍几乎不说话。“要是太困倦了，你可以抽一根烟提神醒脑，我抽屉里有。”他说，口气一点儿不似和自己的女儿说话，倒像是对一个年幼的哥们儿。自然，那盒中南海，我从未吸过一支。看着它们，只记得儿时在营房常为父亲跑腿，去军人小卖部为他买烟，红梅，好像是他喜欢又买得起的一个牌子。每次我飞快地跑着来回，口袋里总有两三块高粱饴为动力，那是父亲允许我用找回的零钱换回的犒劳。

“大学不收你也不要紧，咱家里要你。哪儿用得着走那条绝路？

太傻！”父亲也在县委大院供职的一位男孩，复读一年仍未有高考把握，选择自杀结束了生命和压力。围桌而坐吃晚饭时，父亲说，看我的眼神从没那么严肃过。

3

我清晰记得葛存壮老爷子在饭桌上讲的冷笑话，却不记得父亲曾说过什么有趣的事。虽然他性格温和敦厚，一向也不擅长嬉笑怒骂。只记得小时候为了给我们改善生活，父亲曾在我们部队家属院的墙角围了个小栅栏养了几只鹅。某日我放学回家见他正在夕阳下褪鹅毛，半脸盆热水冒着热气，像给那鹅洗澡一般。我第一次看到杀鹅，新奇地凑近去看，“为什么没有了毛的鹅是黄色的呢？”我问。“是啊，要不怎么人们把这颜色叫鹅黄呢。”他答。

记忆中的父亲一直是厚道甚至笨拙的。他和母亲鲜有的一次旅行回来，母亲晕车呕吐，到家晚饭也没胃口，让父亲冲一杯奶粉给她喝。结果喝了一口就呕吐加剧，原来父亲往那搪瓷缸子里倒的是洗衣粉而不是奶粉。母亲愤怒地责备，父亲无辜的表情，让我和弟弟偷着乐得喘不上气来。

我们是如此盼望父亲出门儿，不管多短的差使，他每次都不空着手，不是一盒橘子蜜饯，就是一小袋奶糖或高粱饴，最令我们兴奋的是集邮册。20世纪80年代的孩子们多数都对集邮无比痴迷，而一本像影集一样可以陈列出所有藏品的邮册可谓奢侈品。一次父亲回来掏出一本邮册，说是给弟弟的。等弟弟迫不及待地拿出去跟小伙伴炫耀了，他又掏出一本递给我，比弟弟的大一倍。那一刻，我从未有过的幸福。

与父母在一起的童年乃至少年生活，似乎总伴有物质上的清贫。当时也并不以为耻，大家彼此彼此。可是读大学时的四年，却让我开始有了一些抱怨。父亲的一个疏忽，让我们全家陷入了极大的贫困和焦虑之中。

父亲有一个做动物养殖生意的朋友，手头拮据周转不开，需要借钱。他有一大批带皮毛的动物压在手里，一旦出口手续批下来，情形好转立即还钱。家里没有积蓄，父亲就四处挪借为他凑了一万五千块钱，这在80年代“万元户”就是大款的中国可是一笔巨款。没成想，最后那批动物没能换回一毛钱。父亲的钱自然也打了水漂，催款几次无效，那老板也躲了起来，开始还好言求告，最后干脆把脸一翻，说要钱没有要命一条。

父亲气愤而无奈，母亲终日长吁短叹。我和弟弟则跟着垂头丧气，尤其是我，每月读大学需要的那点生活费都难以维系。为了省钱，某次我居然和一个低年级的男同乡骑自行车回了一趟家，每月30块钱，我实在不想花3块钱在路费上。

读大一的我某天正在校园里去食堂打饭，校园人迹稀少，我正在那种植着木槿花树的小路上闷闷不乐地走着，突然看到迎面走来一个人，原来是父亲！他带我去校园外的一家小饭馆吃小笼包，听到我把“涮羊肉”读成“刷羊肉”，他边笑边纠正我。饭后，我们一起坐长途汽车回了家。他不希望我参与任何政治风波。

生于新中国成立之年的父亲也算历尽坎坷。缺吃少穿的灾荒，停课去串联的“文化大革命”，就连想去光荣参军也比别人多些波折。体检时的医生是一位远亲，知道父亲是家里惟一的男丁，便自作主张说他体检不合格。沮丧之际听说了真相的父亲，赶紧上前去解释，甚至爷爷也出面说希望他去，才圆了参军的梦。所有一同入伍的大老粗战友们都被提拔成了军官，父亲仍是大头战士一个，直到某位首长看中他的写作才能，他才被调到机关搞宣传。一切似乎才有起色，他刚开始做老婆孩子热炕头的梦，对越自卫反击战打响了，等不及前来相会的妻子孩子，留下一封遗书，他匆匆上了前线。

母亲与公婆相处并不融洽。她任劳任怨，在家里她是母亲是儿媳妇是嫂子，要为一大家八口人洗衣做饭。在外面她当男人，下地干活推粪担柴，挣男人的满工分儿，有时累得月经血水顺着腿流下来，兜里的一块凉红薯是午饭。她是如此隐忍，带着一儿一女盼望着能有一天与远在几千里之外的丈夫团聚。即使年终村里工分结算她挣得100块钱，到手只有10块钱，公婆大权在握自动扣压。即使丈夫寄来的家信，总是第一时间被公婆打开，不仅那里面的几句体己话要充公，偶尔夹带的十块五块钱更是一分都到不了她手里。即使她携儿带女坐三天两夜火车去探亲，那点路费也要又攒又借才能凑足。

可以说，父亲是母亲生命中惟一的希望。即便那叫“希望”的纱布比火炕的余温还稀薄，那个男人还是让她深爱着。“你爸爸长相好看，为人厚道。”我看得出，有多少愁苦，有多少劳烦，那个丈夫，是她心底最珍视的宝贝。

我记得母亲曾在晚上牵着我到村中另一个军人家属家中去串门儿。两个年轻妇人小声交流着心中的恐慌与担忧，谁都知道战场对军人来说意味着什么。她们用一种罗圈儿别上发卡来请仙算卦。我懵懂地立在炕沿边儿看着，即使现在也搞不清，那洒了一层面粉的炕桌上，因何就有了鸡爪般行走的痕迹？在那妇人念念有词的轻声祷告中，架在她们二人手中的罗圈儿和发卡虽然一直在晃动，可根本没触碰到桌面啊。

我记得曾拖着发烧的身子采访李存葆，我没有告诉他《高山下的花环》是父亲和我一起看过的第一部电影。我也从没提起1979年，我那当时正好30岁的父亲，也在那场战争中浴血奋战。他甚至极少跟家人提及那段特殊岁月，许多与他情同手足的战友再也没有回来。我相册里有一张黑白照片，是一位着彝族服饰的少女，正在穿针引线的她面容姣好纯朴，注意到有人拍摄，腼腆地一笑，露出细碎好看的牙齿。这张相片的拍摄者并不是父亲，这位女孩的名字也不曾记得，他却跟摄影者要来这照片，放在他存放珍贵物品的一个小袋子里，只因为，这个女孩让他想起他隔着千山万水的女儿。即使不是匆忙奔赴前线，在那个物资匮乏的年代，他手头也没有一张儿女的相片可携带。

4

借贷事件让父亲一下子苍老了许多，虽然白天仍是去上班，做着所谓的“政治宣传”工作，迎来送往着不时从上面来采访或考察甚至打着这名义来玩儿的记者们，晚上骑着自行车去没有路灯的街上接下夜班的母亲。

他本来是好心性好脾气的人，却也身不由己地让这粗鄙的社会和自私的人性折磨得偶尔失去耐性。

我惟一记得父亲伤到我是大三那年的暑假。父母都去上班，我在家学着做饭。凉拌土豆丝，包饺子。我不记得为什么这两样搭在一起。只记得天热，我们坐在院中围着一方小桌子吃饭。父亲夹了一筷子土豆丝，突然大发雷霆，“你切的这土豆丝？跟镐楔一样粗，怎么吃？！”他勃然大怒的样子让我既不知所措又万般委屈。待我也坐下要吃饭，他看到了我伸出来的手上还沾着面粉。“你手也不洗干净就吃饭？！”我的眼泪再也忍不住地流了下来。我奔回屋内，哭出声来。

后来才知道，这一切都来源于他当天受到的因我而起的意外羞辱。

情窦初开的我当时与高中一位男生要好，虽然大学不在一个学校，却靠鸿雁传书你情我意。某天我从学校所在的城市给患乳腺炎的二姨买了一瓶她所需要的药物乳癖消，连同我已经不用的一顶蚊帐一并寄回了小县城。没想到去邮局取包裹的姨父劈头盖脸地遭到了一番教训。“这个女孩是你什么人？知道吗，正是叫这个名字的人在缠着我儿子搞对象。你是她姨父，给她和她家人捎个信儿，我这当妈的不同意。虽然我没见过这女孩儿。现如今大学生多得跟树叶儿一样，我就这么一个儿子，他毕业后要考研究生，前程远大，找媳妇儿也得好好挑挑拣拣。让你外甥女死了这份儿心吧！”亲戚中最要面子的二姨父哪儿当众受过这种教训，尤其跟他还无关。他当时恨不得找个地缝钻进去。

涨红着一张脸，二姨夫拎着那包裹出了邮局就直奔我父亲的办公室，如此这般描述了一番。父亲自然当之为人生的羞辱，回家就发泄到了我头上。

性格刚硬如我自然是不肯就此熄灭这生命中最初的爱情之火，专门带那男生去家里替母认错。虽然父亲也没提他母亲和那番闹剧，但我父母却不再逼着我一定要跟他一拍两散了，我知道他们真有点喜欢这个俊朗高大的男生。

一周后的一个雨天，我和父亲走遍了这个贫困小县城为数不多的几家卖钟表的商店，只为去买一个挂在客厅的石英钟。在那个年月，它与一件沙发一辆自行车一样，是件拿得出手的摆设。清晰记得，非常有限的选择余地，我们选了一款银白色金属外壳的钟，比一本摊开的书大不了多少，却花了75块钱，用掉我在学校获得的奖学金的一半。

兴许是花了女儿“挣来”的钱，父亲有些内疚，虽然一开始是我主动要求为家里添置件物品的。看到我泡在雨水里的两只脚，父亲径直走到那卖鞋的专柜，为我买了一双高过脚踝的塑料雨靴，米白色，我最喜欢的颜色。

从此，我就盼望着下雨，好有机会穿上它们。

初恋最终无果，毕业后我嫁了他人，很快有了孩子。像一个大孩子抱着洋娃娃，我根本尚未积累成长出足够的母性妻性，却不得不戴上了它们的标签。五个半月产假结束，父母把孩子接回了那小县城去抚养。

其时父亲才46周岁，仍在上班。所幸工人身份的母亲所在的食品厂不景气，她于是早早退休带孩子。我每隔两周回去看望孩子一次。

一个夏日的午后，到得那小院发现大门虚掩着，走进去，看到一个大水盆边，用小胖手扒拉着浮在水面上几个塑料小鸭子的儿子。他另一只胳膊被姥爷的大手握住，而坐在一个蒲团上的那个面目早已有些发胖浮肿的我的父亲，闭着眼睛已经困累得睡着了。

“这条街是我姥爷用自行车带着我买水枪的地方。那条胡同里有猫，我姥爷带我给摩托车加油，我逗那猫玩儿被抓破了手，姥爷带我去打狂犬疫苗。这家小店里的枣糕特别好吃，我姥爷下班常买一块回家，总用手托着让我咬一口再进屋。下了雪，像一世界的白糖，我姥爷抱着我让我伸舌头去树梢上舔一口……”如今已经在国外读大学的儿子，回到那个小县城，全是属于他和姥爷的回忆。

每一个活着的人，其实都在和那些死去的人分享着他的时光。只不过有人被怀念，有人被憎恨，有人被珍视，有人被漠视。

再后来，我的婚姻出现变故，父母得知真相时，我们已经分手成路人。再多的责备，再多的不解，再多的泪水，都已经做不了任何改变。

一向睡眠安静的父亲开始打鼾，起夜多次，头发脱落。

母亲去我所在的城市做腰椎手术，父亲去陪床。不让我送饭，早晚他都去医院外的小吃店填饱肚子。“今天有一个陌生人跟我热情打招呼，一边还用手拍拍打打我的肩膀和胳膊，还趁机摸索了一下我上衣放钢笔的口袋……你说他是不是假装认错人了，其实是小偷扒手之类？”父亲望着我，眼神里已经写满了苍老和无助。这个世界，那些虫虫蚁蚁们已经敢公然盯上他并拿他下手了。

那一刻，我知道，父亲已经未老先衰了。才50多岁的年纪，已经开始需要儿女来保护了。

父亲58岁那年春节，我回小县城去过年。父亲无意中说起他的大便带血。半个月后带他去北京协和医院做肠镜，诊断为直肠癌。

全家人从此被拽进了一条看不见的暗流中，星光曙色都再也不同于以往，因为这个家庭中的一员正急速而未知地滑向死亡的深渊。

北京所有的肿瘤医院看遍，尝试了所有的疗法，用尽了国产进口的所谓特效药。前五年，父亲尚能过一些正常人的生活。与已经熟识起来的小区邻居们打乒乓球、打扑克，侍弄花草，甚至与母亲一起包饺子，煮他最爱吃的猪蹄儿。

我送他一套早年买的尼康单反，他更有了乐趣，拍了树拍花，拍了人物拍宠物。IPAD里都是他存进去的照片。许多照片大同小异，却都舍不得删。

烟台、重庆、大理、丽江，我带他和母亲去了几个地方旅游小住。

“要不是我有这病，咱们一家多好。现在的日子这才是享福呢！”他不时会怅然地叹息一声。

父亲就像是一个被拴上了引线的爆炸物，只要那看不见的手点燃了它，我们全家都会跟着完蛋。这种胆战心惊常压得我透不过气来，在他面前更是装作淡然。其实内心我由衷佩服他：有谁被告知患了这绝症而不吓得半死呢？他尽量让自己平稳地活着，不去影响家里其他人的生活和心情。

反而是我，这再次回归单身的女儿，比他的病更令他心忧。

那年冬天格外的冷。我停在车位上的车不知被谁打碎了后玻璃，尽管心疼，我仍装作轻描淡写地说，没事，开到4S店一会儿就换上了。父亲叹息说，一定是头一天那对跟我们拌嘴的老夫妇在欺负人。

我的车位尽管有地锁，支起来锁上后，如果用手一按，仍可以被轻易放倒，于是就有人发现了这一故障而总把车开进去。尤其是车位旁边就有一个幼儿园，许多接孩子的家长常把车开进小区，没地方停就鸠占鹊巢，随便停在固定车主的车位上。为此我还曾与人发生过严重的口角，气得父亲浑身颤抖。

那是对膀大腰圆的年轻夫妇，把车停在我的车位上，锁车关门走到几步之遥的幼儿园门口等孩子。刚和父亲做完复查回来，我的车无处可停，就只好冲着人群大声问谁的车请开走。

他们走了过来，看到就一个女人和一个老人坐在车里。那男的立即叉起了腰，横着步子就往一边挪，“我就不挪车，怎么着？”那女人见状，也火上浇油道，“就是，停都停了，还能怎么着？有本事你给我移开。”

奸坏之人自然是有，可我从来没遇到如此赤裸裸的。

急得下车跟他们分辩。“老人有病，你们也差不多点行不行？”

“他爱有病没病，关我屁事儿！”那男人完全是人渣一块，继续欺凌我这弱女子。

父亲也上前论理，自然无济于事。

我让父亲先上楼回家，说我会打电话报警。

父亲一步三回头，不放心地望过来。我拿起电话拨通了小区派出所一位警官的手机，他是河北老乡，已经不记得如何相识的。

我刚说了个“刘警官你好”，那对站在一边儿充大爷的两口子听得真切，突然像被抽了筋的玩偶，三步两跑地舔着笑脸过来跟我道歉，“大姐别跟我们一般见识，我们这就开走。您跟大爷道个歉，我们错了。”

一对专横跋扈的流氓立即变身成了奴才哈巴狗。

回家我跟父亲说起这一幕，一直在阳台上望着动静的他并没轻松多少，我知道他一直在担忧女儿身边没有男人保护，这样的情形还会一而再地发生。

而年前某天，小区探亲访友的人增多了，我的车位再次被占，只好停在车道尽头靠近自行车棚出口的空位上。全家下楼，准备去花卉市场转转，刚走到车后，眼尖的母亲就发现车后备箱上方的一片已经被划了许多痕迹，显然是被钥匙所划。大家正围着那划痕气愤地议论着，一对老夫妇推着自行车从车棚走出来。“这是你停车的地方吗？被划了活该！”没想到这么大岁数居然轻易就口出恶言。一场口角自然不可避免，我们都愈发怀疑正是他们划了车，可又没有证据，我儿子与侄子齐声指责他们。“不就是奥迪吗？有什么了不起，我儿子还开宝马呢！”那老太太精瘦，却力气不小，用手使劲儿拍着我的车跳着脚地骂着，那老头一手推着车子一手就要撸袖子，大有要打一场的架势。

“这么大年纪了真是为老不尊！”父亲又气得浑身哆嗦。

尽管最后两败俱伤，都气愤地恨不得对方死掉才解心头之气。我知道事情一定没完，我的车在明处，人家在暗处，只要记住我的车号，在不大的院子里找到它太容易了。当后车窗玻璃被完全粉碎地毁掉时，不用父亲猜测，我就知道是这对老人干的。

“我们还能跟你多少年？你尽快找个伴儿，听一回话，啊！”父亲似乎在求我。我仍是笑着，说记住了，没问题。在他面前，我一定不能显出软弱来。虽然多少次送他和母亲去医院，一边绕了若干个圈儿只为找个停车位，一边又担心挂不上号而白跑一趟。我就永远不能像别人那样，夫妻两人同来，一个去停车一个带病人去看病。

不知多少次，在候诊室外面等候医生叫父亲的名字，浑身酸痛无力的我，真想冲进去跟医生说，先给我看五分钟吧，我太难受了。

我也曾悄悄趴在方向盘上哭泣，跟车说话，抱怨那个本该与我分担分享生活中这一切的那个他，迟迟不肯出现。

可这一切，岂能让父母知晓？

5

2011年，偶然的机会，我离开中国，前往美国工作，任期三年，儿子同行。

病情尚算稳定的父亲不顾自己的身体，满心的自豪。他的女儿是作家，又去做外交官了。他的外孙学习很好，个子也高。

每有假期我都赶回北京陪伴他们，父亲的癌细胞指数开始攀升，全家似乎都闻到了不妙的气息。

终于肿瘤转移到了肝脏，去中国人民解放军总医院（301医院）做消融手术。一次治疗费用就三万，没事，咱花。医生建议从黑市上买一种进口药，但不确定是否有效，一支注射药水两万五，用，万一有用呢，但凡钱能买命，那钱就花得值。

折腾了几次，仍是没能挡住癌细胞的扩散。

最后的一年，父亲过得相当痛苦。肉体的疼痛，加上精神上的崩溃，任谁也不能轻松扛过去。

我写邮件给几年前采访过的临终安慰志愿者张大诺，请他有时间跟父亲聊聊天。可是父亲并不想见他，我相信他并不认为这样的关怀起得到作用。他要的不是轻言细语的宽慰，而是能救他于水火的灵丹妙药。

即便身在炼狱，父亲仍牵挂着大洋彼岸的女儿和外孙。报上说美国发生枪击事件，或有地震飓风来袭，他的短信总会不分昼夜地到达。

美国的癌症治愈率比国内高许多，国内一些有钱人患癌后会想法子到美国求治。而我却没有那个能力给病痛中的父亲一试，哪怕试了而不成功。

求生的欲望是人的本能。父亲不时拿到一些印刷小广告，或在网上看到哪个医院有特效中药疗法。

他抱有一线希望地上门去买药，一次让我侄子跟他前往，俩人倒了几次班车才回到家。“我爷爷一下车就蹲在地上吐了。他说那药他每次咽下去都困难，胃里恶心，可还是咬牙喝。花了钱，他不想浪费，万一管用呢。”侄子边说边用手背抹着眼泪。

春回大地的时节，父亲化作一缕轻烟，头也不回地走了。远在太平洋另一端的女儿，手里捏着一张48小时后奔向他的机票。

“一个人老了，重返童年时光，然后像动物一样死亡。”西川的诗是如此坦诚而无情。

“他不想等了，是因为他太爱你，知道你看到他形销骨立的样子会心疼，他不忍看至爱的女儿心疼……”朋友的话我深信不疑。

“April is the cruelest month（四月是最残忍之月）。”艾略特的这句诗是那么契合中国的节令。又是一年清明。“冥冥重泉哭不闻，萧萧暮雨人归去。”在冬日残败的废墟上，踏着春风吹又生的野花荒草，生者暂时从红尘中抽身，前往阴阳两界的交隔之地，找到那家家户户独一无二的地标，扫墓祭拜逝者。时间是张网，生命散落其间，似棋子如蛛虫。命有定数，身不由己。

于我父亲，生命的重要节点似总在鲜花开遍原野的五月。“我不知道明年是不是还能看到这些花儿开喽……”那个初春，他拖着虚弱的身体，在北京南城的小区楼下坐着马扎晒太阳。身后一树梨花盛开，父亲正在消融，像背阴处的一抹残雪。跟我说着话，他脸上是无辜、无助和无限眷恋。面对命运之手七年的无情拨弄，他已经完全没有底气，完全无能为力。一年后的五月，一贯隐忍的他，决定跳脱肉身，不再等候他最牵挂的女儿赶回来见上一面。

我最后一次回京休假，癌细胞扩散到全身的父亲已经疼痛难忍，口服吗啡只能维持一小段时间。早晨刷牙都要蹲在地上草草完成。半夜被折磨得无法入睡，醒着轻声呻吟，一家老小跟着坐立不安，眼睁睁看着却无能为力。

“我不怕死。只是真不想受折磨。我听说，最后往往会肝腹水，很痛苦。”他偶尔用我给他的小笔记本上网，查看一些常识。平静地躺着对他已是奢侈，极度消瘦，床垫硌得他全身骨头生疼。买了充气垫，可新生肿瘤压迫腹部，疼痛，是这个世界给他身体的惟一也是最后的感觉。

一室的花草似乎也感知到了主人生命的衰败，知道这个人不会再照顾它们了，跟着或枯黄或死亡。他是那个捡回别人丢弃将死的花耐心侍弄的花匠，那个端着小相机兴致盎然四处拍照的摄影发烧友，那个结识了新伙伴聚在公园打升级的河北老头，那个打乒乓球时总照顾对手随时喂球而不扣杀的球友，那个脸上总是温厚微笑着的谦谦书生，那是滚滚红尘中多么珍惜生之美好的人啊，就要撒手离开了！

“有懂事的儿孙，有退休的平静，这该是多么好的日子啊。可惜，我没福享受……”人之将死，那不甘和恐惧的阴影是如此巨大狰狞，需要有多么坚强的毅力才能说服自己接受现实呢？感同身受，半夜，我多次跟朋友聊起父亲以至失声痛哭。我知道，我在失去他，任凭如何花钱、花时间，都不能阻止他离去的脚步了。我，很快就是没有爸爸的女儿了！

归期又至，他挣扎着下楼送我。“方先生，又辛苦你了啊。”站在车旁，他努力有尊严地站直身子，客气地跟送我去机场的朋友握手道谢。

坐进车里，扭头回望着仍在招手的他，他眼里的不舍和无奈突然间让我悲从中来，泪水夺眶，我彻底崩溃了。我似乎预感到，那一刻那一幕，将是我最后一眼看到父亲，我仍活着的父亲！

飞回洛杉矶的一路我都在自责，迷糊入睡的几个小时，梦里也全是尚健康的父亲殷殷的笑脸。我是多么不孝的女儿啊。父母在，不远游。明知他来日无多，我还远赴他乡去追寻所谓理想。即便回国探亲，仍轻易忘记他是病人而失控发火。因为找不到那本作家莫言给我题字的《生死疲劳》，我竟不由分说责问父母，说一定是他们把书借给别人了。父亲委屈地说没有外借过书给他人，仅有一次他一位老同事的孩子来探望，父亲送了两本我写的书。后来我在北城的家里找到了那本书，顿时羞愧难当。“你是多么不懂事啊！一本莫言客气地夸赞你是才女的签名书，就让你不问青红皂白指责父母。就是真被人借走了不还了又算什么？你也太自私而幼稚了！”朋友的无情批评让我无地自容。第二天借着吃晚饭，我半开玩笑地借朋友的批评跟父亲道了生平第一个歉。他仍是呵呵一笑，似乎根本没介意过我的失礼。而有时，我对他的伤害却是打着爱他的名义进行的。父亲和奶奶一样，爱吃油条，虽然明知路边摊点的油条不卫生，有时仍是忍不住买上两根回家吃。我总是当着全家人的面劈头盖脸斥责他，还坚决不许他碰那油条。其实，我怎么就不知道呢，我的无情责备让他受的心理伤害远远比那毒油条大得多啊！

他是那么骄傲女儿是个“作家”，把每月收到的《作家通讯》整齐地码放在一起，放进我的书房。所有写着我名字的来信，即使是没用的广告，他也绝不私自拆开来，因为他尊重女儿。从河北老家来北京看病，八年间他读了我书架上大部分的书，虽然许多我从没碰过一次。“我很喜欢史铁生的文章，真可惜了，这么年轻就去世了。”那年冬天我带父母去丽江小住，在一个小饭馆点菜的间歇，听到电视上播报。我想把话题岔开，便讲我当年采访史铁生的细节，“他说他的职业是生病。”父亲笑了，那时的他已经患癌，只是还没转移恶化。

远在美国，我既想打电话给父亲聊几句，又怕打给他，就像贾平凹说时时为他母亲的病提心吊胆那样，我生怕又听到坏消息。没有更好的劝慰，我总是说美国这边癌症研究又取得了新进展。要有信心，总有一天人类会攻克癌细胞。直到某天，我突然听不懂电话里的他了，似乎舌头被绊住了，耳边只是哇啦啦的杂音。“你父亲的日子不多了，他老怪我们听不懂他说话……”母亲说父亲现在惟一的盼望就是见上我一面了，他已经彻底放弃饮食了，靠在医院里接受营养注射维持一口气。

我匆忙订了5月14日的机票，收拾行李、装箱托运、交接工作，12日一早，接到弟弟雁南的信息：姐，爸爸去世了。

我正在去办托运的路上，泪水夺眶而出，洒在洛杉矶干热的土地上，瞬间化为乌有。我下意识地望向天空，父亲，已经在天上的你，感知到了女儿的伤心吗？

你终于，没能等到我。

就像随时可以消失的那抹霞光，生命的大限，无人可以逃脱。

离开北京短短几年，越来越多和我在生命中有过交集的人离开了。我青春时期崇敬的诗人、后来是我同部门的同事汪国真走了，他写给我的龙飞凤舞的书法仍在墙上望着我；定瓷工艺大师陈文增走了，他带我蹲在曲阳荒野里挖寻出的瓷片还在我手心发着微光；一口陕西口音的作家陈忠实走了，他再也抽不上我许诺他的雪茄了；电话里客气地称呼我“李冰同志”的杨绛老人走了，“我们仨”一个也没有了……

在父亲生命最后时光的缺席，成就《我在洛杉矶遇见的那个人》，见证了我在洛杉矶的那些日夜的文字。

我是个码字为生的人，做记者、编辑、专栏作家，用几百万字去描摹过成百上千个我偶遇到的人，却从未写过一篇文字给父亲，这个我最爱的人。甚至，我从未告诉过他，我爱他。

父亲也写得一手好文章，一生从事的工作也都离不开写作。他在病中，也曾想记录下大半生的经历。我看到一个小本子，首页是标着号的提纲，才刚开始写童年的章节，就画了休止符。

他是懂事的长兄。自己一生位卑言轻，凡是三个妹妹有事相求，他总会想尽办法去帮助她们。

他是感恩的小孩。“过阴历年了，你奶奶给我做了双新鞋，我稀罕得不行，可是鞋帮子太硬，穿上夹得脚疼，我就使劲儿朝墙上踢，慢慢地，等脚上磨出茧子了鞋也松活了，脚就不疼了。”

他是肯吃苦的儿子。“我和你爷上山去打柴，大冬天的，走三四十里地，布包里的两个窝头都冻得跟石头一样硬。有一天，是阳历年，你爷说，吃官饭的人们，今天都该吃白面馍了……我就咽下口水，盼望着，有一天也能吃上个白面馍。”

他是个柔情的丈夫。母亲说：“我带你两岁的弟弟去重庆探亲。整个营房都差不多空了，有人交给我一封信，是你爸写下的遗书。说他去中越边境打仗了，要是没回来，就让我带着你们改嫁，别一个人吃苦……”母亲比父亲稍年长，她是这个家里外操劳的主心骨，是因为从那时起，她已经感到万幸，死里逃生的丈夫给了她一个完整的家。

“从小到大，孩子们跟着我们没享过福。”父母红着眼圈的歉疚，让我非但不自怜，反而欣慰，我的父母是多么爱我们，否则他们不会为孩子感到委屈啊。

他们的良善，让人不由得不深爱。五岁的儿子跟我坐火车从北京回保定，看到车窗外广阔的田野上一个个凸起的小土堆，他问我那是什么。

“那是坟。死了的人都要埋到地下，上面堆一个土堆，有的还竖块石碑。”

“我会死吗？”

“……会啊。别怕，你还小。人，都是要死的。”

“我姥姥和姥爷也会死吗？”

“会啊……别哭。你看到的所有的一切，那地里的树、草、牛，一切都会死。”

这是我和儿子最早的关于死亡的对话。

无论有没有天堂和地狱，无论死后有没有另一个世界在等待，既然死是定数，既然和亲人在世间的相聚终有尽时，我们惟一能做的，就是接受，即使那刻来临，心中并不会坦然欣然如弘一法师。逆来顺受，本来就是我们惟一正确的打开“苦难”二字的方式。

又逢五月，楼下的丁香花满了枝头，晚上独自散步，猛然听到一首悲伤的歌，“……But there is always a place for you here in my wild heart. I dreamed of you on a highway under a thousand stars.（但那儿总有一席之地，只为你，在我的狂野心底。在高速公路上，我梦到你，那千万颗星光里。）”那在他墓前不曾痛快洒下的眼泪，那么迅疾地滚落下来。这本是情歌，可我此时，心心念念的却是你，我亲爱的父亲！

来生，我要更温柔地爱你。

大姨的蛤蜊油

1

冬天的早晨。冷而且干。窗外阳光灿烂，室内加湿器正喷吐着白雾。

坐在客厅沙发上，我能很清晰地望到东北方向的盘古七星酒店的龙头造型。它的东侧是鸟巢与水立方，虽然奥运已是旧事，但仍有不少人，每天流向这个历史标记。

照例发了片刻呆，起床。

我没有如往常一样，走进厨房，往榨汁机里放一杯白开水，一枚切成块的苹果，三粒小番茄，为自己榨一杯果汁。

而是坐在书桌前，打开电脑，写一篇小文。

甚至，我没有洗脸，眼角的泪痕犹在，否则，不会抬眼看屏幕时，感觉禁绷。

因为清醒，那只悲伤沉重的手再次伸出来拧搓心脏，我脆弱的心脏。

昨天夜半，本已进入半睡眠状态，突然从黑暗中坐起。摸到手机，开机，眯着眼睛，盯着那刺目的屏幕，拨给距京近两百公里的父母家。接电话的是父亲。可以想象他夜半被电话吵醒的惊惶与混沌。他们所居的四合院，一过10点，就黑得像一桶墨汁。小县城里，大家都习惯了早睡。

“她啊，今天埋了。早晨咽的气。挺了7天，寿衣都穿好了，一直不咽这口气。亲戚们都跟着拖病了好几个……”

7天里，我照样看书，写书法，听新闻，打扫房间，偶尔去单位开个会。一切都照旧。可是，我知道，有一块小小的地方，我其实在回避，我，不愿，去想她。

我带儿子去吃乳酪大汇，照例要服务员给他加双份乳酪，芝士粉、番茄酱、辣椒酱、胡椒粉，配料一样都不少。末了，8岁的儿子照样要喝一杯插着柠檬片的可乐，照样要在饱腹之后再来一碟炸洋葱圈。

她，就在我看着儿子埋头吃喝的空隙来了，远远地，打量着我们，不敢走近。是，她不能走，她已经是躺在门板上的了，只是不咽那口气。

我一惊，慌忙眨一下眼，抬起头，她就倏忽不见了。

“人总归都是要死的。或许，她又会像上次那样，活过来。”心底有个声音在说。7天间，这句话不时响在耳边，是自己说给自己的安慰。

“人总归是要死的，我妈的感冒好些了吗？让她别太难过。你去睡吧。”夜半，挂电话前，这句话又在父亲的话筒中响起。

终于刚刚清醒了的父亲“嗯嗯”地答应着挂断了。患癌两年多来，父亲明显苍老了许多。那个在我中学时期年轻英俊的军官，已经没了影踪。那时，25年前，每次开家长会，我都不愿意让他去，在那些老迈苍黄或成熟憔悴的同学家长们中间，穿着整齐军服的他太格格不入了，那干净、威仪显得那么刺目，那么不合时宜。我甚至为之羞愧。

今年中秋节时回乡，试新买的相机，他正在院中的柿树下捡筛朋友送的一盒参片，我叫了他一声，他应声抬头，那张脸便被定格在镜头里。他的眼神里，已布满对命运的畏惧与无奈，那么凉，是世态炎凉的凉。

而这样一个夜晚，未及放下手机，眼泪，已将黑暗中的人吞没。

我真的感觉自己是个罪人！

如果7天前，刚听母亲电话里说她昏迷了，我就去帮她联系医院抢救，恐怕此时，她已经又像上次那样，边痛苦呻吟边睁眼看着我，说，“雁，你回来了？”

如果她不是一个终生居住在乡野里的农民，而是北京某个机关的女干部，像这样的昏迷，早就惊动了领导、同事、亲属，被第一时间伴着急救车的呼啸送进了手术室，几天后，她坐起来了，病床四周摆满了鲜花和营养品。

可是，她只是个不足70岁的农民。刘淑香，这个名字，都不只属于她。在华北平原上，在黄河两岸，这个普通的名字像最大众廉价的玉米秆做成的标签，贴在成千上万个农妇身上，如同田野上沟渠边的脚印一样单调朴素。

我知道，从此，那个叫北秋兰的小村庄，我再也不会踏进去了。就如同爷爷奶奶去世后，魏家坟，那个我度过了人生最初十年的地方，彻底地远离了我的生命轨迹，成了禁区。

她是串在那根线上惟一的珠子，如今珠子没了，线已经断了，那个村庄对我不再具有意义。非要去找寻，那从土里刨出来的残简，片片写有一个字：痛。

这世间，还有什么真实的东西，能比死亡更让人逃避？去直面的勇气，我向来还不具备。

她，是我的大姨。

2

儿时，父母远在嘉陵江边。我独自被放在魏家坟的爷爷家读小学。乡下不放暑假，却根据农业节令放秋假，好让孩子、大人都投入秋收上。我奶奶不忍心让孙女干农活儿，我又没地方可去，不远邻县的大姨家就成了惟一的去处。三十多里地，是怎么去的？乡村公路极窄不说，也没有通往两个村子的汽车。我现在想，多半是贩卖花生米的大姨兄，用自行车把我接去的。

“九九那个艳阳天来哎哟，18岁的哥哥坐在小河边……”这是大姨兄最爱哼的歌，在我心目中，他就是那个18岁的哥哥，年轻乐观，浑身有使不完的劲儿。他总喜欢穿件白色的跨栏背心，敞着衬衣的扣子，忙进忙出。市场放开些了，他开始往北京倒腾花生米，那辆自行车是他的运输工具，两大麻袋花生米得有多少斤？一左一右跨在车后架上，顶着星星出门，月亮出来回家，往返将近200公里。为了省下一晚住小旅馆的钱，他往往当天就骑个来回。他是把双腿当马达的骆驼祥子。

我喜欢去大姨家住着。宽大的院落，三间北房，两间东房，院里种了杏树、枣树、柿子等各色果木。小姨兄比我年长3岁，在读初中，我最爱翻他的语文书来读，那些课文，在我看来都是新鲜的故事。惟一的姨姐也就十六七岁吧，出落得高大俊美，声音干脆洪亮，且很能吃苦，初中毕业后就在家务农，每次她进院，肩上都扛着满满的柴草。

“你大姨16岁结的婚，当时她死活不走。你姥姥拿笤帚疙瘩赶她，她才哭着出大门儿……”这是儿时听母亲念叨过的，当时只是当笑话听，现在想想，一个从来就羞于正脸打量陌生男子的少女，就这样，被一个媒婆的三寸之舌决定了命运。一开始，这盘棋就等于是蒙着眼睛在下。可是，不如此，又能如何？

姨父是有文化的人，当时甚至还在保定市地质勘探队有份工作，长得也斯文儒雅。即使人到中年，早已彻底回村务农，在我眼中，他仍是与其他农民不同的。他是个细致人，耳房里甚至还存放着他从读小学至中学毕业所有的课本。我常拿出来读，在那张可睡下全家人的大土炕上，歪靠在叠成方块的一摞被子上，就着窗户读那些并不完全明白的故事。那窗子是木头格子上糊着一层白麻纸，中间有一块玻璃，这样光线可以透进来。一本一本，我感兴趣的照例是语文书，虽然全是繁体字，姨父也没时间教我，遇到生字，有时我能猜个八九不离十，有时就糊弄过去，极少的时候，我会问两个姨兄，虽然他们并不比我高明多少。“这个吗？有空问你姨父吧。”他们有时会半难为情地摸着后脑勺回答我。

每次看到我歪在炕头看书，大姨总是显得特别高兴。她自己没上过学，大字不识一个，却本能地认为识文断字是很有本事的事。

能有书读，已是非常快活的事。况且，还有三个喜欢我的哥哥姐姐。刚灌了浆的嫩玉米，大姨兄卖完花生回来，就在穿越玉米地时随手掰几个，夹在自行车后面哼着歌儿进院儿。在那株大槐树下的灶膛里，用正煮着泔水的余烬煨着，很快就香味扑鼻。不仅我暗中流口水，连那条黑尾巴尖儿的小狗都围着灶绕圈儿。

还没彻底红圈儿的大枣，姨姐已经带着我去村后山坡上尝了几回鲜儿，“咱们吃在肚子里，不往家拿就不算偷。”她嘻嘻哈哈地站在树下，捡起块石头，用手朝枣密的地方投去，几个被命中的大枣应声而落，我则像小狗一般四下去寻，有时会为一颗最饱满红润的正好落入牛粪中而沮丧不已。

一次回家的路上，经过一座石桥，远远地看那桥墩上用粉笔写有字迹。“咱们比赛看谁的眼好使吧。”姨姐说着，已经放下肩上那瓷实的塞满了青草的背筐，用一只手遮住左眼，单用右眼看那字，并开始念：瓜子烤箱，郭庄李二拴家有售……我也学她的样子，才发现我的左眼看那行字竟然是模糊的。“那说明你左眼近视了，别躺在炕上看书了，毁眼。”她说。随即背上筐，往村里走。那是我第一次将自己与近视这件事挂上钩。不是在城市孩子出入的医院或眼镜店，而是这个乡村的小桥头。

我很喜欢姨姐，她温暖快乐，像一阵风，从不知道什么是忧愁。在她还在村里读书时，有一年我去了，她还没放假，看我一个人在家无聊，她还主动要求带着我去上课。在那间小小的教室里，我就和她挤坐在一张凳子上，“丫头，这是谁啊？”一个邻座女生喊着姨姐的小名，“这是我姨妹，易县城里我三姨家的孩子。”她进门时大咧咧地解释了一句，牵着我的手就进了屋，老师和同学也没人质疑我是不速异类。

一切都是不足为奇的。如果，这些人知道，十年后，这个名叫丫头的没心没肺的单纯女子，会在生完一儿一女后死于胃癌，他们还会是这样不足为奇的表情吗？“老天爷啊，我真疼啊！”当她吃了多少副偏方后，瘦得只剩下一层皮了，蜷在炉灶正对着的火炕上，睁着空洞的大眼睛，绝望地呻吟着。她年幼的一双儿女在旁边吓得哇哇大哭。

没用了。谁都知道没用了，可那死前的绝望，比癌本身还可怕不知多少倍！

小姨兄则比较内向，他长得矮小白净，五官很柔美，尤其是浓眉下的一双眼睛，总含着让人温暖的笑意。大姨父将考学的最后希望压在他身上，因而他被赦免像哥姐一样去下地。除了温书、干家务，他很少出去疯跑。唯一的一次，是他带我到房上去用木棍打后院的枣，那是他二伯家，全家都去赶集了。可是打了半天才发现，那枣被打下来后，都落进了二伯家院里，我们根本捡不到。他望望村路，看看日头，担心赶集的人该回来了，便不敢翻墙进去捡。只好悻悻作罢，我们蔫蔫儿地沿着梯子爬下来。

但家里的那株杏树，几乎成了我和小姨兄的独有。那杏树就在北房与东厢房之间。每年，杏儿都长得不密实，稀拉拉挂在那儿。黄的是熟的，绿的是生的，这谁都知道，可其他人几乎没有见到过黄的，我和小姨兄几乎天天盯着它，每有一棵泛黄了，丢在口中不至于倒牙，就火急地摘下来塞进嘴里。其实，他很少吃，敏捷地摘下来，笑笑地，都放进我的口袋里。有一次，摘了几棵不熟的杏，他找来个小陶壶，放进去，盖上盖儿，塞进柜里的棉絮堆里，结果忘了拿出来，全都发了毛儿流了汤儿，把雪白的棉花都染脏了，被大姨一通好骂。

我好像不记得看到过大姨年轻时的照片，记忆中的她就已经是中年妇女的模样。个不高不瘦，齐耳短发，像用铡刀铡过一样齐刷刷地抿在耳后。她从未进过理发馆，头发长了，一律找街坊妯娌小姑的给剪几剪子。

单眼皮，浓眉毛，这是她们五姐妹的典型特征。嗓门儿很大，脾气很急，走路风风火火，除了晚上睡觉，她总是在干活儿。上地，做饭，喂猪，扫院子，洗衣服，还有最重头的一项，炒花生。北秋兰离北京要比魏家坟近，村里有许多人开始炒了花生米卖到北京去，不是零售，而是用自行车驮一袋子，批发给几家建立起联系的烟酒副食小卖部。大姨兄总是一身汗水回来，脸上却挂着笑眯眯的满足，他想早日攒钱买辆摩托，那样就大大节约了时间成本，也省得那么累了。有一天我看到他进院了，一身汗水湿透了衣衫，我说："姨兄你让我想起刚读过的骆驼祥子。"他笑了，仍是一副有些嘎的样子，"骆驼？我是只快乐的骆驼……"人类就是这样吧，只要为希望活着，再苦的日子都不算煎熬。可有一次这卖花生米的祥子却哭丧着脸回来了，进门谁也不理，被大姨问急了，才发狠地骂了句脏话。原来，他卖完花生的钱被偷了，钱包丢了，一分钱没赚到不说，还赔了本儿。

"丢就丢了，那也比贼偷了钱生病买药吃强，至少咱身子骨儿不遭罪。"大姨一边用笤帚掸身上的尘土，一边嚷道。即使安慰人，她也不会轻言细语。

“小点声。”正在剁麦秸子的大姨父在一旁低声呵斥，他要面子，怕墙外旁人听了去笑话。

“有什么丢人的？！我们是丢了钱，不是偷了钱见不得人！”大姨急了，如是解气又在理的话，由她那两片略厚的嘴唇里说出来，也有几分笨拙与不占理似的。

大姨父不吭声了，发狠地去剁那刀，直到吃饭，他也没再搭理谁，脖子一侧的那片伤疤却愈显得发红。

也许，相比于他那些仍在工厂里端铁饭碗的工友们，他真有理由叹气：这样的日子，就是一辈子的定势了，任谁也改变不了了吗？

大姨父年轻轻的就遭遇了一场火灾，命保住了，铁饭碗却丢了。具体详情我从没从他嘴里听到过。倒是听母亲说，因为同组的工人操作不当引燃了汽油，不仅部分厂区着火，好几个人还被烧伤烧残。大姨父被烧得昏迷几日，待出院后被告知连他在内的同组的人都被遣散回乡，理由是集体事件集体负责。

大姨倒并没为此低看姨父一丝一毫，她原本就没想过要找个吃工资饭的。有地种地，有娃带娃，那似乎是她天生注定的本分。倒是姨父，似乎总对大姨憋着一口气。

3

大姨无疑是粗线条的，院里不时会响起她大声斥责孩子们的声音，不是猪圈门没关好猪跑出来了，就是雨上来了，房上晾的花生没人收。

包括我，她也不太有笑脸或好气。“没事你跟大姨干会儿活儿，看书也总有看累了的时候不？”

我不知道大姨父的少言寡语起源于何时，还是他历来如此。实在被大姨说急了，他会停下手中的活儿，歪着有些不太灵活的脖子回嘴，眼睛瞪得很大，极重的双眼皮一瞬间凝滞在那儿不动，不管辩论的事情大或小，不占上风他绝不罢休。那时，大姨便蔫了，小声嘟囔着走开。

“我知道他瞧不上我。脾气倔得像头驴，这么多年了，没有一天不是……”一次母亲正好回来接我，大姨跟这位吃公家饭的三妹嘀咕，二人都落了泪。母亲买给她的布料，她不时会睡觉前放在炕上抚摸上一阵，“真哪，给我花什么钱买这个，这土土壤壤的庄稼人哪穿得上这么好的衣服……”说归说，她那常年紧拧的眉头已松开了一些。

一身蓝布衣服，久了褪成了灰色，印象中，大姨就是这种灰与蓝的色调。

在吃食上，大姨也从来不拿我当客人，总是有什么吃什么，偶尔会吃饺子，包两种皮儿的，白的是小麦面的，黑的是红薯面。那里面的馅儿往往一样，或是油渣儿白萝卜的，或是干白菜粉条的，热腾腾，用厚实发乌的瓷盆端上来，我总不好意思捡白的吃，有时还把姨姐夹给我的白饺子夹回她碗里。大姨也不多让我，就用筷子一挥，对埋头吃得大汗淋漓的俩儿子说，你们也吃！说着自己带头夹起一个。她心疼俩儿子。“你也吃！”她略犹豫一下，还是往大姨父碗里夹了一个。仿佛做了件有些没面子的事，她撂下碗，去往灶塘里添把火，那口大铁锅里正用饺子汤咕嘟咕嘟地煮着猪食。

两头猪，是一家人另一个重要的收入来源。收工回来，如果晚了，那猪就开始拱着圈门吭哧吭哧地叫唤，大姨顾不上给人做饭，先得舀一瓢红薯面儿，兑上勺残留的泔水，隔着圈门哗哗地倒进石槽里，因为饿极了，那石槽早被猪舌头舔得极干净。

“你说，这什么时候白面儿饺子能可劲儿吃呢？到时候，会不会又想吃这黑面儿的呢？”她回到桌子边，端起饭碗，大声问道。几个孩子都顾不上回答，往嘴里扒着。就这黑面儿的，对他们正在发育的身体来说，能吃饱已是幸福的事。唯有大姨父不屑地“哼”了一声，用毛巾擦一擦额角的汗水算做回答。

印象中，我和大姨在一起做得最多的一件事情就是捣花生。所谓捣，就是在花生收过后，去人家刨过的花生地里再寻一遍，即捡漏儿。

可别小看这捡漏儿，华北平原北秋兰这样的小村庄，每户人家少则一两亩，多则十几亩的土地都会种上花生，猫腰一块块地捡下来，一个秋天，能有好几麻袋的收获。

一个荆条篮子，一把轻巧的小镐头，一个蛇皮口袋，就是全部行头。半天下来，运气好的话，我和大姨能捡多半袋。

晒干之后的花生，要剥皮去壳，于是晚上，就有了事做。哔哔剥剥的声音响起，一家人围坐在院子里，就着月光剥花生。别看这花生许多来源于“捡”，大家却舍不得丢进嘴里吃。往往是剥完后用筛子过一遍，剩下筛子底下那些瘪小干瘦的发育不良者，才可自己吃。

在我小小的心里，大姨一家的生活算得上是有滋有味了，我奇怪为什么从两位家长脸上很少看到笑容。甚至当我和小姨兄从放了水的泥塘里挖到几条肥肥的泥鳅回来，大姨也只是停下手中的活望上一眼，“你们弄它干什么？滑叽叽地光招老鼠。”她拎起泔水桶准备喂猪去了，看到我，“来，雁，帮大姨抬一下，省得洒了，怪可惜的。”

那似乎是头一次，我发现大姨的手，比我爷爷奶奶的还要粗糙苍老，尤其是拇指和食指的外沿，都起了厚厚的茧子，像戴着两个指套，硬而僵，我知道那是常年剥花生磨的。

我突然想到窗台上那盒蛤蜊油。一定是在上一个冬天最冷的时候出现的，因为那干巴巴的两瓣贝壳半张着，里面曾包裹着的油（即凡士林）早就被擦用殆尽，甚至一点油渍的痕迹都没有，就像我们偶尔从沙滩上捡拾回来的碎贝壳一样。而夏天，全家人是不需要抹任何东西的。

我听姨姐说，那惟一的蛤蜊油还是她悄悄买回来给大姨的，因为大姨的手太粗糙不说，一到冬天，就会裂开一道道深深的口子，往外渗着血水与黄黄的黏液。就那盒一毛钱的蛤蜊油，居然引得大姨父大发脾气，跳着脚骂女儿乱花钱。那盒蛤蜊油，成了大姨唯一的奢侈品……也是最后的奢侈。

大姨说得真对，第二天，我养在玻璃罐里的泥鳅就少了一条，说是罐太浅，泥鳅蹦出来透气，被老鼠拖回洞里当美餐了。

看我沮丧的样子，正抹桌子的大姨毫不动情，“早就让你别弄那东西，还不听。走，跟我抬泔水去。”

秋假很快过去了，要开学了，我得回爷爷家了。临走前一天逢集，大姨要去集上卖烟叶。“说吧，雁，你想要点什么？大姨给你买回来。”用粗糙的大手抹一把溅在头发上的肥皂泡，她正猫腰在压力井前给我洗着唯一替换的裤子。我才发现大姨的头发已经白了不少，现在算算她也就四十多岁。

“给我买盒蛤蜊油吧。”我儿时据说讲话很慢，声音也不是其他小女孩那种细声细气，而是粗粗的低低的。这句话成了笑话，在亲戚间传述。

“真哪，要个什么不好，要盒蛤蜊油，又不是冬天。行，大姨看看集上有没有。”她虽然觉得我可笑，却认真地答应了我。

我至今也记不得后来大姨为什么没有满足我的愿望，是集上没卖的？还是她蹲了半天摊儿烟叶没卖掉？或卖掉了钱仍不够多她舍不得了？

关于蛤蜊油的笑话却留下了。好几年过去了，逢亲戚们说到我和大姨时，总会笑着旧事重提。“大姨对不起你，雁啊，没能给你买，现在大姨买得起了，你也不要它了，我知道。从小在我家，没跟着享一点福……”往往，说着，她就眼圈红了，用她那粗糙的老手掀起衣襟，擦拭着眼角。

随后我就去了南方投奔父母，多年后回到北方，我已是大学生了。关于故乡的亲戚们，只能从父母口中略知一二。听母亲说姨姐得了胃癌，用了种种偏方都不行，她那很能干的丈夫急得头发全白了，拖了半年，姨姐还是走了。28岁！

本就患有高血压糖尿病的大姨从此彻底垮了。

“我的丫头啊，命苦的孩子啊，这么早就没了……”她的哀泣开始还能得到邻人和家人的安慰，时间久了，却成了祥林嫂般让人躲避。她也常胃疼，并不时怀疑同女儿一样，也活不长久了，却从未真正去医院看过病，只是在疼极了时服些乡医随便写下的药。

母亲与另几位姨总是说起大姨时红了眼圈，可是谁又能怎么样？

好在两个姨兄都吃苦好强，娶妻生子各立门户干得不错。她们想，大姨晚年是有保障的。

我和另外几位姨姐妹都得到叮嘱，尽量不要去大姨面前，以免她又想起姨姐徒增伤心。

几年前，我回小城去看父母，得知大姨患了脑溢血来住院。我和母亲去探视。

四人一间的病房里，空气污浊，都是乡下模样的患者和家属。大姨躺在靠门的床上，闭着眼，却在呻吟，嚷头疼。二姨边给她掐着边嘱咐道：“姐姐你忍着点，不疼就不是病了。咱们儿子和媳妇不错，火急着把你送来抢救，没大事了，疼点儿咱就忍着点儿啊……”说着，二姨侧脸瞅一眼坐在一边吃火烧夹肉的小姨兄和大姨嫂，眼里满是感激和歉疚，好像她姐姐的病拖累了儿子们，是她的不是。两家都仍忙着贩花生，只不过已经添了两台农用车拉脚。上中学与大学的孩子们除了吃饭穿衣，惟一能做的就是伸手要钱。听弟弟说，大姨兄都熬成了小老头，黑瘦枯干，还添了毛病，一开车就犯困睡觉，几次出险情。正是大忙的时候，两家只好各出一个代表来医院，货送不出去就等于赔了，他们舍不得。“不能让活人的生活质量因病人的拖累降低”，二姨最有文化，最讲道理。

我站在床边，看着她。大姨跟多年前没什么变化，除了脸上的皱纹多了，仍如铡刀铡过一般齐耳的头发全白了。我只是看不到她被放在床单下的手，是否仍粗糙得更加不堪？鼻子一酸，终忍不住眼泪落下来。我没勇气去握一握她的手。大姨父没来，说是摔了一跤，在炕上等人喂了。

那个我要求给我买蛤蜊油的大姨呢？那个抬腿就往返30里路去赶集还挽着一筐烟叶的大姨呢？

那个被母亲用笤帚赶出家门去婆家的小姑娘呢？

变成了这个老迈病痛的肮脏老妪。

“丫头你再给妈掐掐，脑袋仁儿疼啊！”她不睁眼，在和天上的女儿说话。

放下点钱，给小姨兄，他拉扯着死活不要，在我妈的斥责下才收了。他早已不是那个长得像欧阳奋强的白净小伙，而低眉少言得好像与我并不认识。听说他的大女儿被人骗去做传销，已经一年多没消息了。

我知道，除了希望小姨兄他们多几分耐心，这点钱对大姨没任何意义。

后来听说因抢救及时，大姨总算捡回一条命，只是行动更迟缓了。

一次母亲和二姨去看她，回来透露出很多不满。

“什么嫌我大姐穿着脏衣服丢人，她都那样了，能有口气就不错了，自己好在还能吃饭不用人喂，换衣服？换下了那几件还不是丢在墙角，要不是我洗，不定得撂到什么时候。

“她脸上还有块伤，她悄悄告诉我们说是孩子爹打的。我告诉我大姐夫了，要是真这样，我可不干，我姐一辈子操劳，到了儿这么对待她……”

大家唏嘘不已。却也只是唏嘘而已。回过头，还是自己过自己的日子。即使本是同根生，像被大风吹散到田野里的蒲公英，大家各奔东西，谁又能拉谁一把？

4

一周前，打电话给家里，问父母何时来京，毕竟又是华北最冷的冬天了。“一时去不了了，你大姨又脑出血昏迷了。你妈她们姐妹几个都去了。”父亲说。

“送医院了吗？”我问。

“没有。村里的医生说送也没用了。”父亲说。

这次不是媒婆，而是村医，又在决定她的命运，不是命运，是性命。

第三天，再打电话，母亲和二姨已经回家了，没地方住，没热水喝，房间太冷，只有一个小蜂窝煤炉子，大冷天，二人都病了。

“我大姨怎么样？”

“都穿好寿衣，搭门板上去了，一直不咽气，又抬下来。大家轮流守着。别说她这病人，就是好好的年轻人都扛不住那么冻着啊。”

守着就是为了看到她咽下最后一口气。

“生命真顽强啊，昏迷好几天了……”弟弟感叹。

为什么不送医院？为什么干守着等死？

“孩子们都忙着挣钱，再说医生说了救也没用，白花那钱干吗。人老了，没用了，命也就贱了，生死都不由己啦，唉！”父亲因为身体原因，一直未能前往大姨家，可是听来的信息已让他心寒。

“哎呀你不知道，大姨那间小屋有多冷，别说她这有病的老人，就是年轻人都够呛受得了。你想，一个小蜂窝煤炉子，烧着两块煤，窗户四处透风，没什么温度，可还不时会中煤气。我今年冬天接到十来个这样的赔偿案子，最多一家死了五口……”弟妹在保险公司工作，陪母亲去看大姨，住了一宿就被冻感冒了。

“不是家里不那么缺钱吗，为什么不安装上土暖气呢？”

“农村几乎家家户户都靠笼个炉子过冬，烧暖气多费煤，这么贵，一千块钱一吨，有多少户愿意把钱这么烧了，都打算熬一熬就过去。为什么冬天死人的人家那么多？老人们扛不过去，就是冻的！”弟妹的话让我更难受！

那几天，我在想，晚上，我会不会梦到她？她会不会托梦给我，让我醒来伤心？她没来，一直没来。

事实上，从昏迷之后，她粒米未进，只言未发。她已感觉不到头疼，她只能和大家一起等，等着最后一口气耗尽。

死是种必然，这是人人皆知的道理，可人们仍会在亲人离世时痛哭流涕。

这句话我曾多次从那位尼泊尔的仁波切的书中读到，自以为已经有意识地将生死大问淡漠。可昨晚，我终于不想这句话了。佛说，要珍惜福报，能作为一个生命降临于世，岂不是更需要珍惜的吗？

如一个良心发现的罪犯，拨通父亲的电话，我打算来为大姨在北京联系医院治疗，却得来父亲的告知，“今天埋了，你大姨没了。”她终于，不再与命运抗争，她乖乖地又顺从了一次，跟着那只看不见的手走了。

我哭什么？是怨自己没能及时伸出援手？还是怨姨兄姨父让她坐而待毙？

问一位医生，这样的昏迷后如果手术抢救，生还的概率有多大？他说，二次脑出血，很难讲，即使尽力抢救，也很可能成为植物人，只是有口气，却没有了意识……等于和死人没什么区别。

然而，这并不能令我好受。我为什么上次回去看父母时，没顺便去看望她？听母亲说，每次她们去探望，她都会打听我，“我们雁呢，不常回来吗？”那个跟在她屁股后面捡拾花生的小女孩，遥远得如在天边了。

二十几个小时过去了。冻土下，她曾牵着我的手捣过花生的冻土下，终于穿着干净衣服的她，可以不再劳作，不再伤心，不再生病。

不用多久，就有苏醒过来的虫子在她的新衣和白发间做巢。

不用多少年，这个人，就会像从未出生过一样，彻底消失。

相比于那历千年而不倒的胡杨树，人，不过是一株枯草。

但是，人会被记得，被那些与他（她）同吃过一锅饭，同睡过一铺炕的人记得。在记忆中，他（她）永远是惟一的。即使记住的不只是他（她）的好。

如果在梦里，我遇见她，我一定要问：

“大姨，天上可看见了你日思夜想的女儿？”

“大姨，你答应给我买的蛤蜊油呢？”

我要告诉她，当年我之所以想要一盒蛤蜊油，其实就是想送给你的。可是，我再也没办法让你听见！

今天，我没有如往常一样，走进厨房，往榨汁机里放一杯白开水，一枚切成块的苹果，三粒小番茄，为自己榨一杯果汁。

而是坐在书桌前，打开电脑，写一篇小文。

这是我，唯一能做的。

死者长已矣，存者且偷生！

这个世界，还有多少刘淑香在那冰冷的寒室中挣扎？

还有多少丫头姨姐在靠偏方对抗绝症与绝望？

每天，会有多少人，从冻土之上被移至冻土之下，同时，埋进去的，还有亲人的痛，尽管那痛，是如此没有分量。

我不知道。

我只知道，另一个世界，如果真有，我们相遇时，我一定会替丫头姨姐为大姨买好多盒蛤蜊油。

知己就是Soulmate

1

知己就是Soulmate（灵魂伴侣）。

这由四个歪歪扭扭的汉字和一个英文单词组成的句子，墨迹很重。英文潇洒流利，汉字个个像孩童学步，踉踉跄跄，有的还做以头抢地状。

它们出自一位从未接触过汉字，不会说一句汉语的老人之手。William Hudnut三世，我的第一位美国朋友，或者，如果我坦然一点，我的第一个美国男朋友。

在我们相识第二天，他带着我送他的书回到美国，两周后，寄来了他的书，扉页上，那行他生平第一次写就的汉字赫然在目。

那是2005年。那年我35岁，他75岁。

仅仅两天的时间，在中国海南岛出席一个城市建设方面的会议，生平第一次，我理解了这世间还真有所谓一见钟情。

会议冗长无趣。他是尊贵的国际来宾，发言、讨论，我是官方杂志的主编前去组织采访。未曾开口，我们都已经在观察关注彼此。

“那是你的爱人吗？”第一句话，他没问候你好，却望着我身旁的那位同事发问，湛蓝的眼神如孩子般好奇，引人注目的高鼻梁和他的腰身一样挺拔。听到我否定的答案，他仍不放弃，“Aare you single（你单身吗）？”听到肯定的答案，他不露声色，审视沉静一如最合格的政客，当然，很薄的嘴角带着笑意，纯礼节式的客气。

惊鸿一瞥，他真的让我心动。高大挺拔的身影，轮廓立体的脸庞。尤其是蓝色的深陷的眼睛，如电影明星一般俊雅，不经意地望过来，睿智而深情。在他面前，我竟无法不让自己心跳脸红。

会议间隙，互报身份后，他毫不掩饰惊异且佩服，“年纪轻轻就是主编，还出版了自己的书。”他说他欣赏聪慧的女子，约我共进晚餐。

因为和同事有约在先，我对他说了No。但答应他晚餐后去他房间小坐，顺便送书给他，反正大家吃住都在同一个酒店。

相谈甚欢。虽然我自恨有时英语力不从心。他请我写句话在书的扉页上。我思忖片刻，写下：知己就是Soulmate。

解释给他听，他欣喜地微笑，逐字逐句跟我学“知己”的汉语发音。

他曾是一位市长，连任四届，长达16年。退休后仍在积极开展社会工作。“奥巴马也许会让这个世界有所改变，至少我希望给他机会试试。”他有六个孩子，其中一半是收养的。至于妻子，目前已经是第三任，“She is very cold（她很冷酷）.”他的蓝眼睛里似乎蒙上了一层雾气。我沉默没接话。

看表，一小时过去了。不想同伴们担心，我起身道别。他送我到门口，拥抱道晚安。他清瘦有力的臂膀，温暖，衬衣散发着似有若无的古龙水气息。我幻想自己在拥抱一棵圣诞树。那一刻，恍惚如梦。

第二天一早我飞北京，他飞华盛顿。隔窗望见他，气宇轩昂，立在人群中，四处搜寻的目光，终于定格在我脸上。像海岛上的艳阳，立即把我灼伤了。我羞怯地垂下眼睛，不敢正视他。

“我靠，抱怨自己的妻子不够令人满意，这路数也太老套了，中国的男人早就不这么泡妞了！”听闻这位美国鬼子的一切，我的杂志出版人，一位倜傥风流的中年帅哥嬉笑道。不过他也坦言，这位威廉先生确实非常有魅力，“配置很高，保养有道，只是行车里程跟你这年轻司机比，有点高。”

2

两周后，正卧床发烧的我突然接到一个陌生的电话，一位女士用英语确认我是谁，说有人要同我讲话。

几秒钟后，“Bingo，how are you?”正是威廉。他说过他最喜欢的游戏之一就是Bingo，他喜欢这样叫我而不是Bing。

他告知我打算寄书给我，希望得到我的地址。

一个月后，两本厚厚的精装图书从大洋彼岸飞来。图文并茂，全是为他歌功颂德的内容。我一页也没读完，反倒细细欣赏了里面所有图片，那帅气英俊的男子，让我忍不住微笑而欢喜。即使远在天涯，即使他什么也不属于我，至少，这世间有如此美好的人物存在，尤其互相欣赏着，我当时灰暗的生活似乎平添了阳光与美好。

我们间或也有邮件往来。总是短短几句问候。他要我的照片，并发了他的给我。精心挑选的，睿智深情的眼神，令人无法拒绝的魅力，自信可以魅惑他锁定的所有目标。

如果他是单身，我会主动些吗？

是上天要给遍体鳞伤的我一点救赎吗？刚经历过一场与渣男的感

情经历，这个异国男子似乎来自仙界，美好得不真实。

第二年的春天，威廉再次来访。目的地是上海，在北京停留，只为见到Bingo。

君悦酒店，在大堂等候他下楼，故作淡定的我心跳如鼓。那一刻，在熙熙攘攘的人群中，我自觉是最快乐的一个，因为那个几乎是完美的男子近在眼前。

他仍是那般风度翩翩，笑容迷人。

把手揽在我肩头，一起去酒店吃西式自助餐。他跟我聊我的工作。“你喜欢吗？那就享受并投入去做。”谈宗教。“我们靠信仰前行，不是靠眼睛所见。可信仰，只能解决今生的困惑，却无法解释死后的一切。”他似乎在自言自语。那一刻，他脸上的表情如此落寞，甚至凄凉，令我无语。年轻时从普林斯顿大学毕业，后又在神学院进修，成长于祖辈父辈皆为神父的神职家庭，他本人也做过教堂主事。对生死、人生，可见他并不像有些信神者自欺欺人。

在他房间，他微笑地望着我，拉近，拥吻我的额头。“我真希望能给你一个孩子，我们俩的孩子，一定很可爱。你知道你有多么美好。”他的笑容那么情浓意切，似乎可以把一切融化为蜜。

我闭上眼睛微笑无语。和他在一起，我发现自己的心是满载鲜花的小船，我甚至闻得到那无处不在的芳香。可我似乎失去了语言功能，像船桅上那片洁白鼓胀的帆，在无垠碧海上唱着无语的歌。

他抚摸着我的脸，眼神专注，似乎在神面前下定决心。他试探着把我抱紧，“你愿意吗？你知道，I adore you so much！”

“威廉，不可以。这里不是美国。”我煞风景的回答，让他沉默了。

他没有用Love（爱），而用Adore（敬慕）。

“I do too（我也是）.”我小声道，有些歉意地望向他。

他把目光投向墙上的一幅画，像在思索一道无法解的谜。

我们都不再说话。房间安静得像在外太空。

片刻，我走去客厅喝水，猛然想起带给他的礼物。

先给他看一张素素地写在宣纸上的行书书法：“上善若水”。

几小时前在过街桥地下通道跟摆摊儿的艺人花10块钱买的。最没有特色的书法作品，字迹却干净、温厚。

他似乎是意外的惊喜，睁大眼睛打量着说喜欢，让我解释意思。

李少白拍的故宫画册，他也赞叹不已，那是我上周参加一个新闻发布会得到的纪念品。

第二天我们如约去看故宫。走路穿过东方广场，他拉我去卖首饰的柜台，且心无旁骛直奔前方。我才看见那品牌名为“I do（我愿意）”。一个诗意浪漫的名字轻易就俘虏了他。他微笑着让我挑一枚戒指。三位售货小姐同时围过来，热情服务，看他的眼神兴奋热烈。

碎钻，18K金，2000多元。他微笑着亲手给我戴上。

虽然我根本没有戴戒指的习惯，当年结婚时的婚戒也不知离婚时被放在了哪个箱子的角落，那一刻，幸福感让我忍不住在心底轻声叹息。这世间，还有什么比被一个你心仪的男子爱着更快乐的事？尤其，我们本为陌路，却在生活偶然交汇中相逢，如两颗流星，明知一切不可期，却仍想尽力燃烧自己以给对方光亮，仍用最真挚的心温柔相待。

那个三月的北京很美，树树樱花粉嫩，像沉浸于爱河中的女子一样春心萌动。

所到之处总有好奇目光投向我们。那目光似乎放大镜，更让我们不时互相打量着。“你为什么笑得那么害羞？”他的眼角眉梢都是笑意。“你为什么那么快乐？”我反问他。

他专注的眼神早写满了答案，笑意更加没有遮蔽，像这春天的艳阳。

我忘了带相机。他在商贩手里买了个“傻瓜”，我们互相拍照。雇了一位年轻女导游，为他英语讲解。一间间旧宫殿，一段段故事，令他不时发出Gee这样的美式惊叹。

“我真为你出生在这样的国家感到骄傲。”他由衷道。

我又何尝不是呢？在他面前，仿佛这宫殿与我也是有关系的了，或者曾是我祖先的后院儿。

正逢午门皇帝皇后服饰大展。他兴奋地租了一套，龙袍加身，与扮作皇后的Bingo合影。照片上的他，像个顽皮的孩子，快乐单纯。想起他的书里，公众说他“无比善良可爱，身为市长总是随意在街头与人打招呼，随时停下脚步与人攀谈，或坐下来喝杯咖啡，甚至与街头孩子们穿着泳裤打水仗。是他，耗毕生之力，让那个城市成为一个真正宜居的城市。”Indian-NO-polis，正是由于他，变成了indian-SHOW-polis。

当晚，带他去吃全聚德烤鸭。他拒绝让我付款，说那是男人的职责。那一刻，早已经伤痕累累的心，再次开始复原如初始婴儿。我多么希望他即使不是我的Mr.Right，也能如父如兄知己长相伴。在最冷最寒的时候，给我的人生一个安全又浪漫的陪伴。

离开酒店回家。临别时拥抱只剩落寞。“Bingo，我会想念你！”那拥抱似乎有一个世纪。宇宙静止了，久久不愿松开。望着我的他陡然间苍老了，就像那一刻他告知我他安装了心脏起搏器，我对他充满怜悯，却又无能为力。在时间面前，谁又不是溃败如蚁？我又能给他什么呢？年过七旬，长途跋涉来看望曾只有一面之交的异国女子，他盼望的是什么？

如果是爱，我带给他的更多是残酷的提醒。提醒他这叱咤风云的英雄，面对心底最柔软的角落，也只能让一切随风。他甚至不肯说“但愿我年轻十岁”这类的话。骄傲如他，永远不想认输。

地铁空空荡荡。有一刻，泪水湿了眼眶。如果他年轻十岁，如果他单身，如果他在中国，如果我在美国……这些假设只能说明现实的无情无趣。

我知道，也许我们此生再也不会相逢。无论多么互相欣赏，无论多么心仪，有一种喜欢，叫做无望。就像齐豫的飞鸟和鱼，天地之大，自由遨游，看似无拘无束，可正因为这漫无边际之宇宙，让交集越来越接近于零。

3

2018年的5月，洛杉矶已经进入夏季，芝加哥的春天却仍寒意逼人。我和Jay飞往芝加哥，然后开车前往邻州印第安纳。

“这是州界线，现在，我们已经离开伊利诺伊进入印第安纳啦！”Jay虽是美国土生土长，却也是第一次来这两州，边熟练地开着刚租来的大切，边喝可乐。一只手偶尔还拨拉两下放在腿上的手机，搜寻一下谷歌地图方位。

与我们从学校前来会合的沫沫在后座听音乐。我们此行是去位于南本德（South Bend）的圣母大学参加他的大学毕业典礼。

“我多年前认识的一个美国老朋友就在这里，曾经的印第安纳波里思的市长，那是十几年前了，我们只见过两次……”望着窗外一望无垠的田野，阴沉的天穹让我莫名心情灰暗，我怀旧的口气让我自己都奇怪，让我想起当年父亲健在时的话说从前。那被收割过的玉米地，经过一冬一春的风雪雾霭的洗礼，像破旧的一块帷幔，躺在那里，无奈、无辜。

“你这些年一直没联系他？”儿子摘下耳机，有些好奇地问我。

“7年前我刚到洛杉矶时，给他打过一个电话。他很高兴听到我的消息，还像过去一样叫我Bingo。再后来打电话没人接听，发了邮件也没收到回复。”那次短暂电话聊天，只记得他夸我英语进步了，欢迎我有机会去华盛顿特区，说他如果可能也来洛杉矶看我。

事实上，我真不知道他当时是否还健康。毕竟距离他最后一次访问中国已经5年了，而我们在北京见面时他已经75岁了。

“上网查一下吧。毕竟他是公众人物。”儿子的建议提醒了我。

google输入他的名字。赫然看到一条obituary（讣告）：William Hudnut III died at age 84.

心猛然一揪一紧。不要啊，亲爱的威廉，分别十几载，终于离你越来越近，你怎能不告而别？我的眼泪几乎流下来。

迫不及待地搜寻更多细节。从维基百科到新闻报道，正对我微笑的不是威廉是谁？2016年12月26日，患心梗、喉癌，病逝于马里兰。他的三个孩子已离世。妻子（第三任，也是他曾经的秘书）尚在。第一任妻子，是Goodyear（固特异）家族的孙女，俩人养育了五个子女。第二任……

虽然明知这一刻并不突兀，可是看到这则消息，仍让我的旅途沉重起来。虽然没有相见，可即便感知他的存在，于我至少是一种念想和慰藉，就像一个寒夜里的旅人，前面雨雪霏霏，一想到那远在天边却曾给过你最温暖最及时陪伴的人，世界再冰冷，也会平添几分活下去的勇气。

威廉，即使你手中的烛火再远再微弱，总归是真实地存在过啊！让我如何能从梦中醒来一般彻底淡忘你？

13年前，在故宫里相随参观的我们，如何预见到这一幕？我第一次踏上你生活的这块热土，不仅相见无期，还阴阳两隔，你已经掩埋于这土地之下了！

那时的欢声笑语，如果收敛安静些，可否改写后来的一切路径，让故事有不同版本的结局？

当时威廉曾建议我考托福去美国读书。“你才30多岁，还是个baby，不要给自己的人生太多限定。”

可是我一路奔波打拼，漂在北京如盲龟浮木，身不由己一直以来都是最佳借口。直到2011年才有机会初到美国。更加身不由己，因为驻外领事馆的纪律，不允许私自探亲访友。从没敢动念头去看望他。况且，音信渐渺，我也不知道他的世界究竟诸事如何。

依稀记起，那次在美国唯一的通话，他听说我在领事馆工作，意外之际似乎有些失落。他是共和党人，从政当市长之际，又曾是国会议员，想必一心希望他的Bingo是个永远不与政治相关的知识女性。

一切都不可能有答案了。他把一切与我有关的秘密和回忆都带走了。

感谢这个网络时代，我得以为他这日渐模糊的素描添加一些细节。

他自知大限将至，回顾一生，认为自己经历了一个wonderful trip（精彩之旅）。“He built well and he cared about people.（他干得不错，他关心人们）”这是他希望刻在自己墓碑上的一行字。

最近的一张照片是他去世两年前的，为纪念他而建筑的铜像完成，他坐在长椅上微笑着与自己的铜像合影。着蓝色毛衣、卡其色裤子，外罩深色夹克，自信地侧身坐着，仍是美得高贵而有尊严，仍是笑得深情而挚爱。

他想把一切都处理得妥帖如意，甚至拟好了临终致辞。“There is much I cannot fathom about the afterlife. Will there be recognition? What part of me, if any, survives? Forever, or just until I am forgotten? A little reverent agnosticism seems to be in order, because ‘now we see through a glass darkly.’ More positively, ‘we walk by faith and not by sight.’ ”

（关于来世，我有许多不能释怀的东西。我们还会相认吗？如果有可能，我的哪一部分会继续存在？直到我彻底被忘记或永远被记住？不可知论在此似乎该被尊重，因为‘我们现在是在幽暗中透视过玻璃’。乐观一点吧，‘我们是靠信仰前行，而不是眼睛所看见。’”）

我真愿意相信，在他神志尚清醒的某个瞬间，北京那个春花夹道的三月，那个在他眼里永远害羞的中国女子，曾在他脑海里愉快闪现。

威廉，如果有来世，我会加倍努力一点去寻找你。不论你信不信，你就是我看得到的灯光，尽管你不懂我的语言。因为，知己就是soulmate！

王希孟和故宫里的悲凉

1

朋友女儿特意从河北来北京，要求借住一夜，殷殷切切，只为一睹故宫博物院里罕见展出的《千里江山图》。

第一次听说此画，还是在洛杉矶，闲居，追剧，不是美剧，而是把陈丹青主持的艺术视频《局部》一集不落地看完。那是我第一次知道这北宋18岁才子和他的惟一存世之作。“他正好18岁，大几岁或小几岁都不可能有《千里江山图》。只能说是上帝让他干了这件事情”，陈丹青赞叹之余似乎不无艳羡，认为造化弄人，这小子恰恰出生在山水画最辉煌灿烂的历史一瞬。

小姑娘是学钢琴专业的，却酷爱绘画，京城重要画展一场不落。头天晚上早早在网上预订了故宫门票。也提前做了大量功课，不仅对这幅历来只展过两次的大作和“从石头缝里蹦出来的王希孟”知根知底，还搜罗到同时呈现在这个名为“历代青绿山水画作品展”中的其他画作，不乏展子虔《游春图》这样的稀世之作。弄得我也心旌荡漾，开始鄙夷自己“在网上看看电子版”的初衷。

2

我刚参加完文化部举办的一个培训班，偶遇几位在故宫工作的年轻人。临时抱佛脚，搭讪着发微信问起这看展览的规矩，据说著名的“故宫跑”就是来自于看《千里江山图》的游客：所有看客，进入故宫后必须排队领号。不用冲锋号，人们一路小跑，赛跑速度跑去午门排队，运气好，你成为第一拨的150人之一，进去看展；否则，你只能领到下午看的号牌，每天16拨，每拨150人，全天也就2400人的名额。运气最差的，当然就是连下午牌号也拿不到的人。

“9:30以前如果赶不到，那就只能取号等下午看了。”我们俩都怕早起，心里预期也不高，只要能有机会看到就行，不急于一大早看。

公交倒地铁，花了一个小时到达天安门，十九大召开在即，凡出入这一带人员必须过安检并查验身份证。又花去20分钟。好在验票处直接刷身份证检票，进得宫门直奔午门，并没看到想象中排队的人龙。“只有第14拨的两个号了，下午3:00—3:30入场。要么？”接过来，我们就成了当天全中国的2400分之2！小姑娘幸福得哼起歌来。

反正包里水粮充足，又久未进宫，乐得悠哉悠哉闲逛一天。红墙黄瓦，青砖墁地，秋高云淡。黄金周刚过，仍然游人如织。好在毕竟身处皇宫，庭院浩阔，城墙巍峨，门宇轩昂。扶栏远看，只见人头攒动，渺小如蚁。

每次漫步在故宫，明明是满目历经沧桑的建筑和几乎触摸得到魂魄的古树旧木，我最常想到的却是那些故人：“当年那出入于此的男女们呢？谁的手曾摸过我正摸着的这枚门钉？谁的鞋曾被差点儿绊倒我的这块青砖磨破了口？谁的裙角又曾轻拂过这白玉栏杆的一角？谁的一声叹息沉默在这玉带河上？”尊如皇家贵族，鄙如最底层下人，如今都沉匿于时间的河床底层，永别了天日。

3

我们并不急于随大流游客挤到各殿各宫门口，探头探脑一睹皇室生活的旧痕。先去看了赵孟頫书画展。尽管室内过于昏暗的光线让人视力受限，看到那一幅幅精湛无双的书法，那美妙绝伦的画作，其过瘾岂是大餐盛宴这类字眼可喻？

太和殿、乾清宫、坤宁宫……很快就是御花园。这旧时宫殿似乎也没有儿时印象中无边无际了。在长满树瘤的老树长者般的慈祥注视下，在口音各异的旅行团的到此一游拍照声中，我们慢吞吞地吃了面包喝了水。有细雨飘洒在肩头发丝上，凉意袭来，裹紧衣服起身沿配殿而返。

“买杯热饮喝吧？”她提议。

一看价格，15元一杯。异口同声嫌贵。不买！

她眼尖，不起眼处看到招贴画，茜茜公主真品展。不大，也不懂为何此展放在故宫，却似意外收获，一睹了这个视自己的美貌为毕生事业的奥地利皇后的几件私人物件。

小姑娘不喜欢钟表和珍宝馆，于是我们去看文华殿的瓷器和崇庆皇太后的宝物。“这没啥可看的，别浪费时间啦，这啥都不算！走啦走啦。”一位愣头青小伙子几次三番催促他女友离开，看她驻足打量那雕龙画凤的巨型床，还斩钉截铁地说：“啥都可以用旧的，旧床绝对不能睡！跟你说走啦这不值得看。”我们相视窃笑。

看表，已经3:15。匆匆赶去午门赴与王希孟之约。“嘿，故宫跑！”我们互相指着对方大笑，脚步并未有丝毫懈怠。

4

故宫显然对这历代青绿山水画作品展极为重视，几组喷绘立体青绿山水围午门而立，渲染出很应景的气氛。

拾级而上。到得正殿门口，我们又赶了个尾巴，第14拨最后俩人入场。

进得厅内，就差摸黑行走，昏暗的室内一个长条玻璃展柜，二十来人正排成一队，安静地俯身，细细盯着那稀世珍品，身后是一根绳子隔离开后排等待的阵容。虽然只能看到这些正在享受“盛宴”的人后脑勺，可我却非常清晰感受到每个人目光里的贪婪。“抢来的饽饽吃着才香甜”，据说几年前同样是这幅作品，因为没有限号、没有媒体大书特书的宣传，观者寥寥。

“走动起来，咱们是挪动参观，不要站着不动啊。后面还有许多观众等着呢！”不足12米长的画轴，有三个女性工作人员站在展柜另一侧维持秩序。

“关掉闪光灯！”在这厉声制止下，紧邻我前面的那位中老年妇女（因为判断不出实际年纪，只好含糊形容）慌忙收回手机。她心急，隔着人墙从身体的缝隙间拍那画的一角。

“我帮您关掉闪光灯吧。”她前面的小伙子热心肠，主动帮忙。队伍慢吞吞往前挪，他俩开始聊天。

“我从深圳赶过来的，你呢？”阿姨问，一脸知识分子的沉着干练。

“天津，专门看展览来的！”大红宽松夹克，个子瘦小，金属框眼镜，小伙子也就二十多岁。

“啊我老家也是天津呢！”俩人一见如故，开始聊这展览。阿姨好像不明就里，似乎是找熟人安排进来的。不像小伙子起大早赶来排队。

在工作人员再三再四催促下，前面一拨人终于依依不舍、心有不甘地完成了这一神圣仪式，离开。我们这后继梯队立即扑上去，复制刚才的磨蹭参观。

“这脚下应该安上传送带，匀速前进，省得有人原地不动。你看那人，前面那么大空隙也不往前挪！”我们身后的私语调门可不低。也许有意让我们听到。

我暗自庆幸这个深圳大姐足够沉着，尽可能占用最多时间而又不过于明显，虽被催促过几次，时而拍照，时而细观，时而沉思。我也得以随她挪步，不至于耐不住催促草草离场。

有意思的事发生了。

“我想再看一遍！”站台尽头，是那个小伙子，掷地有声。把我都惊得笑了。

“不可能？为什么？我起大早赶来等了半天又排了半天队，就这五分钟？！”他盯着工作人员，一脸的据理力争。

我们离开王希孟走到展厅深处，继续看其他青绿山水画。昏暗中，只听到窸窸窣窣的声响，细看，才发现一个老太太，正边看边伸手从一个塑料袋里抠烧饼吃呢！吃一坨抠一坨，那窸窣之声在不大的空间特别刺耳。且抠吃得极为坦然专注，丝毫不在意旁人目光。

出来再经过《千里江山图》入口，看那小伙子又开始跟安保人员较劲。“没人告知我说每个人可以停留多久。我的权利受到侵犯了，我认为这不合理。”他仍是一副彬彬有礼、合理维权、誓不罢休的表情。

“我们网站上有提示，您看看好吗？”工作人员是个壮实小伙子，他一脸严肃，似乎在说咋还有唱这一出戏的啊？

我们边往外走边笑出声来。

"你没见我后面俩女的。趴在站台上就啪啪啪地照个不停。她俩一开始就分好工了，一个负责照局部，一个照全景。我奇怪，既然网上都有高清电子版，她们干吗不在家看？"小姑娘瞪大眼睛道。

走回另一侧配殿去看青绿山水画第一部分。展子虔《游春图》赫然眼前。尽管那底色原本就极为暗淡的画作在黑暗的灯光下极难辨别细赏，看到稀世真迹，仍让人激动不已。

展厅深处，是徐冰的一副装置艺术，一如他一系列作品的风格：用塑料袋及枝条等"废物"通过灯光投射出山水画效果。

"天哪！这是谁瞎弄的？这也叫艺术？查查他哪儿毕业的？太扯淡了！"一个打扮很洋派时髦的小伙子大呼小叫，站在那儿拉扯着女朋友的手品头论足。恨不得把这作品一把扯下来扔垃圾堆里去。

说实话，他要不开口，还蛮好看，俨然一个气质不错的现代青年。

"徐冰，曾经是中央美院副院长。"徐冰可是我崇敬的好哥们儿，我忍不住，直言相告。

"哦怪不得，只能当副院长，就这！嘁！"他仍然继续大声聒噪质疑着，还来回踱着步，像个舞台上的现代戏男一号。

我们出来，肚子都笑痛了。举目望去，暮色四起，刚才如蚊如蚁密密的人群都倏忽间消失了，只剩那雄浑褪色的宫殿，有些颓废地立在空旷之中，恢复出它的本来面目。

今夕何夕？

王希孟在哪儿？

这一切，与他有关，还是无关？如果真有灵魂存在，他是否打量着这一幕，微笑无语？

若干年后，我们，这站在此地嬉笑的活生生的人，又会在哪儿打量这旧宫殿和那时的人群？恒河沙数，我们不过是其中根本算不上数的两粒。林语堂那句话又在耳边回响：人生不过如此。

“快走吧，又飘雨了，好凉！”小姑娘叫道。

我的内心突然感觉比身体还凉。我知道，那是生命逃不开的悲凉。

有 美 人 兮

1

"姑姑居然叫它美人儿！"七岁的侄子初来我家，看到红色塑料笼子里那正爬动的八足虫子惊叫道。一边儿是他的奶奶，我年过60的母亲，虽早已接受了女儿饲养怪物当宠物的事实，闻声仍故作不屑地哼了一声，一脸夸张的嫌恶，但那嫌恶明明又透着笑意。侄子不知，到处去找野生杂草并猫腰驼背地为宠物找食的，也是这位不以为然的奶奶和她老伴儿——我刚从一场肿瘤手术中恢复过来的父亲。

这是一只蜘蛛，约七八厘米长，肚子有成人的中指肚大，全身棕粉色，尤其是头至肚子之间，那粉色加重成了玫红，如果是在阳光下，衬着从头到脚根根竖起的白粉色绒毛，还颇有几分不羁的柔美。

上网查到，这种名为红玫瑰的蜘蛛原产于南美洲，与它的37 000多个同类族相比，它性格温和，不具攻击性，是最适宜家养的宠物物蛛。而它的寿命，则可长达12年，不输猫狗。

“你喜欢蜘蛛？那我回头送你一只红玫瑰，敢养吗？”去年春天，在内蒙古库布齐沙漠，一个与我同车的朋友看到我戴着蜘蛛胸针，还放生了一个正在沙子里出没穿行的蜘蛛，便一脸坏笑地发出挑战。

两个月后他开车到我楼下，副驾驶座的塑料盒里，赫然趴着一只一动不动的蜘蛛。

“要吃蚂蚱和油葫芦，身下的土最好保持潮湿。一周喂两次食就够了。”主人简洁地介绍着，一边观察我的表情。

“没问题……我还想知道……”我在犹豫是否会被他嘲笑。

“你说吧，有什么不放心？它没什么毒性，你如果要拿出来玩也可以，但不要用手去抓它，更不要挤捏腹部，而是伸进去，几根手指托住它肚子，轻轻托出来。”这是个好脾气的男人。

“它几岁了？是否也有个名字呢？”他的温和给了我勇气，便还是问了这明显有小女人气的问题。

“啊当然有，我们叫它小红，我老婆芳名小红。1岁了，再活个十来年没问题。”他笑道。

于是，我，成了小红的新主人。

当然，对于小红的到来，我那一生都颇有主见的父母非常不以为然。完全是吃饱了撑的，这是他们对新成员的共同表态。那吃饱了的所指不是冲着小红的大胖肚子，而是指责我这没事找事之人。

可是第二天，我下班回家，分明看到笼子里添了好几只翠绿的蚂蚱。

饭后，母亲坐在沙发上边看电视边往膝盖上抹药膏。

“怎么了？”

“还说呢，为了逮几个蚂蚱，我们坐了十来站车，都快到大兴了，才在一片草地上跪着爬着逮到这些。这小区里的草坪别看草长得密，连个蚂蚱影子都休想看到。这快奥运会了，到处都是绿地，可干净得蚂蚱都不生了。”

“妈腿不好，以后这活儿让我爸干吧。”

“你爸，他手重，逮了两个到家都死了。你不是说它不吃死东西吗？”

“老妈辛苦了，不过也别抱怨啦，您给它喂食这是在行善啊，要不它饿死了，不是少了个生灵吗？”我嬉皮笑脸，心底又无不自豪，我的父母多么开明啊。他们与其说是在乎这虫子，不如说是在乎我这闺女。但凡我执拗要做的事，小到吃什么馅儿的包子饺子，大到找男朋友闹离婚，他们不管理解与否、同意与否，最后都叹息着接受。

张爱玲说，不如为何，人年纪越长，反而越怕自己的孩子。这普世真理听来又不无辛酸。不就是人越老越无助了吗？这是谁也逃不过的宿命。

“你是慈悲为怀，可那些蚂蚱难道就该死？人家活得好好的被逮来当蜘蛛的口粮，它们就不是生命了？”在一旁看着报的父亲摘下老花镜接茬儿。

“这是生物链吧，况且蚂蚱太多。”我不知该如何应对便以此作答。

天热起来了，黄昏，三个人去散步。有时我会拎着美人儿。小红这名儿是不想再让它叫了，跟了我，失去了原名的意义不说，小红小红的，还俗得过分。盯着它看时，它总斯文地趴在那儿，如老僧入定。根根绒毛在天光下泛着粉色光泽，我竟直觉它是女的。美人儿，便成了它的新名字。

“这是什么呀？妈呀，那么大，是蜘蛛吗？”

“它吃什么？咬人不？”

“快离远点儿，有毒吧？”总有人会好奇地嘀咕，胆大的便凑上来看，胆小的刚看清楚便往后躲，仿佛我手里是一枚不用引爆就能炸响的危险品。

“以后你少把它拿出去。”二老开始下令，他们一辈子都习惯了活在大同的色彩中，这种引人瞩目实在让他们不习惯。于是，向北的阳台一堆花盆的空当，就成了美人儿的固定空间。

2

转眼到了十一国庆节，送父母回老家，因为想不到谁适合照料美人儿，便带上它同路，好在自驾。

家里是四合院，有两棵被果实压弯了枝条的柿子树和一架葡萄，没事便让美人儿在树干上爬行。

“看着点儿，小心鸟儿吃了它。”母亲进进出出地忙着，也不忘提醒。这个家是让她心安的根据地，一张废报纸、一根旧尼龙绳似乎都能找到用处。家里没有一件贵重物品，却收拾得井井有条，处处透着家的味道。

邻居们照例大惊小怪一番。“哼，还不是她闲得没事干，养这么个丑东西。”母亲仍是不屑地解释，“它吃蚂蚱和蛐蛐儿，你说也怪，它吃东西从不让人看见……”这后半句话明明透着熟识。

父亲则每天到外面遛他那条3岁的“黑虎”，据说是一条高大壮实的德国黑贝与苏联红的杂交，兄弟姐妹十个，它是惟一活下来的，因为他到了父亲手里。“刚来时像只大老鼠，蔫头耷脑，弱不禁风。我每天喂他半瓶子牛奶，喝得小肚子鼓鼓的，站起来都困难，他的小腿儿撑不住那大肚子……”父亲说起黑虎就像说到自己的孩子，“真聪明啊，有一回它脖子上的链子扣松了掉在庄稼地里了，看我到处找，他愣是自己找着叼回家了。”“我有时跟它玩儿捉迷藏，无论我藏在多密的玉米地里，他都能找到我。”小侄子也是逮蚂蚱能手，为美人儿找吃的这活儿被他自告奋勇承担了。

7天长假，笼子里的蚂蚱被换了两拨，居然一直都活着进去活着被拿出来。“美人儿不吃饭了，它是不是绝食了？”侄子成绩一般，却很善于观察，他盯着笼子嚷道，同时还不无担心，“姑姑是不是北京的蚂蚱和咱们这儿的不一样啊？它嫌这儿的不好吃吗？”

晚饭后，一家人都围到窗台边看它。

“是不是你老让它爬树把它累着了？”拍电视的弟弟成天东奔西走，每天累个要死，所以便由己及虫发散思考。

“兴许是秋天太燥上火了，这季节性的变化不光是人有吧。”弟妹是保险公司的职员，最近接收的医疗理赔比较多。

“我看就是你一天到晚跟人瞎显摆，来人太多把它吓着了，哼，以前它挺有规律的。”父亲背着手，声音洪亮，透着不容置疑的权威。

“再往土里多洒点水，可能是渴了上火了。”母亲边说边去接水。

这笼中物仍是不买账，一副要把牢底坐穿的固执，就连敲打它的塑料房顶，亦懒得动一下回应。

长假结束，携美人儿回京。路上下车休息，也将车玻璃摇下个缝，为了能让它呼吸。看着仍一动不动的它，仿佛感觉它比以前瘦小了。可不要有什么好歹呀，毕竟跟了我半年了，比起之前养过的成天往床上钻弄得一世界猫毛的猫，比起大小便不能自理且黏人需要你遛的狗，不声不响的美人儿实在是可爱多了，不给人添麻烦，本身便透着自尊。这，是我极欣赏的品格。至少比起许多人来，都是很难得的。

天凉了，蚂蚱越来越难找，便换成蛐蛐儿。过两天再看，笼子里平添了几具无辜的尸体。莫非……它想异性了？秋天是它的发情期？

这可是个难题。且不说去哪儿找个年貌相当的配偶，这位红玫瑰究竟是男是女我也只能凭空臆想啊。

又过了两天，美人儿仍是一动不动静若处子。身下那潮湿的泥土上结了厚厚的一层白色蛛丝。

周末，我出差去南方，临出门，往泥土上洒了水，又放进去好不容易逮到的两只蛐蛐儿。希望它能恢复胃口。

半个多月回来，进门第一件事就是冲到阳台端起盒子来仔细打量，它缩在一角，长长的腿也蜷起来了，而非往常四平八稳地伸展开。该不会是已经……急切地用手指弹了下盒子外壁，它两条腿受惊吓般动了动，随即又静止如沉睡般。

给它还叫小红时的主人打电话，却被声讯告知“您拨叫的号码不存在”。

上百度输入“蜘蛛 冬眠”搜索，网页上说有些蜘蛛是要冬眠的，有些不需要。即使需要，冬眠期多长也不同，有的说两个月，有的说三个月。

仍是无解。我倒不担心它冬眠，只是何时会醒来要吃食实在是很重要的问题，否则以我等粗心之人，不会忽略它的要求而生生饿死它吧。这么想着，愈发愧疚，我怎么这么无知？头一次，我发现文科生的百无一用。

3

冬至，春节，春分。美人儿一动不动。爸妈有时打电话来，总是东拉西扯上一会儿，快挂线时看似不经意地冒出来一句，“它吃东西了吗？不行你去网上查查。”爸爸对网络的信任缘于他的荨麻疹，去多家医院看了，吃了多种药都无效，最后我偶尔从网上找到一种小药片，共几块钱到楼下药店买来，吃了居然好了。

直到那天早上。睁开眼，起身拉开窗帘，极好的春天的太阳照进室内，投射到书架上一片金色，啊！那像蜘蛛侠一般爬到盒子壁上的不是美人儿吗？它终于醒过来了？在这暮春的早晨！远远看去，那圆鼓鼓的肚子为中心，辐射出八条长腿，像极一朵干净而安静的枯菊！

一边刷牙一边想是否要去官园的花鸟鱼虫市场，早打听到那儿有面包虫可买，还听说蜘蛛是吃面包虫的。“今天是2008年3月5日，农历正月二十八，今天是中国传统的惊蛰节气……”收音机正播新闻，惊蛰！屈指算来，自去年国庆节，它整整睡了五个月零五天！

没顾上吃早饭，去官园市场买面包虫。在一个直径约1米的圆形竹席上，是密密麻麻正互相挤压蠕动着的成千上万的肉虫。与卖虫夫妻搭讪半天，问他们都是什么动物会吃面包虫，“变色龙，小龟，鸟儿，都吃。”“那蜘蛛呢，它吃吗？”我热切地问人家，虽然对方一脸不耐烦。“也吃吧，也吃。来您要什么？看看这对波斯猫？刚出生半个月……”“您确定蜘蛛吃吗，有养蜘蛛的人来买这种虫子吗？”我仍不放心。“有人买，好了您回家自己试试去吧。要是你家的蜘蛛不吃我也没办法啦！”两块钱一小碗，倒进一个小塑料袋，拎着往店外疾走，“哎哟瞧瞧两块钱挣的！费那么多嘴皮子，哎呀还不够费劲的呢！”两夫妻终于开始不满地嘀咕。

终于，幸好，拜托，我的美人儿开始吃东西了，醒来后的第二天，放进去的虫子少了一条！

打电话给家里，侄子代表了所有人的心声：“好家伙，五个多月，美人儿真了不起！要是我，5天就蔫了。”

夏天到来前，面包虫就成了美人儿的主食，通常是三天一两只，仍是每天不事声张地静止在那儿做修炼状，仍是在所有眼睛注视不到的时刻，悄悄完成进食、排便、锻炼等一系列必须之生理活动。

为了维持面包虫的生命，我从超市买来面包，隔两天就撒上一层碎的面包渣，隔一周要把虫子们从盛放的塑料瓶中倒出来，清理下面黑黑的一层虫便。

相对于收拾猫狗的秽物，这实在是干净得多了。

待虫子快被吃完时，美人儿又绝食了。自6月中开始，一周不吃不喝。丢进去的虫子，虽不像活的蚂蚱蛐蛐容易死掉，却也都被晾的没了精神仍不被吃掉。难道它吃烦了不成？

去青岛采访水上奥运场馆，回来已是一周后，我凑到笼子前大吃一惊：居然看到的是一堆零碎的蜘蛛腿，再看，又发现它的棕褐色的肚皮！心顿时揪到了嗓子眼儿，笼子虽有透气栅栏，究竟是什么能让美人儿遭此毒手？

手脚一下凉了。眼睛再顺着泥土搜寻，才发现笼子一角凹下去了一块，有一圆圆的东西正微微动着，再一看，却是美人儿的屁股！用手敲打盒壁，它终于回到了泥面上，全身从每根绒毛到每寸皮肤都如被洗过澡一般，干净粉嫩，如新生的婴儿。原来，它是要蜕壳儿的！

冬眠，蜕壳，这些多少年前在原始森林中就具备的本能，经过了多少地质变化，多少寒暑风雨，延续到了今天。如此一个小小生命，有它自己与众不同的生存法则，即使在远离了自然的环境下，也固守不移，让人感慨万千！

而我辈所谓万物之长，除了食色之性，又有多少东西是被如此固执地保留下来的？

“蜘蛛又不能与你交流，养它有什么用？”这是一位多年养狗的朋友的疑问。

作为有幸能存活至今并同时生存在这个世界上的两个物种，能够同居一室而相安无事，能够默默相对而不离不弃，岂非和谐默契？

有美人兮，见之不忘。

岂非幸事？！

2011年春天，我离开北京前往国外赴任。美人儿是不能同行的。临行我把房间的钥匙与它一并托付给最信赖的朋友老方。当然，除了半小碗面包虫，我又千叮咛万嘱咐了那可以买到这虫子的去处，具体到靠近哪个入口第多少号摊位。

“放心吧，虫命关天，我自会小心。”老方是细致之人，又不无耐心，比我这主人更靠谱。

世间没有万无一失的事。两个月后的某天，老方在电话里非常内疚地说，他发现美人儿情况不妙，不吃不喝也不动弹，甚至他小心用手指去触碰它也静止不动。

“事实上，自从你走后，它就再也没吃过一条虫子。我放五条进笼子，过几天怕不鲜活了又换五条，至今一条都没少过。恐怕……”老方是国内数一数二的权威学术杂志社主编，此时像个小学生一般不安。

我自是着急，却又不想给他太多压力，便劝他说也许过几天美人儿就又活蹦乱跳了，毕竟虫子的世界咱人类知道有限。

再过了一周，老方说很抱歉，他确定美人儿走了。

“我把它埋葬了，就在小区花园那棵丁香树下，它不是去年春天还爬过那树吗？你还为它跟那正开的玉兰花拍了照片，就那儿。”

谢了老方，安慰了在一旁有些难过的儿子。回到我房间，泪水扑簌簌落下来。

我知道我其实不单是不舍这小虫子，而是悲伤于一种陪伴的结束。

世间充满险恶不测，人类自私狡诈，能找到一种从来就无害的物种其实是何其之难！它甚至不同于猫狗类宠物，它不需要你花钱，它不需要回报，它甚至不需要关注，只是静静地在那儿，你要它陪，它就在那儿。无论去哪儿，只要你带它，它绝不添加一丝一毫麻烦。

我甚至不期望它与我有任何交流，只要是安静地在那儿，与我相安无事。在我累了倦了烦了的时候，让我望一眼。它就像个生命的记号，像树上一道不知从何时在那儿的疤，一直在那儿。不同的是，它是有呼吸的生命。活在它自己的世界里，也在我的世界里。无辜，不争。

这，是多少物种都不可企及的美。

7年过去了。某次陪同事为她儿子养的蛇去买口粮——刚出生不久的小老鼠，那吱吱叫的小东西被放进蛇笼子的一瞬让我感觉极为残忍。赶紧大步离开，在一家店门口，笼子里是美人儿的同族们被挂着出售。

我头也不回地离开。某种陪伴，拥有一次，就足够刻骨铭心了。

图书在版编目（CIP）数据

人间久别不成悲 / 李冰著. -- 北京：高等教育出版社，2020.11
ISBN 978-7-04-053048-3

Ⅰ.①人… Ⅱ.①李… Ⅲ.①散文集－中国－当代
Ⅳ.①I267

中国版本图书馆CIP数据核字（2019）第280415号

人间久别不成悲

Renjian Jiubie Buchengbei

策划编辑　梁存收
责任编辑　潘亚文
书籍设计　张志奇
责任校对　吕红颖
责任印制　赵义民
出版发行　高等教育出版社
社址　北京市西城区德外大街4号
邮政编码　100120
购书热线　010-58581118
咨询电话　400-810-0598
网址　http://www.hep.edu.cn
http://www.hep.com.cn
网上订购　http://www.hepmall.com.cn
http://www.hepmall.com
http://www.hepmall.cn

印刷　北京中科印刷有限公司
开本　880mm × 1230mm　1/32
印张　11.625
字数　230千字
版次　2020年11月第1版
印次　2020年11月第1次印刷
定价　68.00元

物料号　53048-00